叛獄の王子 1

叛獄の王子

C・S・パキャット

冬斗亜紀〈訳〉

Captive Prince1

Captive Prince

by C.S.Pacat

translated by Aki Fuyuto

Monochrome Romance

captive prince

contents

Captive Prince:VOLUME ONE
by C.S.Pacat

This edition published by arrangement with The Berkley Publishing Group,
a member of Penguin Group(USA)LLC, A Penguin Random House Company
through Tuttle Mori Agency, Inc., Tokyo

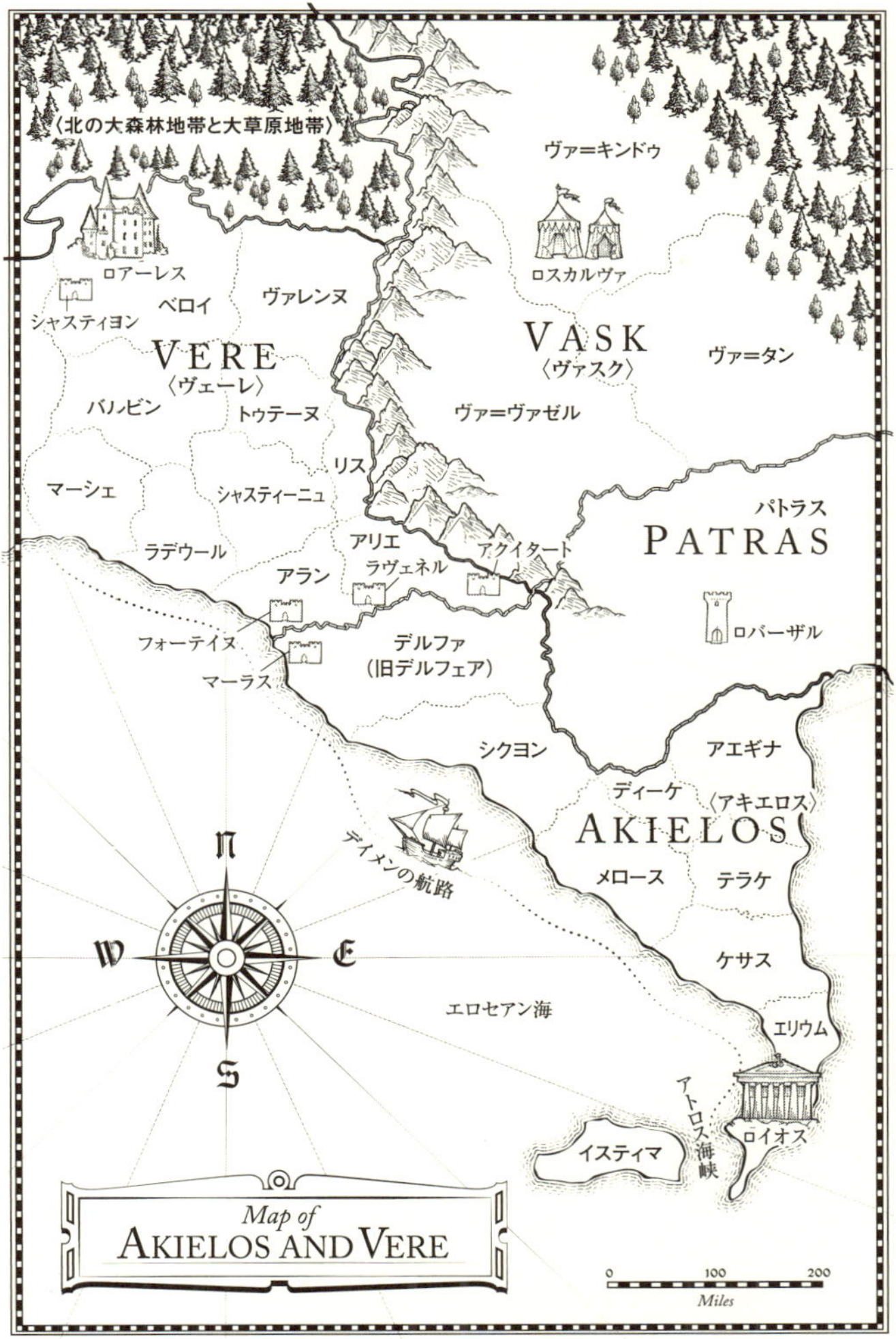
〈北の大森林地帯と大草原地帯〉
ヴァ＝キンドゥ
ロアーレス
ロスカルヴァ
シャスティヨン
ベロイ
ヴァレンヌ
VASK
〈ヴァスク〉
VERE
〈ヴェーレ〉
ヴァ＝タン
バルビン
トゥテーヌ
ヴァ＝ヴァゼル
リス
マーシェ
シャスティーニュ
パトラス
PATRAS
アリエ
アクイタート
ラデウール
ラヴェネル
アラン
ロバーザル
フォーテイヌ
デルファ
（旧デルフェア）
マーラス
シクヨン
アエギナ
ディーケ
〈アキエロス〉
AKIELOS
N
デイメンの航路
メロース
テラケ
W
E
ケサス
エロセアン海
エリウム
S
アトロス海峡
ロイオス
イスティマ
Map of
AKIELOS AND VERE
0
100
200
Miles

デイメン（デイミアノス）
アキエロス王の正嫡
ローレント
ヴェーレの王子

captive prince
character

執政
ヴェーレの治世者で
ローレントの叔父

ニケイス
ヴェーレの色子

「叛獄の王子」を、この話を支えてくれた、はじまりの読者たちに捧げる。
その励ましと熱望のおかげでこの本は生まれた。

心から、ありがとう。

叛獄の王子

序

「わたくしどもが聞きましたところ、そちらの王子は――」

貴婦人のジョカステが語りかける。

「ご自分の後宮をお持ちだという話。ここにいる奴隷たちはどんな御方のお望みも満たすでしょうが、わたくしはこの上さらなる特別な贈り物をと、アドラストスに申しつけましたのよ。我が陛下から、そちらの王子への個人的な贈り物をね。いまだ粗削りな原石にはなりますけれど」

「王陛下におかれましては、さらなるご厚情、大変ありがたく」

ヴェーレの元老、グイオンが応じた。大使としてここアキエロスの国を訪れている。

彼らは、物見《ものみ》の回廊をゆったりと歩んでいた。この昼下がり、グイオンは奴隷の扇で暑気を煽《あお》がれて涼を取りながら、葡萄《ぶどう》の葉にくるまれた香味の強い肉を堪能した。この蛮国にもそれなりの魅力がある、と快く認めてもいいくらいだ。たしかにこの国の食事は洗練されてはいないが、奴隷たちは非の打ちどころがない。従順そのもので、気配りも行き届き、私心なく尽くす。ヴェーレの甘やかされた色子《いろこ》どもとは大違いだ。

回廊は、二十四人の奴隷たちの姿で美しく飾られていた。皆、全裸か、わずかな透け絹をまとっただけの姿だ。紅玉と瑠璃《るり》で飾られた金の首輪、そして金の手枷を着けている。どちらも拘束ではなく、形だけの飾りだ。奴隷たちの跪いた姿こそ、献身と恭順《きょうじゅん》の表れであった。

この奴隷たちは、アキエロスの新たな王からヴェーレの執政への贈り物である──それも、大変な価値がある贈り物だ。奴隷の身を飾る黄金だけでもひと財産あるし、奴隷たち自身もアキエロスの最高級の奴隷だろう。グイオン自身も、この王宮奴隷の中の、つつしみ深く、美しくほっそりした腰と濃い睫毛の若い奴隷を我が物にしようと目をつけていた。

回廊の奥には、王宮奴隷の采配をまかされている奴隷の司《つかさ》のアドラストスが立ち、近づく二人へと、焦茶の靴の踵を打ち合わせてきびきびと一礼した。

「さて、お楽しみ」

ジョカステが微笑む。

一行はそのまま小部屋の中へと導かれ、そして、グイオンは大きく目を見開いた。

縛られ、兵に取り囲まれたその男の奴隷は、これまでにグイオンが見たどんな奴隷とも違っていた。

見事な筋肉が盛り上がる力強い体。身に着けているのも、回廊の奴隷たちを飾っていたような華奢な鎖などではなかった。この奴隷の拘束は本物だ。両手は背中で縛り上げられ、足と胴も太索《ふとづな》できつく縛られていた。だというのに、その肉体にみなぎる力の前に拘束など今にもちぎれとびそうだ。

口枷《くちかせ》をはめられた奴隷の黒い目は、憤怒に燃えさかっている。見れば体や足には赤い痕が浮き上がり、体を縛る豪奢な縄に抗ってこの男がどれほど暴れたのかがわかる。

ほとんど恐慌を覚えたかのように、グイオンの鼓動が速まった。粗削りな原石？　そんなものではない。これは、野生の猛獣だ。回廊を飾っていたあの二十四人の奴隷など、この奴隷に比べれば飼いならされた子猫にすぎない。男の肉体にみなぎる力を、縄がやっとのことで押さえこんでいる。

グイオンはアドラストスを見やった。奴隷の司は、この奴隷に近づけないかのように後ろに控えたままだった。

「新たな奴隷は縛られるものなのですかな？」

グイオンは、平静さを取り戻そうとしながらたずねる。

「いいえ、この奴隷だけです。この者は、つまり――」とアドラストスが言いよどんだ。

「つまり？」

「人に従い慣れておりませんので」アドラストスは不安そうなまなざしをジョカステへ向けた。

「訓練を、受けておらぬのです」

「うかがったところによれば、そちらの王子は困難を恐れず、むしろ挑戦を好まれるとか」

　ジョカステがそう続けた。

　グイオンはできる限り表情を保って、ふたたびその奴隷を見やる。この粗野な贈り物をヴェーレの王子がお気に召すどうかは、きわめて疑わしかった。控えめに言っても、アキエロスの野蛮人に向ける王子の気持ちは、とても温かいとは言えないものだ。

　グイオンはたずねた。

「この奴隷に名は？」

　ジョカステが答える。

「勿論、王子がお好きな名前でお呼びになってよろしいかと。ただ、わたくしどもの陛下はことのほかお喜びになると思いますの——この奴隷を、デイメンという名で呼んでいただければ」

　貴婦人の目がキラリと光った。

「ジョカステ様……」

　アドラストスがとがめるような声を上げたが、無論、ジョカステが聞く筈もない。グイオンは二人の顔を交互に見やった。何か、言葉を返さなければならないのだとわかっていた。

「それはまことに——興味深い名前を、選ばれましたな」

　そう返しはしたが、内心あっけに取られていた。

「陛下もそうお思いですのよ」

そう、ジョカステが唇の端をかすかに持ち上げた。

彼に仕えていた女奴隷のリカイオスは、一瞬で喉を切り裂かれて死んだ。リカイオスは王宮奴隷で、戦いの心得などひとつもなく、もし主人に命じられたなら自ら膝を付いて喉を刃にさらすほどに忠実なしもべであった。

だが実際には、従ったり抗ったりする間すら、彼女には与えられなかった。音もなく崩れた彼女の体が、白い大理石の上にさらに青白く横たわる。体の下からじわじわと血がひろがっていく。

「とらえろ！」

そう叫んだのは部屋になだれこんできた兵士の一人、癖のない茶色の髪の男だった。一瞬、茫然自失のその瞬間だったなら、デイメンはあっさりとらえられていたかもしれない。だがその一瞬は、二人の兵士がリカイオスをつかんで斬り殺す間にすぎていた。

たちまちに続いた争いの中、デイメンは三人の兵士を倒し、剣を奪った。とり囲む兵たちがたじろぎ、足を止める。

「誰に命じられた」

デイメンが詰問した。例の、茶色の髪の兵が答える。

「王陛下だ」

「父上が？」

思わず、デイメンは剣を下げかかった。

「いや、カストール陛下だ。前王は亡くなられた。この男をとらえろ！」

戦いとなると、デイメンの体は自然と動いた。生まれながらの力と才能に加え、厳しい鍛練を積んでいる。だがこの兵士たちを送りこんできたのはそのデイメンの技量をよく知る相手で、その上、いくら兵を犠牲にしようがかまわないと決めているようだった。

しばらくは持ちこたえたものの、数に圧倒され、ついにデイメンはとらえられる。両腕を背中にねじり上げられ、喉に刃をつきつけられた。

てっきり殺されるのだと思っていた。甘い考えだった。かわりにデイメンは幾度も殴られ、縛り上げられて——無手ながらに激しい抵抗でいくらか報いた末、さらに打ち据えられた。

「つれていけ！」

茶色の髪の兵が、こめかみからつたう血を手の甲で拭いながら命じる。

デイメンは牢に放りこまれた。生来まっすぐな気性の彼にとって、まったく呑みこみがたい、理解できない出来事ばかりだった。

「兄に会わせろ」

そう命じたが、兵たちは笑って、その一人がデイメンの腹を蹴った。

「その兄上のご命令だよ」と嘲笑う。

「嘘だ。カストールは叛逆者などではない！」

だが、独房の扉が叩きつけられて閉まると、デイメンの心に初めて疑いが芽生えた。

自分は、前兆を見逃していたのか、と小さな声が囁く。あるいは目をそむけていただけなのだろうか？　病床ですっかり衰えた父へ、カストールが息子としての礼を尽くしていないという暗い噂は聞いたが、嘘だろうと耳も貸さなかった。

翌朝、迎えが来た時、デイメンは腹をくくっていた。こんなことを命じた男と、苦いながらも誇りを持って堂々と向き合いたいと、おとなしく後ろ手に縛られ、乱暴な扱いや背を荒々しくこづく手にも逆らわず、歩き出した。

どこへつれていかれるのか、それを悟った時、デイメンはふたたび、暴れはじめた。すべての力で。


その部屋は、ごく素朴に白い大理石を削って作られていた。床も大理石で、わずかな傾斜がつけられ、その先は目立たぬように落ちこんで水路になっている。天井からは対になった手枷が下がり、デイメンは激しくもがいたが、抵抗もむなしく、両腕を頭上で拘束された。

ここは、奴隷の浴場だ。

デイメンは枷を引いて暴れた。だが拘束はびくともしない。手首の肌が擦れるだけだ。湯のそばにはクッションや布が目を引く山となって積まれており、様々な形の色硝子の香油瓶が並べられ、繻子《しゅす》の上の宝石のごとく艶やかに光っていた。

白い濁り湯には香りがつけられ、薔薇の花びらが散らされている。すべてが行き届いていた。こんなことがあるわけがない——デイメンの胸に憤怒が荒れ狂う。同時にその奥、心の底で、深く押し殺された新たな感情が身じろいで、胃の腑がねじれた。

兵士の一人が、慣れた手つきで背後からデイメンの体の自由を奪い、もう一人が服を脱がせはじめた。

服がほどかれて手早くはぎ取られる。サンダルは切り裂かれて足から抜かれた。屈辱を、頬を打つ湯気の熱さほどにたぎらせ、デイメンは枷から吊られて全裸で立った。浴場に満ちる湯気が肌に温かく絡みつく。

見覚えのある、彫りが深くととのった顔の男がアーチの出口のそばに立ち、兵士たちを下がらせた。

アドラストス。王宮の奴隷たちを束ねる長だ。その奴隷の司の位を、彼はテオメデス王から授かったのだった。

つき上げてきた怒りはあまりに激しく、デイメンは半ば目がくらむ。平静さを取り戻した時、やっと彼は、アドラストスが妙な目つきでデイメンを品定めしているのに気付いた。

「その汚い手で俺にふれるな」

デイメンは言い放つ。

「上からの命令でして……」と答えはしたが、アドラストスは前に出ようとはしなかった。

「ふれれば殺す」

「……女ならば——ここはひとつ……」

呟いて、アドラストスは一歩下がり、雑仕の一人に何か耳打ちした。雑仕は一礼して出ていった。

すぐに、一人の女奴隷が浴場へ入ってきた。選ばれてきただけあって、デイメンの好みによく添った姿をしている。肌は浴場の大理石ほどに白く、金の髪は簡素にまとめられて、華奢な首すじがあらわになっていた。薄紗の衣をふっくらとした乳房が押し上げ、薄桃色の乳首がかすかに透けていた。

奴隷にかしずかれることには慣れたデイメンだったが、近づく女奴隷を、彼は戦場で敵を前にしたような警戒のまなざしで見つめた。

彼女の手が上がり、自分の肩の留め金を外した。薄紗を脱ぎ捨てながら、乳房の丸みやほっそりとした腰をあらわにしていく。服が床に落ちた。女奴隷は手桶を取り上げる。

裸の姿で、彼女はデイメンの体を洗った。自分の肌や丸い乳房にしぶきがはねるのもかまわず、デイメンの肌から泡を流す。最後にはデイメンの髪を濡らして石鹸をつけ、丁寧に洗うと、湯の入った手桶を手に爪先立ってデイメンの後頭部に湯を注ぎ、すすいだ。犬のように、デイメンは頭を左右に振って水を払う。周囲を見回したが、奴隷の司のアドラストスはいつしか姿を消していた。

女奴隷は色硝子の瓶のひとつを取り上げ、手のひらに香油を垂らした。油を手になじませ、デイメンの全身、すみずみまで丹念に香油をすりこんでいく。その間も目はつつましく伏せたまま、彼女の手は敏感な場所にさしかかるとゆっくりとなって、デイメンに合わせた体をゆする。デイメンの指が、鎖にくいこんだ。

「それで充分」

その声はジョカステだった。女奴隷はデイメンからとびはなれると、すぐさま濡れた大理石の床へ平伏した。

今や雄々しく勃起したデイメンの体を、ジョカステは冷徹なまなざしで品定めしていた。

「兄に会わせてくれ」デイメンが言った。

「あなたに、もう兄はいない」ジョカステが答える。「あなたにはもう家族もいない。名前もない。地位も権力もない。そのくらいのことはすでにおわかりでしょう？」

「こんなことに俺がおとなしく従うと思うか？　誰かの奴隷になるとでも？　たとえば——アドラストスのか？　俺はあの男の喉笛を裂くだけだぞ」

「ええ、そうするでしょうね。でもあなたは、この王宮の奴隷となるわけではない」

抑えた問いかけだった。ジョカステはただデイメンを見つめている。デイメンはさらに問うた。

「なら、どこだ」

「一体、お前は何をした？」

「何も」とジョカステ。「ただ、兄弟のどちらかを選んだだけのこと」

二人が最後に話したのは、王宮内の彼女の部屋でのことだった。彼女の手が彼の腕に押し当てられて……。

今、彼女は肖像画のように見えた。金の髪は完璧に巻かれて整えられ、凛とした美しい眉と端麗な顔は落ちつき払っている。アドラストスがたじろぎ下がったその場所を、ジョカステは平然と踏みこえて、淡々と乱れぬ足取りで濡れた大理石を歩み、デイメンへと近づいてきた。

デイメンは問いかける。

「どうして俺を生かしておく？　目的は――何が狙いだ？　すべて片付けただろう、俺以外は。どうしてこんな――」

言葉を途切らせた。ジョカステはその問いをあえて曲解して答える。

「兄弟愛からだとでもお思い？　あの人のことを、結局何もわかっていないようね。死は一瞬で、たやすいもの。今回ばかりはあの人の勝ち。この一度の負けを、あなたは永遠に償っていくことになる」

デイメンは顔がこわばるのを感じた。

「……何だと？」

ジョカステがデイメンの顎にふれた。大胆な、その指はほっそりと白く、まさに優美そのものだった。

「どうしてあなたが白い肌を好むのかよくわかる」と彼女は言った。「あなたの肌の色は、よく傷を隠すこと」


金の首枷と手枷をはめられた後、デイメンの顔には彩色が施された。

このアキエロスの国では、男の裸体は誇るべきものとされ、羞恥の対象ではない。だが顔の塗りは奴隷の印であって、屈辱的なものだった。アドラストスの前に放り出されて、デイメンはこれ以上の恥辱はないだろうと感じた。だが顔を上げると、アドラストスが飢えをたたえた目でデイメンを見つめていた。

「そうしていると、まるで……」

アドラストスは熱っぽくデイメンを凝視しつづけている。

両腕を背で縛り上げられた上、さらに縄をかけられて、デイメンはよろめき歩く程度の動きしか許されていない。アドラストスの足元に無様に這いつくばっていた。どうにか膝立ちになったが、二人の兵士にしっかりと押さえられてそれ以上体を起こせない。

「地位のためか？」

デイメンの声に、乾いた嫌悪が満ちた。

「それならお前は愚かだ。地位など与えられるものか。誰がお前を信用する？　欲のためにこうして人を裏切る男を」

顔を殴打され、デイメンの顔が横を向いた。口の中に這わせた舌が、血を味わう。

「口をきく許しなど与えてはいない」

アドラストスが言い放った。デイメンが言い返す。

「乳しかすすらぬ稚児《ちご》なみの力だな、貴様は」

アドラストスは、色を失った顔で一歩下がった。

「口枷《くちかせ》を嚙ませよ」

そう命じる。兵士たちの手の下で、デイメンはふたたび無為に抗った。だが相手は手慣れた様子でデイメンの顎をこじ開けると、布でくるんだ分厚い鉄片を口に嚙ませ、素早く縛り上げた。くぐもったうなりしか出せずに、デイメンはそれでも激しい目でアドラストスをにらみつけた。

「まだわかっていないようだが」アドラストスがデイメンに告げる。「だが、すぐ思い知る。今や王宮で、そして街で、宿場で、人々が言い交わす言葉こそ真実なのだと。お前は奴隷だ。

お前は何者でもない。――デイミアノス王子は、死んだのだ」

第一章

徐々に、デイメンの意識が戻っていく。薬で鈍い四肢が絹のクッションに沈みこみ、手首の金の手枷は鉛塊のようにずっしりと重い。瞼が上がり、また下がる。ぼんやりと耳に届く遠い声は、はじめのうち意味を為《な》さなかった。――ヴェーレ語だ。

本能が告げた。立て、と。

気力を振り絞って、デイメンは膝をつき、身を起こした。

ヴェーレ人の声？

そう悟りはしても、混乱した頭ではなかなかその意味するところがわからない。精神は、肉体以上に御しづらい。とらえられた後に何があったのかすぐには思い出せず、ただあれから時が経っていることだけはわかっていた。どうやら、どこかで薬を盛られたようだ。その記憶を探し、やっとたぐりよせた。

逃亡を試みたのだ。

厳重に警固され、鍵のかかった荷馬車に載せられて、デイメンは街境近くの家へと運ばれていったのだった。その荷馬車から閉ざされた中庭へ引きずり出されて、そして——そうだ、鐘の音。突然に鳴った鐘、その不協和音があたりに響きわたった。街の一番高い場所から、生ぬるい夕方の風にのって。

黄昏時の鐘。新王の即位を告げる鐘。

テオメデス王は死んだ。皆、カストール王を讃えよ——。

その鐘の音に、デイメンが秘めた憤怒と嘆きが荒々しくかき立てられ、様子を見ようとする自制心など呑みこまれていた。馬たちが鐘に驚いたのも、デイメンには好機となった。だが武器もなく、そこは閉ざされた中庭で、兵士たちに囲まれてもいた。失敗の代償は大きかった。デイメンは館の奥深くの牢に押しこめられ、そして、薬を盛られたのだった。そこからは昼も夜もひとつにぼやけていった。

後は切れ切れの記憶しかないが、波音と潮のしぶきが思い出されて、デイメンの心が沈んだ。海上を輸送されたのだ。

頭は段々と冴えつつあった。意識が明瞭になるのは——いつ以来だろう。自由を奪われてから、どれほど経った？　あの鐘の音からどれだけすぎた？　何もできず、どれほどの時を無駄にした？　沸き上がる意志の力をたよりに、デイメンは膝を起こし、立ち上がった。家従の者を、彼に仕える者たちを守らねば。一歩踏み出す。

ジャラリと、鎖が鳴った。足元で床がたよりなく、眩暈に揺らぐ。視界が歪んだ。手をのばして体を支え、肩を壁にもたせかけた。ずるずると崩れそうな体を、振り絞った気力で支える。足を踏みしめ、眩暈《めまい》を払おうとした。ここはどこだ？　ぼやけた意識で、己と周囲の状況を見定めようとする。

デイメンの体には、アキエロスの奴隷がまとう簡素な服が着せられており、全身は清められていた。誰かの手で世話を受けたに違いないが、デイメンにその記憶はなかった。

金の枷が、首と、両手首にもはめられている。首枷は、鎖と錠前で、床に埋めこまれた鉄環につながれていた。

一瞬、気がどうかしたのかと思った——かすかな薔薇の匂いが鼻先に漂ってきたのだ。

室内に目をやると、部屋の細部までが過剰な装飾で埋め尽くされていた。壁は様々な意匠で飾り立てられ、木の扉にも紗のように繊細な透き彫り紋様が施されている。そこから、隣の様子がうっすらとした影となって透かし見える。床さえも、色とりどりのタイルが幾何学的な模様に敷きつめられていた。

どこもかしこも、紋様がまた紋様を包みこむ。いかにもヴェーレ人好みの悪趣味にあふれていた。すべてが突如としてつながった——ヴェーレ人の声……グイオン元老へのあの屈辱的なお披露目の場、「新たな奴隷は縛られるものなのですかな？」——船——そして、その行く先。

ここは、ヴェーレだ。

るのだ。

デイメンは慄然と、室内を見回した。彼は故国アキエロスから遠く離れ、敵国の奥深くにいるのだ。

だがおかしい。デイメンはどうしてかまだ命があり、傷もない。途中でひどく痛めつけられていてもおかしくなかったというのに。アキエロスのデイミアノス王子は、ヴェーレの人々から憎まれるだけの理由が充分ある筈だ。何故、生きながらえている？

扉の閂が抜かれる音に、デイメンははっと扉へ向いた。

二人の男が部屋につかつかと入ってきた。彼らを警戒の目でうかがいながら、デイメンはその片方が船上で見た監守の男だとぼんやり思い出す。二人目には見覚えがなかった。その男は黒髪で顎髭をたくわえ、ヴェーレの装束をまとい、すべての指に三つずつ、それぞれの関節に指輪をはめていた。

「これが王子へ贈られた奴隷か？」

指輪の男がそう問いかける。監守がうなずいた。

「お前の話では、この奴隷は危険だそうだが。何者だ？　捕虜か、罪人か？」

そう問われた監守は、知るかと言いたげに肩をすくめて応じた。

「縛っとくんですな」

「馬鹿を申すな。ずっと縛っておくわけにはいかぬ」

指輪の男がデイメンの体を舐めるように見ていく視線が、肌でじかに感じとれるような気がする。次の言葉はほとんど賞賛に聞こえた。

「この男を見ろ。王子でさえ、手に余りかねん」

「船の上じゃ、厄介な時には薬でおとなしくさせてましたよ」と監守が答える。

「そのようだな」指輪の男の目が鋭くなった。「この者に口輪を嚙ませ、鎖を短く縮めて、王子への拝謁《はいえつ》にそなえよ。選りすぐりの者をつけてな。面倒を起こすようならどのような手を使ってもおとなしくさせよ」

その口調はなおざりで、まるでデイメンの存在などこの男にとってはただの雑事の一つでしかなく、何の重みも持たないかのようだった。

薬の作用が引いてきたデイメンの頭にも、やっと、この二人は目の前の奴隷の正体を知らないのだ、という事実が染みこんできた。捕虜？　罪人？　デイメンはそっと息を吐き出す。

目立たぬよう、おとなしくしなければ。人目を引いて、アキエロスのデイミアノス王子だと悟られようものなら、ヴェーレでのデイメンの命運はその日に尽きる。名もなき奴隷として扱われるほうがまだいい。

デイメンは、逆らわず、従った。扉口と、そばに立つ兵たちの質を目で判断する。兵たちは大したことがなさそうだが、デイメンの首に巻かれた枷と鎖が問題だ。両腕は背でくくられ、口輪を嚙まされた上、首枷を床につなぐ鎖をたった九環にまで縮められたため、膝をついていてさえ頭を垂れなければならず、ほとんど顔も上げられなかった。

デイメンの左右を兵がはさみ、正面にある両開きの扉脇にも一人ずつ立つ。間を置いて部屋に何かを待ち受けるような沈黙が満ち、デイメンは己の心臓が張りつめた鼓動を打つのを感じた。

突如、空気を乱して人の声と足音が近づいてきた。

王子への拝謁――。

ヴェーレでは今、執政が国の実権を握り、甥である世継ぎの王子の後見についている。そのヴェーレの王子について、二人兄弟のうち年下であるということ以外、デイメンはほぼ何も知らなかった。兄の前王太子――こちらはよく知るところだ――のほうは、すでに死んでいる。

数人の宮廷人たちが、無秩序に部屋に入ってきた。

ほとんどが平凡な輩だ。一人を除いて。その若者は、息を呑むほど端麗な顔をしていた。アキエロスの奴隷の中にあったならこの美貌でひと財産得ることもできたほどに。デイメンの視線と意識が吸いよせられ、とらえられる。

若者の髪は鮮やかな金で、青い目と、そして抜けるように白い肌を持っていた。その色の淡さと、結い紐をきっちり締めて飾り気のない濃紺の服との対比は峻烈なほどで、装飾過剰な部屋の中、その姿は鋭く際立って見えた。後ろに従えた廷臣たちと異なり、彼だけは何の宝石も、指輪ひとつ身につけていなかった。

若者が近づき、デイメンは美しい顔に、高慢さと険を見る。この手の顔は知っている。身勝手で利己的、己の価値を過信し、気まぐれに他人を踏みつけにする、甘やかされた若者。

「アキエロスの王から、俺に贈り物があったと聞いたが」

その若者——ヴェーレの王子ローレントが、言った。


「跪《ひざまず》いたアキエロス人が一匹か。気が利いた贈り物だな」

デイメンの周囲に廷臣たちが集まり、王子が贈り物の奴隷を受け取る時を見届けに待つ。ローレントの足は、デイメンを見た瞬間に凍りつき、その顔が侮辱か罵倒でも受けたように蒼白に変わる。鎖のせいでデイメンはしかと顔を上げられずにいたが、その変化を目にするには充分だった。だがその表情も一瞬で消えた。

ヴェーレに輸送されてきたのはデイメン一人ではなく、ほかにも奴隷がつれてこられたのだろうというデイメンの嫌な予想は、近くに立つ廷臣二人の抑えた声の会話で裏付けられた。ローレントの視線が、商品を値踏みするかのようにデイメンをじろりと見回した。デイメンの顎に自然と力がこもる。

グイオン元老が口を開いた。

「これは閨《ねや》の奴隷として選ばれた者ですが、訓練されておりません。カストール王が言われるには、王子手ずから躾《しつ》けられて楽しまれたいかと」

「俺は、汚泥《おでい》に身を浸すほど不自由しているつもりはない」とローレントが応じる。

「御意に、殿下」

「この者を十字架に架けて調教せよ。それでアキエロス王の心づかいに応えることになるだろう」

「御意に、殿下」

グイオン元老の安堵がデイメンにも伝わってくる。デイメンをさっさとつれ去るよう監守の男に素早い手振りで命じた。デイメンの存在は、好意というよりある種の挑戦として受けとめられたらしい。カストールの贈り物は、気前の良さと悪趣味が入り混じったものと言えた。

廷臣たちが去りはじめる。茶番は終わりだ。デイメンは、監守が身を屈めて床の鉄環へ手をのばすのを感じた。彼を架刑台のところへつれていくために、鎖を外すのだ。デイメンは指をのばし、腹を決め、唯一の障害である監守の男へ目を据えた。

「待て」

ローレントが命じた。

監守が手を止め、背をのばした。

ローレントはデイメンに数歩近づき、表情の読めない顔でデイメンをまっすぐ見下ろした。

「これと話がしたい。口輪を外せ」

「口の汚い男ですが」と監守が警告する。

「殿下、それはいささか――」グイオン元老もいさめようとした。

「外せ」

監守がデイメンの口に噛ませていた布を外すと、デイメンは口腔内で舌を動かした。

「名は何という、坊や？」

ローレントが、とても思いやりからとはいえない口調でたずねた。

その甘ったるい声に、答えるべきではないとわかっていた。デイメンは顔を上げる。間違いだった。二人の視線が噛み合う。

「言葉が理解できておらぬのかもしれませんな」

グイオン元老が示唆《しさ》した。

澄んだ青い目が、デイメンに据えられていた。ローレントは同じ問いを、アキエロスの言葉でゆっくりくりくり返した。

思いとどまるより早く、デイメンは言い返していた。

「お前たちの言葉なら、お前のアキエロス語よりもうまく話せる、坊や」

デイメンのヴェーレ語にはわずかな訛りしかなく、楽に聞き取れるものだったが、その代償に監守の男から激しい一撃をくらった。その上、兵に顔を床へ押しつけられる。

「アキエロス王からの言葉では、もし殿下のお心にかなうなら、この者を、デイメンとお呼び下さいと」

監守のその言葉に、デイメンの胃がずしりと重くなった。

周囲の廷臣たちの間を低いどよめきが渡った。すでにざわついていた空気が、一瞬にして張りつめる。

「死んだアキエロスの王子の名を奴隷につければ、殿下が楽しまれると考えておるのですよ。下品な趣向ですな。アキエロスは洗練された国ではないゆえ」

グイオン元老がそう述べた。

今回は、ローレントは変わらぬ口調で応じた。

「アキエロスの王は、己の情人を妻にするらしいと聞いたが？　ジョカステを。本当か？」

「表向きは何も言われておりません。しかしそうなるのではと、人の口にはのぼっておりました」

「となれば、アキエロスの国は私生児と淫売に治められるわけか」ローレントが言った。「実に似合いだな」

押さえつけられながらもデイメンの体が反射的にはねたが、動きは短い鎖に阻まれた。ローレントの顔によぎる満足の色を見る。今の侮辱の言葉は、廷臣全員の耳に届くほどはっきりしたものだった。

「この者を十字架へ運びましょうか、殿下？」と監守がたずねた。

「いいや」ローレントが答える。「この後宮に拘束せよ。いくらか礼儀を叩きこんだ後でな」

その任務をまかされた二人の兵は、手際よく、無感情な手荒さで仕事をこなした。とは言え、デイメンが王子の所有物となった今、男たちにも、デイメンに取り返しのつかない傷を与えないようにという程度の無意識の遠慮はあった。

デイメンには、指輪の男が立ち去り際に矢継ぎ早に残していった指示を聞くだけの余裕もあった。ここ後宮でこの奴隷を拘束せよ、殿下のご意向である。誰もこの部屋に出入りならぬ、殿下のご意向である。常に二人の警固を扉の前に立てよ、殿下のご意向である。この奴隷の鎖は外してはならぬ、殿下のご意向である……。

二人の男はまだ立ち去ってはいなかったが、殴打は終わったようだ。デイメンはゆっくりと、四つん這いに体を起こした。不屈の精神で、この状況にも明るい面を探す。少なくともありがたいことに、頭はもうすっかり冴えた。

殴打より、先刻の王子との謁見のほうがこたえていた。認めたくないほど揺さぶられていた。もし首枷の鎖があそこまで短くなければ——あれほど頑強でなければ、デイメンは抗っていたかもしれない。目立つまいという決意も忘れて。

ヴェーレ人の傲慢さは知っていた筈だ。ヴェーレの者が、アキエロスの国の民を見下しているのも知っていた。野蛮人、奴隷と。己の真の目的を思って、デイメンはあの侮蔑の目にも耐えた。

だがあの王子――ローレントの中で醸成された見えすいた悪意と甘やかされた傲慢さだけは、とても我慢ならなかった。

「こいつは愛玩用の色子には見えないな」

二人の男の、背の高いほうが言った。もう片方が応じる。

「聞いただろ。アキエロスの閨奴隷だと」

「王子がこいつをヤるってのか？」

疑う口ぶりだ。

「まあ逆かもな」

「奴隷にとっちゃ悪くないお仕事だな」相手が気のない返事をしても、この男の頭からはその話題が離れないようだ。「どんな感じか考えてもみろよ。王子をまたげるんだぜ」

毒蛇を抱くようなものだろう、とデイメンは思ったが、口に出すのは控えた。

二人の男たちが出ていくや、デイメンはあらためて状況をじっくりと見定めた。逃亡は、現状では不可能だ。両手の縄はほどかれて首枷の鎖も前の長さに戻っていたが、床の鉄環につながれた鎖は太く、断ち切れそうにない。首枷を外す手だてもない。枷は黄金で、金属としては柔らかいほうであるにしても太く頑丈で、常に重く首にのしかかってくる。それにしても、奴隷に金の枷を与えるなど、馬鹿げているにもほどがある。手枷に至っては愚かとしか言いようがない。殴り合いになればいい武器になる上、売れば逃亡の資金にもなるのだ。

恭順を装って目を光らせてさえいれば、いつかその好機も訪れるだろう。鎖の長さは、四方に三歩ずつ行けるほど。手の届くところに水の入った木製の水差しが置かれていた。用意されたクッションに体をのばして横たわることもできるし、金銅《こんどう》の壺に用を足すことすらできそうだ。アキエロスでのように薬を盛られたり、殴られて昏倒させられたりしているわけではない。見張りは扉の外に二人だけ。鍵のかかっていない窓。

自由は、手の届くところにある。今でなくとも、じきに。

長くは待てない。時間はデイメンの味方ではない。ここに引き留められている分だけ、カストールの王権が確固たるものとなっていく。アキエロスの国で何が起こっているのか、己の支持者が、仕えてくれた人々がどうしているのか、知らぬままでいるのが耐えがたかった。

そして懸念は、それだけではない。

まだデイメンの正体に気付いた者はいないが、この先もずっと安全とは限らない。アキエロスとヴェーレは六年前のマーラスの戦い以来ほとんど国交がなかったが、ここヴェーレにも、アキエロスを訪れてデイメンの顔を見たことのある者くらい幾人かいるだろう。カストールがデイメンをこの国へ贈ったのは、王子と知られたが最後、奴隷以下の扱いを受ける地だからだ。どこか別の国であれば、己の正体を所有者に明かし、相手の協力を得ることも可能だっただろう。同情心から、あるいは国にいるデイメンの支持者からの見返り目当てだろうと。だがヴェーレでは不可能だ。正体を知られるのは、ここではあまりに危険。

マーラスの戦いの前夜、父から言われた言葉がデイメンの心をよぎる。戦え、そして信用するなと。ヴェーレ人の言葉には真《まこと》がないからと。その父の言葉の正しさは、翌日の戦場で裏付けられた。

いや。父のことは考えまい。

今は体を休めておくのが一番だろう。心を決め、デイメンは水差しから水を飲み、最後の夕陽がゆっくりと部屋から引いていくのを眺めた。暗くなると、あちこちが痛む体をクッションに横たえ、やがて眠りに落ちた。


そして、目覚めた。首枷の鎖をつかまれ、引きずり起こされて、誰ともつかない、代わり映えしない衛兵に左右をはさまれ、立たされて。

召使いが松明《たいまつ》に火をともして壁の台座に挿《さ》すと、室内がまばゆいほどに照らし出された。広いとは言えない部屋の中で、炎がちろちろと過剰な装飾をゆらめかせ、得体のしれない光と影の踊りに変える。

その中心に立ち、デイメンを青い目で冷たく眺めているのは、ローレントであった。

飾り気のない濃紺の服が、ローレントの足先から首すじまでを禁欲的に包んでいる。手首に届く長袖に至るまで、前や袖の開きはひとつ残らず複雑な結い紐できっちりと閉じ合わされ、ゆるめるだけで一時間はかかりそうだ。炎の温かな光も、ローレントの姿の険しさをわずかもやわらげはしない。

　こうしてその姿を近くで見ても、先刻の印象を裏付けられるばかりだ。甘やかされ、つけ上がった顔。まるで、放置されて腐りかけた果実。かすかに腫れぼったい瞼と口元のゆるみが、今まで取巻きにちやほやされてワインと享楽にふけっていただろうことをうかがわせる。

「お前をどうするべきか、ずっと考えていた」

　ローレントが口を開いた。

「柱にくくって鞭打って躾けるか。それともお前を、カストールがもくろんだ通りの目的に使ってやろうか。それもなかなか楽しそうだがな」

　デイメンのほうへ歩み出し、ローレントは四歩の距離を残して足をとめた。注意深く保たれた距離だった。デイメンの目測でも、首の鎖を限界まで張れば何とか近づけるが、届かない位置だ。

「何も言うことはないのか？　ほかの者の耳はない、遠慮なく心の内を言うがいい」

　ローレントのなめらかな声は、優しくもなければ信用できるものでもなかった。

「野蛮人の〝汚泥に身を浸す〟つもりはないと聞いたが？」

　デイメンはそう、注意深く抑えた口調で返した。己の心臓の拍動を感じる。

「俺にはな」ローレントが応じた。「だがもし兵の一人にお前をくれてやったら、見物する程度の下品さは嗜《たしな》んでもよいかもしれんな」

デイメンはその言葉にたじろぎ、表情を隠すこともできなかった。

「気に入らないか?」ローレントが問う。「なら、もっといいことを考えてやってもいい。こっちに来い」

この男への不信感と嫌悪感で腹の内が煮えていたが、デイメンは己の現状を噛みしめる。アキエロスでは自由になろうともがいた結果、さらに厳しい拘束を招いただけだった。このヴェーレでは、ただの奴隷の身である以上、いつか逃亡の好機は訪れる——誇りにこだわって熱くなり、台なしにせず待てたならば。そのためなら、ローレントの幼稚で刺々しい残忍さにも耐えられる。デイメンはアキエロスに戻らなければならないのだ。すなわち、今は、命じられるまま従うしかない。

デイメンは、一歩踏み出した。

「違う」ローレントが満足そうにさえぎる。「這え」

這え。

たった一言の命令に、まさしく周囲のすべてが凍りついた。デイメンの心のどこかが、偽りの服従など捨てて誇りを守れと囁く。

だが、デイメンが衝撃と嫌悪を顔に出したのも一瞬、たちまちその体はローレントからの無

言の合図によって衛兵たちに力ずくで押さえこまれ、手と膝を床に付かされた。次の瞬間、またしてもローレントの合図を受け、兵がデイメンの顎に拳を叩きこんだ。一発、二発。そして、さらに。

頭がくらくらした。唇から滴った血が床のタイルを汚す。デイメンはそれを見つめ、自制心を振り絞って、反応しないよう自分を抑えた。受け入れろ。いつか来る好機を待て。

顎を動かしてみる。折れてはいない。

「先刻も、お前は無礼だったな。その手の悪癖は正せるものだ。馬の鞭でな」

ローレントのまなざしがデイメンの体をたどっていく。デイメンの服は今の荒々しい扱いで乱れ、胸元がさらけ出されていた。

「お前、傷があるのだな」

傷痕なら、二つある。今見えているのは左の鎖骨のすぐ下の傷だ。デイメンは初めて、さし迫った危機感を覚え、鼓動が速くなった。

「それは——軍隊にいたので」

嘘ではない。

「つまり、カストールはただの兵士を王子のお楽しみ用にと送りつけてきた、そういうことか？」

デイメンは、その問いに答える言葉を注意深く選んだ。異母兄のカストールのようにたやすく虚言を言える口があればと願う。

「カストールは、俺を罰そうとして……俺が——おそらく、彼の怒りを買ったのかと。この地へ送られた目的がほかにあるとしても、それは、俺の知るところではない」

「あの妾腹《めかけばら》の王は、己には不要のものを俺の足元へ投げ捨ててきたと。そんなもので俺が満足すると思ってか？」

「はたして、お前を満足させられるものなどあるのかね？」

ローレントの背後から、そう声がした。

ローレントが振り向く。

「お前は何につけても不満ばかりだ。近ごろはな」

「叔父上」ローレントが言った。「気がつきませんで」

叔父？　デイメンは、今宵二度目の衝撃を受けた。ローレントが叔父と呼ぶ相手はただひとり。すなわち、扉口を満たすように立つ威圧的なその姿こそ、ヴェーレの執政その人であった。

執政とローレント、叔父と甥の間に、一見して似たところはなかった。執政は四十代、肩幅は広くがっしりとして、権威をたたえていた。髪と口髭は焦げ茶色で、彼と同じ家系からローレントの金の髪や白い肌が生まれるとは見えないほどだ。

執政は、デイメンを上から下までちらりと眺めた。

「その奴隷は、自ら我が身を傷つけでもしたのかね」

「私の奴隷だ。何をしようと勝手でしょう」

「そうであっても、死ぬまで打ちのめすようなことは許さぬ。カストール王からの贈り物に対して、それは礼を逸した行為だ。我らはアキエロスと同盟を結んだのだ。お前のささいな偏見からその関係を危険にさらされては困る」

「ささいな偏見」とローレントが呟く。

「お前も、我々の協定と同盟関係を尊重してくれるだろうな？　皆にならって」

「その協定には、私がこのアキエロスの兵士崩れと遊ぶこと、とも書かれているのでしょうな？」

「子供のようなことを言うな。誰だろうと好きな相手と遊ぶがよい。ただしカストール王からの贈り物は大事に扱え。お前はすでに国境での勤めを怠っている。その上、この宮廷で義務をなまけるようなことは許されん。その奴隷にはふさわしい扱いを与えよ。それが私の命令だ。これに従うこと、よいな？」

一瞬、ローレントは反抗しそうに見えたが、すぐにその態度を抑えて、ただ一言答えた。

「はい、叔父上」

「よし。来るがいい。この話はもうすんだ。お前が何か不愉快な問題を起こす前に報告を受けられて幸いだったよ」

「ええ、まったく幸いです。あなたに不愉快な思いをさせるのは本意ではないのでね、叔父上」

ローレントの返事はなめらかだったが、言葉の裏に何かをはらんでいた。

執政はそっくりの口調で返した。

「お前と思いが一致するとは、実に喜ばしい」

彼らの退出は、デイメンに安堵をもたらす筈だった。執政がローレントの行為に横槍を入れてくれたことにも。部屋にひとり残され、夜の残りは何事もなくすぎていったが、それでもローレントの青い瞳とその目つきを思い出すと、デイメンには判断がつきかねる。執政の慈悲が、果たしてデイメンにとって恵みとなるのか、それとも事態を悪化させただけなのか。

第二章

「執政殿下が昨夜、ここにおいでになったと？」

すべての指に指輪を飾っているあの男が、開口一番、デイメンにそうたずねた。デイメンがうなずくと、男は眉をひそめ、額の真ん中に二本の皺を刻んだ。

「王子のご様子はいかがであった？」

「うるわしく」

デイメンは答えた。

指輪の男はデイメンを鋭く見据えていた。デイメンの食事を下げる召使いに短い指示をとばす間だけ、その視線が外れる。それからまたデイメンに話しかけた。

「私はラデルだ。家令である。お前にひとつだけ言い置いておく。お前はアキエロスで警固の者に刃向かったそうだな。同じことをここでしようものなら、船上でのように薬を盛った上、様々な恩恵も剝ぎ取るからそのつもりでな」

「承知した」

またじろりと、答えを疑うかのようににらまれた。

「王子の後宮に迎えられるのは、名誉なことだぞ。多くの者がその栄誉を欲している。故国でお前にいかなる恥があったにせよ、それがお前にこの恩恵をもたらしたのだ。お前は膝を折って王子へ感謝の意を捧げるべきだ。己の矜持《きょうじ》など捨て、これまでの下らぬ生き方も忘れるがいい。今のヴェーレは執政の手に預けられており、じき王子が王に即位される。お前は世継ぎの王子に仕えるためにのみ存在しているのだ」

「承知した」

デイメンはそう答え、できる限りの喜びと恭順《きょうじゅん》を装った。

昨日と違い、目覚めてすぐ自分の状況がつかめずにとまどうこともなかった。記憶ははっきりしている。起き抜けの体はローレントから受けた扱いにきしんだが、ざっと確かめた限り、修練場で時おり受けた以上の痛手ではないと判断し、デイメンは頭を切り替えた。

ラデルの声の向こうから、遠く、耳慣れない弦楽器が奏でるヴェーレの曲が聞こえる。音が、扉や窓の透き彫りの、無数の穴を抜けてくるのだ。

ラデルが彼の現状を〈恩恵〉と表した言葉には、皮肉にも一面の真実があった。この部屋はアキエロスで閉じこめられていた汚い独房とはほど遠く、船上でのように薬で朦朧とさせられてもいない。寝床は牢獄ではなく、王族の後宮の一室。食事は繊細な葉群れの装飾がある金箔飾りの盆に盛られ、夜風が吹けば、窓に張られた紗幕を通してジャスミンやプルメリアの優雅な香りが漂ってくる。

それでも、ここは牢獄だ。デイメンは首枷をはめられて首に鎖をつながれ、単身、敵に囲まれ、故郷からも遠い。

デイメンにまずもたらされた恩恵は、目隠しをされ、付添いとどこかへ連れて行かれることだった。沐浴《もくよく》と身支度のためだ――アキエロスで、彼はヴェーレのしきたりについても学んでいた。

部屋の外、王宮内の様子は、目隠しに遮られて謎のままだ。弦楽器の旋律が少しの間だけ大きくなったかと思うと、曖昧なこだまになって消えていった。一、二度、デイメンは低い、歌うような声を聞く。そして笑いも。やわらかく、睦言《むつごと》のような。

後宮を抜けながら、アキエロスからヴェーレに贈り物としてつれてこられたのが自分だけではないのだと思い至って、デイメンは足元が崩れそうなほどの心配を味わった。世俗と隔絶されて育ったアキエロスの王宮奴隷たちはさぞや途方に暮れ、無防備でいることだろう。己を守るすべなど、何ひとつ知る必要のなかった者たちだ。自分たちの主人と会話すら通じているかどうか。奴隷たちは多くの言葉を学ばされるが、そこにヴェーレ語まで含まれているとは思えない。ヴェーレとアキエロスとの交流は限られたもので、グイオン元老が大使として訪れて和平の協定を結ぶまでは、二国の関係は敵意に満ちたものであった。デイメン自身がヴェーレ語に通じているのは、王子にとって、敵の言葉は友の言葉と同じほどに重要だという父王の強い勧めによるものだった。

目隠しが、外された。

このあふれるような装飾には、決してなじめまい。アーチの天井から湯をたたえてかすかな波音を立てる床の大きなくぼみに至るまで、すべてが小ぶりな彩色タイルでびっしりと覆われ、部屋中が青や緑、金に光っていた。音はくぐもって反響し、たちのぼる湯気に溶ける。

壁の一部を穿《うが》って、上がアーチ状にしつらえられた壁室がずらりと並び、悦びの場だろうが、今はどれも無人だった。そばに一つずつ、見事な細工の火壺が据えられていた。透け格子の扉は木ではなく金属製だ。

唯一その場に不釣り合いなのは、人を拘束するための重い木の刑台だった。この浴室にはあまりにも似つかわしくない。それが彼ひとりのためにわざわざここに持ちこまれているのだという事実を、デイメンは頭からしめ出した。目をそらし、ふと金属の扉に施された沈み彫りに視線をやる。どれも、絡み合った人の肢体だ。すべて男だった。あからさまな体位の。デイメンは風呂のほうへ視線を戻した。

「自然湧出《ゆうしゅつ》の熱泉なのだ」ラデルが、まるで子供相手のように説明した。「地下を流れる大きな熱い川から湧いているものだ」

地下を流れる大きな熱い川。デイメンは応じた。

「アキエロスでは、水道橋を用いて湯を運んでいる」

ラデルが眉をひそめる。「それが利口な方法だと思っているのだろうな」

すでに召使いの一人に何か合図を送っていて、ラデルの注意は少しそちらにそれているようだった。

召使いたちに服を脱がされ、拘束もされずに体を洗われながら、デイメンは大いなる忍耐で従っていた。小さな自由を与えても大丈夫だと、信用できると、まず示してみせなければ。

その決意が報われたのか、それともラデルがいつもは御しやすい相手ばかり扱っているからか——あくまでこの男は家令であって獄吏ではない——ラデルからの指示が出た。

「湯に浸かるがいい。五分やろう」

階段が弧を描いて湯の中へ消えている。付添いも皆、浴場から出ていった。デイメンの首枷についていた鎖も外される。

デイメンは湯に体を沈めながら、刹那の、思いがけない自由を噛みしめた。湯は熱く、ほとんど耐えがたいほどだったが、それでも心地いい。熱が体に染みこみ、痛みの残る節々《ふしぶし》をほぐし、緊張で凝り固まっていた筋肉がゆるんでいく。

ラデルが立ち去りがけに何かを火壺にくべ、それが炎を上げ、続いて煙をたてていた。時を置かず、甘ったるい香りが湯気と絡み合って浴室を満たしていく。その香りが感覚に染みこみ、デイメンはさらに緊張がほぐれるのを感じた。

思考がさまよい出し、どうしてか、ローレントのことを考えていた。

指で濡れた胸元をたどり、鎖骨にふれ、薄い傷痕をなぞりながら、デイメンは昨夜こみ上げた危機感の名残りを味わう。

〈傷があるのだな〉

この傷を付けたのは、ローレントの兄だ。

六年前、マーラスの戦いで。オーギュステ。ヴェーレの誇り、ヴェーレの王太子。彼の濃い金髪の色が、デイメンの記憶の内によみがえる。盾は土にまみれ、血にまみれ、星光の紋章も歪んでほぼ見分けがつかなくなっていた……金線紋様で美々しく飾られていた鎧も同様。デイメンは、あの瞬間の絶望的な切迫感を思い出す。鋼と鋼のぶつかる音、荒々しい息——あれは自分の呼吸だったか——、すべての力を振り絞り、かつてないほどに命を賭けて戦った、あの感覚を。

その記憶を脇へ押しやろうとしたが、かわりに別の記憶が浮かんできただけだった。さらに暗く、古い思い出が。どうしてかデイメンの心の奥底で、その二つの戦いはつながり合っているようだ。デイメンの手が湯の下へ落ちる。もうひとつの古傷は、もっと体の下方にある。オーギュステの手によるものでもなく、戦場での傷でもない。

デイメンが十三歳になった誕生日、訓練中に、カストールの剣で貫かれたのだった。

あの日のことははっきり心に刻まれている。デイメンが訓練で初めてカストールから一本取り、勝利に顔を輝かせながら兜を取ると、カストールは微笑みかけながら「訓練用の木剣ではなく本物の剣でやらないか」と誘ったのだった。

デイメンは誇らしさで一杯だった。十三歳になり、ついに男として認められ、カストールが大人として扱ってくれているのだと思った。カストールはまるで容赦せず、デイメンは傷を押さえた手から血があふれる時ですら、兄から対等に扱われた喜びに満ちていた。

今、カストールの目の中にあった暗い影を思い出して、デイメンは、自分が多くのことを見誤ってきたのではないかと疑う。

「時間だ」

ラデルが言った。

デイメンはうなずいた。風呂のふちに手をつく。あの馬鹿げた金の枷はまだ彼の首回りと手首を飾っていた。

火壺はもう蓋をされていたが、残り香が小さな眩暈を誘う。一瞬の脱力を振り払い、デイメンは湯気の立つ熱い湯から体を起こした。

ラデルが、目を見開いて彼を見つめていた。デイメンは髪に指を通し、湯を絞りきる。ラデルの目がさらに大きくなった。デイメンが一歩前に出ると、ラデルは無意識に後ろへ下がった。

「この男を押さえよ」

ラデルが、かすれを帯びた声で命じる。デイメンは口を開いた。

「そんな必要は――」

木の刑台の横木が上がり、デイメンの手首をそのくぼみにはさんで閉じた。重く頑丈な木で、大木の切り株か大岩のように動かない。デイメンが横木に額をのせると、濡れた髪の房がふれる木肌に水が黒く沁みていく。

「抗うつもりなどない」

「それを聞けてありがたいことだ」

デイメンの言葉に、ラデルがそう返した。

体を拭われ、香りのする油を肌に塗られ、余分な油は拭き取られる。アキエロスでの日々とさして変わるところはない。召使いたちの手つきは無感情でおざなりで、股間にふれた時ですら同じだった。アキエロスの浴場でデイメンが金の髪の奴隷から身支度の世話を受けた時のような、ほのかな官能の気配すらない。それでも、耐えがたいような扱いでもなかった。

召使いの一人がデイメンの後ろへ立ち、彼の後孔を慣らしはじめた。

デイメンの体がはねた勢いで、木の台座がギシッときしみ、背後で油の容れ物がタイルに落ちた音と、召使いの短い悲鳴が聞こえた。

「押さえつけろ」

ラデルが、険しく命じる。

ひとしきり済むと台座から解放されたが、デイメンは動揺を拭いきれず、従順に動きながらも、少しの間、周囲の状況に気を配ることさえできずにいた。今の行為で、己の中の何かが変えられてしまった気がする。いや——彼自身は何も変わっていない。変わったのは立場だ。ローレントの脅しにもかかわらず、己の身にそういった類いの危機が迫るとは、これまで現実として感じていなかったのだった。

「顔は塗るな」ラデルが召使いに指示を出す。「殿下はお嫌いだからな。宝石も——いらぬ。金ならよい。ああ、その服でよい。いや、刺繍のないもので」

目隠しがデイメンの目を覆い、きつく結ばれた。少しして、デイメンは指輪のはまった手が顎をつかみ、顔を上げさせるのを感じる。まるでラデルが、己の作った光景を愛で、味わおうとしているようだ——目隠しされ、背中で手を縛られたデイメンの姿を。

ラデルが言った。

「よし、これならよかろう」

次に目隠しが外されると、凝った装飾を施された両開きの扉が、目の前で押し開かれるところだった。

中は宮廷人であふれ返り、見世物の準備がしつらえられていた。部屋の中央を囲むように、クッションを並べた段席が据えられている。絹の段に囲まれた闘技場のような、息詰まる光景が作り出されていた。興奮めいた予感で空気がざわついている。貴婦人たちや若い貴人たちが身を寄せて互いの耳元に何か囁いたり、上げた手で口元を隠すように言葉を交わしていた。召使いが人々にかしずき、ワインや軽食、盆に載った糖菓子や砂糖漬けの果実などが供されている。

部屋の中央は円形に一段掘り下げられ、頑強な鉄環が床にいくつも据えられていた。デイメンの胃がねじれる。まなざしが、居並ぶ宮廷人たちをさっと仰いだ。

座しているのは、宮廷人たちだけではない。比較的落ちついた装いの貴人や貴婦人たちの間に、色鮮やかな絹を肌もあらわにまとい、顔に色料を塗りたくった美貌の者たちの姿が目立つ。一人の女は、蛇のように幾重にも巻き付く金の腕輪を両腕に飾り、デイメンの枷より重そうだ。鮮やかな赤毛の若者はエメラルドの小冠をかぶり、腰回りにペリドットで飾られた瀟洒な銀鎖を巻いている。まるで高価な娼婦に宝石をまとわせて誇るがごとく、ヴェーレの宮廷人たちは、己が飼っている色子を飾って自らの富を見せびらかしているようだった。

デイメンの視線の先で、段席にいる年嵩の男が、隣に座る幼い少年の体に包むような腕を回していた。息子を見世物につれてきた父親か。甘い、浴場で嗅いだのと同じ香りに気付いて見やると、一人の貴婦人が先が弧に巻かれた細長い煙管から深々と息を吸いこんでいた。彼女の目は半ばとじられ、横にいる宝石だらけの色子に肌を愛撫されていた。見物席の至るところで、手が素肌を、ひそやかながらも淫蕩に撫でている。

これがヴェーレだ。肉欲と頽廃にまみれた、蜜毒の地。デイメンの脳裏をかつての光景がよぎる。マーラスの戦場で夜明けを待った最後の夜、川向こうのヴェーレ野営地の暗い空に翻っていた厚い絹の三角旗、そして父の足元に唾を吐き捨てたヴェーレの使者。

首の鎖をぐいと前に引かれ、自分が扉口で足を止めていたことに気付いた。一歩出る。もう一歩。鎖で引きずられるよりは歩くほうがいい。

円闘場にそのまま引き出されるようなことはなかったが、安堵するべきか案じるべきか、心は定まらない。かわりにつれていかれたのは、青い絹で覆われた特別しつらえの席の前で、絹地には見覚えのある金の星光紋、すなわち王太子の紋章が入っていた。

デイメンの鎖の先が、床の鉄環につながれる。顔を上げると、目の前にブーツに包まれた優雅な足があった。

昨夜のローレントは酒量がすぎていたように見えたが、今日はその気配すらない。涼やかで超然とした姿で、黒に近いほどの紺の服に金髪がまばゆく映え、肌の白さが際立っていた。青い目は、空のように無垢な色をたたえている。だがよくのぞきこめば、底によどむものが見えるだろう。たとえば悪意。それを、昨夜の怒りを映したものだと見ることもできただろう――叔父との対峙をデイメンに目撃された、その意趣返しをもくろんでいるのだと。だが真実は、ローレントは初めてデイメンに目をやった瞬間から、そんな厭悪《えんお》の目を向けてきたのだった。

「唇に傷があるようだな。誰かに殴られたのか？　ああ、そうだったな、思い出した。お前はじっと打たせていたのだった。どうだ、痛むか？」

この男は、酔っていないとなおたちが悪い。デイメンは、背中で縛られている手をつい拳に握ってから、意志の力で指をゆるめた。

「会話くらいするべきだな。だろう？　俺がお前の健康についてたずねたというのに。ふむ、それで思い出した。昨夜はお前との、初めての夜であったな。今朝、俺のことを思ってくれたか？」

この問いに、うまい答えなどなかった。デイメンの中に不意に浴場でのことがよみがえる。湯の熱、たちのぼる甘い芳香、絡み合う湯気。

――傷があるのだな。

「折角楽しくなってきたところで、叔父の邪魔が入ってな。おかげで気にかかったままだったが」

ローレントの表情はごく純真なものだったが、ひとつずつ河原の石を返していくような執拗さで、デイメンの弱点を探ってくる。

「お前は何か、カストールの憎しみを買うようなことをしたのだったな。何をした？」

「憎しみ？」

デイメンは顔を上げ、問い返した自分の声の動揺に気付いた。無視しようと決めたというのに。ローレントの言葉にうまく乗せられていた。

「カストールが愛ゆえにお前をここによこしたとでも？　一体何をした。闘技会でカストールを打ちのめしたか？　それともカストールの愛人を寝取ったか。何という名だったかな――ジョカステか。それとも、」

ローレントは少し目を見開いた。

「お前が、カストールに抱かれた後で浮気したのか？」

その発想はあまりにも不意打ちで、おぞましく、デイメンの喉に吐き気がこみ上げた。

「違う！」

ローレントの青い目が光を帯びた。

「そういうことか。カストールは、畜舎の馬に乗るように兵士の尻にのっかっているのか。お前は、あの男が王だから歯をくいしばって耐えたか？　それとも楽しんだか？　お前にわかるか――その光景を想像するだけで、どれほど俺の気分がよくなるか。最高だな、男に押さえつけられて尻を犯されているお前の格好。瓶のように太い男根の、我が叔父のような髭面の男にな」

気付くと、首の鎖がぴんと張り、デイメンの体は拘束に引き戻されていた。ローレントが美しい顔で、親しげな口調で、そんな言葉を放つ様には、ひどく下卑《げび》たものがあった。

それ以上のいたぶりは、取巻きの一群が近づいてきたおかげで中断された。ローレントは純真きわまりない表情で彼らを迎える。デイメンは、その人々の中に濃黒の服をまとって胸に元老院の円章《メダリオン》を下げたグイオンの顔を見て、背をこわばらせた。ローレントと交わされた短い挨拶から、高圧的な空気をまとった女の名がヴァネスで、とがった鼻の男の名がエスティエンヌだと学ぶ。

「このような歓楽の場でお目にかかるとは珍しいこと、殿下」

ヴァネスが挨拶した。ローレントが応じる。

「少々楽しみたい気分でね」

「殿下の新たな手飼いは、なかなか評判になっていますのよ」ヴァネスはそう言いながらデイメンの周囲を回った。「こちらはまた、カストール王から叔父上に贈られた奴隷たちとは随分違いますこと。あの奴隷たちのほうは御覧になりまして？　この者よりも――」

「彼らのことは見た」

「あまりお喜びではありませんの？」

「アキエロスから、ヴェーレの権力者の閨にもぐりこむよう調教された奴隷を二十四人も贈られて？　至上の喜びだとも」

「実に甘い諜者《ちょうじゃ》ですこと」ヴァネスが同意しながら、ゆったりと席にくつろぐ。「ですが執政殿下は奴隷をすっかりお膝元に囲いこんでいらして、ほかの者にはまるでお与えにならないそうですよ。何にせよ、この闘技の場であれらを見ることはできないでしょうけどね。あれらには、それほどの――胆力がない」

エスティエンヌが鼻息を立て、己の手飼いの色子を抱きよせた。その色子は花のように脆く、わずかな風でも花びらが散らんばかりの繊細さだった。エスティエンヌは口を開く。

「誰もがきみのように闘技の場で相手を蹴散らすような手飼いばかりを愛でるわけではないのだよ、ヴァネス。私としては、アキエロスの奴隷が皆このようではないと知って胸をなで下ろしたよ。ほかの奴隷は、違うのだろう？」

最後の問いはやや不安そうだった。

「違う」グイオン元老が重々しく裏付けた。「どれ一人として、このようではない。アキエロスの貴族の間においては、支配力こそ高位の象徴とされる。ゆえに奴隷は皆、従属的に躾けられている。殿下、これはあなたへの賛辞の証でしょう。殿下であればこのような頑強な奴隷ですら恭順させられるとの――」

いや、賛辞などではない。カストールはすべての者を嘲笑っているだけだ。異腹の弟に生き地獄を味わわせ、返す手でヴェーレをも虚仮《こけ》にして。

「──そしてこの者の来歴ですが、アキエロスでは闘技会が多くとりおこなわれております。剣、矛、短剣など様々に。おそらくこの者は、そうした場で戦いを披露する戦士だったのではないでしょうか。実に野蛮な戦いですよ。剣の戦いはほぼ裸に近い姿で、無手の組み合いなどまさに裸で行われますからな」

「色子のようだな」

誰かがそう笑った。

人々についての噂話が始まる。さして有用な情報は得られず、なによりデイメン自身、会話に集中することができなかった。中央の闘技場、血と恥辱の予感がたぎるその場所に、どうしても目が引かれる。心の内では思った──つまり執政は、アキエロスの奴隷たちに目を配っているということだ。せめてもの慰めだった。

「アキエロスとの新たな同盟は、殿下にはたやすく受け入れられるものではないでしょう」

エスティエンヌがそう言っていた。

「殿下の、あの国への憎しみは誰もが存じております。アキエロスの野蛮な習慣に──そして勿論、あのマーラスでの戦いのこと──」

周囲が突如としてしんと静まり返った。

「この国の執政は、叔父だ」とローレントが答える。

「しかし殿下はこの春、二十一歳になられる」

「わかっておられるなら、私の前でも、叔父の前でのように慎重な物言いを心がけられたほうがよかろう」

「御意に、殿下」

エスティエンヌはそう答え、さっと一礼して、ローレントに退けられたことを悟って脇へ下がった。

円闘場で、何かが始まっていた。

二人の色子が入ってきて、互いに警戒を見せながら、試合相手と距離をあけて立った。一人は茶色の髪で、切れ長の目に長い睫毛をしている。デイメンの目はつい、相手の金髪の色子に吸い寄せられていた。もっともその金髪はローレントのように鮮やかな色ではなく、暗く黄褐色まじりの金髪で、目も青ではなく茶色だ。

デイメンは、浴場から――いや、クッションの上で目覚めた朝から――腹によどんでいた抑えた緊張が、もぞりと動くのを感じた。

円闘場の中では、色子たちが服を脱がされている。

「砂糖菓子は？」

ローレントがたずねた。親指と人さし指の間にはさんだ糖菓をさし出したが、指から食べるにはデイメンが膝立ちでのび上がるしかない位置に見事に保っている。デイメンは頭をぐいと引いた。

「強情だな」

ローレントはおだやかに呟き、菓子を己の唇へ運んで食べた。

様々な得物や道具が、円闘場の脇に並べられている。金属の長棒、種々の拘束具、まるで子供の玩具のような金の球がいくつか、銀のベルが一山、長い鞭、リボンや房で飾られた握り。これを見るに、円闘場の見世物は多岐にわたり、趣向を凝らしたもののようだ。

だが、今、デイメンの目の前でくり広げられようとしている見世物は、単純明快だった。陵辱。暴力的な。

二人の色子は膝立ちになって相手の体に腕を回す。審判が赤い薄布を宙にかざすと、手を離し、布をひらりと床に落とした。

色子たちの愛らしい組み合いはたちまちにほどけ、群衆の歓声を受けて、乱れた格闘が始まった。二人とも見目がよく、筋肉は薄く、どちらも格闘向きの体格とは言えないが、それでも観衆の中で主人にしなだれかかっている美形たちよりはまだ強靱そうに見えた。茶色の髪のほうが金髪よりも強く、先手を取った。

事が進むにつれ、デイメンは何が起きつつあるのか悟る。アキエロスで囁かれていたヴェーレの宮廷にはびこる悪徳が、まさに目前でくり広げられつつあった。

茶色の髪の色子が金髪の背に乗り、相手の脚を膝で割り開こうとする。金髪の色子は必死に振りほどこうとしていたが、虚しい試みだった。上の色子が金髪の腕をねじり上げ、もつれながら、その尻へ幾度か、腰を擦りつけては空振りする。そして次の瞬間、ぬるりと入っていた。まるで女相手のようになめらかに、もがく金髪の色子の後ろを貫いていく。この色子は——。

〈準備されてきている……〉

金髪の色子が叫びを立て、相手を振り払おうとしたが、その動きでもっと深くくわえこんでしまっただけだった。

デイメンはさっと目をそらしたが、観衆のほうを見ると同じくらい胸が悪くなった。ヴァネスの色子の女は頬を紅潮させており、女主人のヴァネスの指は淫らに忙しく動いている。デイメンの左手では、先刻目にした赤毛の若者が主人の服の前をほどき、手を差し入れて主人の熱に指を回している。

アキエロスでは奴隷の存在は控えめであり、人目のある場所で官能を匂わせることはあってもあからさまな行為に及ぶことなどない。奴隷たちを愛《め》でるのは、あくまで私的な場の愉しみだ。二人の交合を見物するために宮廷中を集めたりはしない。それが、ここでは、まるで饗宴。目はそらせても、耳まではふさげない。

ローレントひとりが、涼しげな顔だった。こんな光景を見すぎて、もはや鼓動のひとつも乱さぬほど感覚が麻痺しているのか。彼は、座の肘休めに片方の手首をのせ、ゆったりと優雅にくつろいでいた。自分の爪でも眺めているような風情だった。

円闘場の中では、見世物がその最高潮を迎えつつあった。そして、今や、それはたしかに見世物であった。二人の色子たちは熟達し、観衆に自分たちの行為を見せつけている。組みしかれた金髪の色子が上げる声はすっかり嬌声に変わり、突き上げに合わせてくり返し響く。上の色子が彼を絶頂へと追い立てる。金髪の色子は強情に逆らい、唇を噛んでこらえようとしたが、乱れた腰で突かれるたびに抵抗は崩され、しまいにはその全身を震わせて、果てた。

茶色の髪の色子が、己を引き抜き、達して、精液で相手の背を大きく汚した。

デイメンは、次に何が待ち受けているのか、もうわかっていた。金髪の色子の目が開き、主人の召使いに助けられて場からつれ出されていく前から。主人にあれやこれやと世話を焼かれ、ダイヤモンドの長い耳飾りの片方を与えられる前から。

ローレントが、繊細な指を上げて、衛兵にあらかじめ手配済みの合図を送った。

デイメンの肩を、手がつかむ。首枷から鎖が外される。デイメンがそれでも、放たれた猟犬のように円闘場にとびこまずにいると、剣先で追い立てられた。

「手飼いの色子を闘技場に上げろと、しきりにせがまれていたからな」

ローレントが、ヴァネスや、周囲の取巻きにそう言っていた。

「皆の願いを叶える時がきたようだ」

戦いが技と美の極致であり、勝者が名誉によって報われるアキエロスの闘技場に出ていくのと、それはまるで違っていた。デイメンは腕の拘束を解かれ、元々さしてない衣服を残らず剝ぎ取られる。こんなことが現実なのか。また胸の悪くなるような奇妙な眩暈を覚え——頭をはっきりさせようと小さく首を振ってから、デイメンは顔を上げた。

そして相手の姿を見た。

ローレントは昨夜、デイメンを兵士に犯させると脅した。目の前にいるのが、その役をあてがわれた男なのだ。

その野獣じみた男が、誰かの色子の筈はない。デイメンより体重があり、頑強な体軀には武骨な筋肉が盛り上がって、その上をさらに肉の層が覆っていた。この男が選ばれたのは体格からであって、見栄えからではあるまい。もじゃもじゃの黒い髪が頭を覆い、胸からあらわな股間まで、黒い体毛がまるで帯のように生えていた。鼻は平たく、折れた痕がある。この男を殴るような命知らずがいるとは驚きだが、戦い慣れしている証でもあった。どこかの雇い兵でも引っぱってきて、言いくるめたのだろうか——あのアキエロス人と戦い、犯せ、褒美ははずむと。男の冷たい目が、デイメンの裸身をじろりと眺めた。

いいだろう。たしかに体重は相手のほうが重い。通常ならばそれは不安の種ではない。体術はアキエロスでは鍛練のひとつであり、デイメンが好み、熟達する技でもある。だがデイメンは幾日もの過酷な監禁状態に置かれた後で、昨日は殴打も受けた。体のあちこちが痛み、褐色の肌もすべての傷を隠してはくれない。そこかしこのあからさまな痣《あざ》が、弱みを敵に教えているも同然だ。

デイメンは、今の状況を思った。アキエロスで虜囚にされてからの日々を思った。身に受けた殴打と拘束を思った。矜持が熱く燃え立つ。こんな観衆の目前で犯されたりなどするものか。野蛮人を見物したいと？　ならば見るがいい、その蛮族の戦いぶりを。

始まりは、先刻の二人の色子たちと同じ、気色の悪い体勢からだった。膝を付き、相手の体に腕を回して抱く。二人の大人の男たちの肉感が、色子たちとは別種の興奮を呼び、観衆は罵声を上げ、賭けやいかがわしい品定めの声が部屋中騒がしくとびかった。これほど近づくと、自分の肌の甘ったるい薔薇の匂いを越えて、相手の、雄の獣臭がデイメンの鼻をついた。赤い布が上がる。

最初の衝突は、腕を砕くような力だった。大岩のような男を、デイメンは力で組みとめたが、そうしながらも先刻の眩暈がまだ残るのが気にかかっていた。手足の感覚も、どこかおかしい——たよりないような……。

考えている時間はない。いきなり、親指が彼の目を狙ってきた。身をひねる。目などの急所は競技においては攻撃を避けるものだが、今は全力で守らねばなるまい。この敵はためらいもなく、えぐり、引き裂きにくる。デイメンの体は固く引き締まっているが、痛めつけられた痣の痕は新たな急所も同然だ。対戦相手もそれをよくわかっている。叩きこまれてくる凶暴な拳は、どれもそうした箇所を狙っていた。この男は残忍で非情だ。そして、容赦するなと命じられている。

それでも、まずはデイメンに分があった。体格負けし、奇妙な眩暈に悩まされながらも、身に付いた技が物を言う。敵を押さえこんだが、勝負を決めるべく力を集めようとした瞬間、空虚な脱力感がこみ上げてきただけだった。肺に拳を打ちこまれて、息が口から叩き出される。相手を組み手から逃していた。

次も組み勝った。デイメンは全体重をかけて男を押さえこんだが、体を震えが抜けるのを感じる。これほど苦労する筈がない。組みしいた男の筋肉にぐっと力がこもり、また振りほどかれた時、デイメンの肩に激痛が走った。息が荒くなっているのが、自分でもわかる。

何かがおかしい。この虚脱感は異常だった。また眩暈に襲われ、デイメンの脳裏を不意に、浴場でのあの甘すぎる芳香がよぎる……火にくべられた香料——薬だったのだ、と荒い息をついて思った。何かの薬を嗅がされたのだ。嗅がされたどころか、たっぷりと薬で蒸されたも同然だ。

勝機などなかった。ローレントは、この戦いの結末を確実なものにするよう、すでに手を打っていたのだ。

突然、凄まじい勢いで襲いかかられ、デイメンはよろめいた。足元を取り戻すのに、ひどく長くかかる。組みとめようとするがうまくいかない。少しの間、どちらも相手をとらえられずにいた。汗で肌がぬらつき、思い通りにつかめない。デイメン自身の体もうっすらと油を揉みこまれていた。奴隷として施されたあの下準備が、この瞬間、皮肉にも彼の貞操を守っている。こんな時でなければ笑えただろう。首すじに相手の熱い息がかかった。

次の瞬間、デイメンは仰向けに倒され、組みしかれていた。金の首枷のすぐ上に男の手がかかり、気管をつぶさんばかりの力で絞り上げられて、デイメンの視界の端が暗く沈む。男の勃起を感じる。観衆の声がうなりのように高まっていく。男がデイメンに乗ろうとしているのだ。

デイメンに押しつけた腰を揺すり、男は短い呻きのような息を洩らした。デイメンは虚しくもがいたが、男の手をふりほどく余力がなかった。脚が強引に押し開かれていく。駄目だ。必死に利用できそうな相手の弱点を探すが、何も見つからない。

目的達成は近いと見て、男の意識はデイメンを押さえることと、挿入の両方に占められていた。

デイメンは残った力をすべて振り絞り、敵の手がゆるむのを感じた。二人の体勢がわずかに傾き――重心が移り、デイメンはその動きを利用して、右腕を振りほどくと――。

その腕で、横ざまに殴りつけた。金の手枷が激しく男のこめかみを打ち、ガツンと、金属の塊が肉と骨にくいこむ嫌な音が響く。続けて、もう不要だったかもしれないが、デイメンの右拳がうなり、朦朧とぐらついた敵を倒す一撃を放った。

男の重い体が、半ばデイメンにかぶさるように崩れた。

デイメンはなんとか上体を起こし、本能的に、うつ伏せに倒れたままの相手から這って離れた。咳きこむ。喉がヒリついていた。息ができるとわかると、のろのろと膝立ちになり、それから立ち上がった。敗者を犯すなど、論外だ。先刻の色子たちの戦いは見世物の演技にすぎない。いかに頽廃しきったこの観衆たちでさえ、意識を失った男をここで犯せとは言うまい。

ただ、デイメンをひしひしと包むのは、周囲の観客たちの不満であった。誰ひとりとしてアキエロス人の勝利など望んではいない。特に、ローレントは。グイオン元老の言葉がふと、ほとんど滑稽によぎった——下品な趣向。

まだ、終わっていないのだ。薬で鈍った体で戦い抜き、勝っただけでは足りない。ここを勝ち抜ける道などない。執政がローレントをたしなめた言葉も、闘技場までデイメンを守りはしないのは明らかだった。そしてデイメンにいかなる仕打ちがされようと、この観衆は喝采を送るだろう。

何をすべきか、デイメンにはわかっていた。すべての反骨心を押しこめ、重い足を前へ進めると、彼はローレントの前へ膝をついた。

「あなたにこの戦いを捧げます、殿下」

記憶をあさって、ラデルの言葉を引っぱり出す。

「我が王子に仕えるためのみに、この身はあります。我が勝利が御身の栄光を照らしますように」

顔を上げるような愚かな真似はしなかった。できる限り、はっきりと声を張る。彼の言葉はローレントだけでなく、周囲に聞かせるためのものでもあった。必死で恭順を装う。疲れきり、膝をついたこの身で、そう難しくはなかった。今、一撃されれば、デイメンはその場に倒れるだろう。

ローレントは右足をわずかに前に出し、見事に磨かれた靴の先端をデイメンのほうへ向けた。

「くちづけるがよい」

ローレントが命じた。

デイメンの全身が、その言葉を拒む。胃を吐き気がつき上げる。肋骨の内で心臓が激しく乱れる。衆人の前での辱めを逃れるために、別の辱めに屈しろというのか。だが人々の目にさらされて犯されるより、靴へのくちづけひとつのほうがたやすい筈だ。……その筈だ。

デイメンは頭を下げ、なめらかな革の表面に唇を押し当てた。己をこらえて、ゆったりと、うやうやしい動作を心がける。臣下が主君の指輪にくちづけを贈るように。

靴先にだけ、キスをした。アキエロスの献身的な奴隷ならばさらに上へ唇を進め、足の甲や、大胆な者であればさらに上、引き締まったふくらはぎにもキスを捧げただろうが。

グイオン元老の声が聞こえてきた。

「殿下のお手並みは、まさに奇跡ですな。船上ではこの奴隷はまるで御しがたかったと申すのに」

「どんな犬でも服従を教えこめるものだ」とローレントが答える。

「何と素晴らしい！」

それはなめらかで洗練された、デイメンには聞き覚えのない声だった。

「オーディン元老」

ローレントが名を呼んだ。

その年嵩《としかさ》の男は、デイメンが観衆の中に見かけた顔だった。隣にいた息子だか甥だかに腕を回していた男だ。ローレントと似た暗い色の、実に見事な仕立ての服をまとっている。勿論、王子たるローレントに並ぶほどのものではないが、差は小さい。

「何という見事な勝利！　あなたの奴隷には褒美を与えねばなりますまい。是非、私からよろしいかな？」

「褒美か」

ローレントの声は無感情だった。

「あのような戦いは――実にめざましいもので――しかして肝心の、極みの部分が抜け落ちておりましたからな。本来の勝利の獲物の代わりに、この色子を与えてはいかがでしょうか。皆も」とオーディン元老が言葉を継ぐ。「この奴隷の、真《まこと》の営みを見たくてたまらぬでしょうからな」

デイメンの視線が、色子のほうへ向いた。

終わりではないのだ。営み、とデイメンは頭の中でくり返す。吐き気がした。

この少年は、男の息子などではなかった。色子なのだ。幼いほどで、華奢な手足をして、成長の兆《きざ》しさえまだないように見える。デイメンの存在におののいているようだった、薄い胸がせわしなく上下している。どれほど年がいっているにしても、せいぜい十四歳、それどころかデイメンから見ると十二歳ほどにしか思えない。

アキエロスへの帰還の夢が、蠟燭《ろうそく》の炎のように一瞬で消えて散るのを、デイメンは感じた。自由への道は、すべて、これで断たれた。服従。恭順。王子の靴へのキス。すべての芸をしてみせたのに。本当に、この先もやり通せると思っていた。

デイメンはすべての余力をかき集めて、口を開いた。

「この身は好きにするがいい。俺は、子供を犯したりはせぬ」

ローレントの表情がふっと動いた。

反論は、思わぬ方向から来た。

「僕は子供ではない」

すねた声だ。だがデイメンから疑いの目を向けられると、少年はさっと青ざめ、怯えた顔になった。

ローレントはデイメンから少年へ、そしてまたデイメンへまなざしを移した。何かが腑に落ちないというように眉を寄せる。あるいは、思い通りにいってないかのように。

唐突に、問いかけた。

「何故だ？」

「何故だと？」デイメンは言い返した。「殴り返せない者ばかりをいたぶる貴様らのような卑怯者とは違う。俺は、自分より弱い者を痛めつけて楽しむような真似はしない」

怒りで我を失ったあまり、一連の言葉はアキエロス語で口から出ていた。

アキエロス語を解するローレントが、まっすぐにデイメンを見つめ、デイメンはその視線を受けとめた。己の言葉に後悔はなく、嫌悪感だけが心にたぎっていた。

「殿下？」

オーディン元老が、当惑して問いかけた。

ローレントはやっと彼のほうを向く。

「この奴隷が言うには、この色子を殴り倒したり二つに裂いたり、怯え死にさせたくば、また次の場をしつらえよと。でなければ断ると」

ローレントは上席から立ち上がると、デイメンを半ば後ろへつき倒すほどの勢いでつかつかと、もはや奴隷には目もくれず歩きすぎた。召使いに命じる声がデイメンの耳に届く。

「北の中庭に馬を出せ。遠乗りに行く」

そして、すべては終わったのだった。やっと、しかも意外な形で――どうしてか決着した。

オーディンは眉をひそめて立ち去る。彼の色子も、何を考えているのかわからない目つきでデイメンを見てから、小走りでオーディンを追っていった。

デイメンには、今、何が起きたのか、まるでわからなかった。何の命令もないので、付添いから服を着せられ、後宮へ戻る仕度をする。周囲へ目をやり、円闘場がすでに無人になっているのに気付いたが、あの雇い兵が運び出されていったのか自力で歩き去ったのかは見当もつかなかった。円闘場を、細い血の痕が横切っている。召使いが膝をついてその血を拭っていた。

デイメンはおぼろげにぼやけた人々の顔の前をつれられていく。その中から、ヴァネスが唐突にデイメンに声をかけた。

「驚いているみたいね？　あらら……本当はあの子を愉しめるかと期待してた？　慣れたほうがいいわ。殿下はね、飼い犬の腹を満たしてやらないことで知られているのよ」

彼女の、なめらかに揺れる笑い声は、ざわめきや余興の音に溶けこみ、その音の中、廷臣たちはほとんど流れるように、闘技会場からそれぞれの昼下がりの楽しみへと去っていった。

第三章

目隠しがきっちり目を覆う寸前、デイメンは自分をつれて戻る二人の男が、昨日、彼を殴打した兵士たちだと気付いた。背の高いほうの名前は知らないが、もう一人の男の名はジョードだと、周囲の会話から聞き知っていた。二人。監視の人数としてはこれまでで一番少ないが、目隠しと拘束の上、疲労困憊し、とても好機とは言えない。部屋に戻ってまた首の鎖を床につながれ、やっと拘束を解かれた。

男たちはすぐには去らなかった。ジョードがたたずみ、もう一人が扉を閉めて、二人とも室内に残る。デイメンは反射的に、また殴られるのかと思ったが、すぐにこの二人が昨日のくり返しを命じられてではなく、己の意志でとどまっているのだと気付いた。もっと危険だろうか。デイメンは待った。

「戦うのが好きなようだな」

大柄なほうの兵士が言った。その口調からして、もう一戦することになるのかと、デイメンは身構える。

「お前を鎖につなぐのに、アキエロスじゃ何人がかりだった？」

「二人じゃ足りないな」

デイメンは言い返す。

だが、とても楽観できる状況ではない。少なくとも、このでかい男は厄介そうだ。

ジョードが男の腕をつかみ、抑えた。

「放っとけ」と言う。「俺たちがここにいるのも考えものなんだ」

ジョードは、もう一人ほど背は高くないが、肩幅は上回る。一瞬抵抗のそぶりを見せてから、男は部屋を出ていった。ジョードは残り、考えにふけるような表情でデイメンを見ていた。

「感謝する」

デイメンは淡々と礼を口にする。

ジョードは彼を見つめ返し、答えるかどうか迷っていた。

「……俺は、ゴヴァートには何の情もないが」

そう切り出す。最初デイメンは、背の高いほうの兵士のことを言っているのかと思ったが、
ジョードの続けた言葉で思い違いを悟った。

「執政のお気に入りをぶちのめすとは、お前には、破滅願望でもあるようだな」

「……執政の、何だって？」

胃が重く沈むのを感じた。

「ゴヴァートさ。あの野郎は、色々と顰蹙《ひんしゅく》を買って王の近衛隊から蹴り出された。それを執政が拾って子飼いにしている。王子がどんな手であいつを闘技場に引っぱり出したかは知らないが、まったくあの人は、叔父上を怒らせるためなら何でもするからな」

そこまで言って、ジョードはデイメンの表情に気付いた。

「何だ。ゴヴァートが何者か、知らなかったのか？」

そう、知らなかった。

ローレントに対する印象がまた変わり、あの男への軽蔑がさらに増す。どうやらローレント

は、薬を盛った奴隷が奇跡的に勝利した場合にまで備え、どちらに転んでも己の得になる仕掛けをしていたようだ。そうとも知らず、デイメンはうかうかと新たな敵を作ってしまった。ゴヴァート。その上、ゴヴァートの敗北は、執政に対する挑戦とも取られかねない。ローレントは当然そこまで計算の上、狡猾な罠としてデイメンの対戦相手を選んだのだ。

これが、ヴェーレだ。ローレントは、たしかに売春宿育ちのようなこなれた口をきくが、あくまで頭の中はヴェーレの宮廷人であり、その本性は二枚舌や奸計だ。そしてあの男のねじくれた謀《はかりごと》は、デイメンのように彼の手中にいる者にとって、この上なく危険なものだ。

翌日、昼前に、ラデルが部屋を訪れた。デイメンが風呂へつれられていくのを監督しに来たのだ。

「見事な試合だった。その上、王子にも敬意をよく示したな。素晴らしい。今朝は何の騒動も起こしていないようだし、上出来だぞ」

ラデルからそうほめられた。

デイメンはぐっとこらえて、たずねた。

「戦いの前に俺に盛った薬は?」

「薬など盛っておらん」

心外だとでも言うように、ラデルが否定する。

「何か、あっただろう。火鉢にくべた……」

「あれはカリスだ、慰みのために調合されたものであって、害などない。王子が、お前の気持ちを落ちつかせるのによいだろうとおっしゃったのだ」

「用いる量も、王子が?」

「ああ」ラデルがうなずく。「通常より多めにな。お前は体が大きいから考慮せよと。私には考え及ばぬところだ。殿下は、いつもすみずみまで目配りが行き届いておられる」

「ああ。段々わかってきた」

デイメンは呟いた。

昨日と同じようなことになるのかと覚悟していた。おぞましい新たな見世物の準備の入浴かと。だが結局は、付添いによって風呂に入れられ、部屋に戻され、昼食の皿を与えられただけだ。風呂は昨日よりも快適だった。鎖の拘束もなく、不躾《ぶしつけ》な指の侵入もなく、たっぷりと筋肉を揉みほぐされ、痛みや張りがないかと肩をたしかめられて、体に残った傷を丁寧に手当てされた。

そして、一日が何事もなく平穏に暮れていくと、デイメンは拍子抜けし、ほとんど失望すら覚えていた。おかしなことだ、絹のクッションの上で一日をすごすほうが闘技場に引きずり出されるよりはるかにいいに決まっている。誰かを殴り倒したい気分なのか。できれは、癪《しゃく》にさわる金髪の王子様とか。

翌日も、何事もなくすぎた。三日目、四日目、五日目も。

快適な牢獄ですごす毎日が、堪えがたくなってきていた。運ばれる食事と、朝の風呂以外は、無為な時間だった。

その時間を使って、デイメンは可能なかぎりの情報を学んだ。扉を守る兵士の交替時間は、あえて規則性がなく、予測は無理だ。兵たちはもうデイメンを家具かなにかのように無視することもなく、数人の名前も覚えた。闘技場での戦いが彼らの態度を変えたようだ。誰ひとり、命令にそむいて勝手に部屋に入りこそしなかったが、役目の間に短いながらもデイメンと言葉を交わす者も出てきた。時おりの、一言、二言。まずは糸口だ。

部屋には召使いも出入りし、食事を運び、便壺を空にし、松明をともし、消し、クッションを整え、取り替え、床を磨き、室内に風を通していく。だがその中の一人とすら個人的な会話を交わすのは——今のところ——不可能に近かった。デイメンと話すなという命令に、兵士たちより厳格に従っている。デイメンを恐れてすらいるのかもしれない。一度、やっと召使いの一人と目が合ったが、ぎょっとした様子で赤面していた。その時デイメンは片膝を立てて壁に頭をもたせかけていたのだが、必死で出口に向かいながらも仕事を片づけていこうとするその少年が哀れになって、声をかけてやった。

「心配するな。この鎖は切れやしない」

ラデルからも情報を引き出そうと幾度か虚しく試みたが、手ごわく、結局はえらそうな説教を聞かされるだけで終わった。

ゴヴァートは――とラデルは言った――王族の子飼いのごろつきなどではない。どうしてそんな馬鹿なことを考える？　執政がゴヴァートを傭役しているのは、思いやりによるものだ。おそらくはゴヴァートの家族への。お前は言われた通りにしていればいいのだ、それを忘れず心得よ。質問をする必要も、宮廷内の物事を気にする必要もない。雑念にとらわれず、王子に仕えることだけを考えよ。十月《とつき》のうちに王に即位されるお方なのだぞ――。

その頃には、デイメンはラデルの説教をすっかりそらんじていた。

六日目にもなると、浴場に通うのも朝の恒例となり、何も意識しなくなっていた。

だがついに今日、変化があった。デイメンの目を覆っていた目隠しが浴場の中ではなく、入る前に外されたのだ。ラデルの刺すような目が、商品を値踏みする商人のようにデイメンを注意深く眺める。使えるか？　使えそうだ、というように。

デイメンは鎖が外されるのを感じる。ここで。部屋の外で。

ラデルが、きびきびと言った。

「本日は、浴場での奉仕を命じる」

「奉仕？」

デイメンは聞き返した。奉仕という言葉に、浴場の中にある装飾に覆われた小部屋や、沈み彫りされた絡み合った肢体が脳裏をよぎる。

だが心の準備をする時間はおろか、問いかける余裕もない。闘技場に押し出された時のように、デイメンは浴場の中へと押しこまれていた。衛兵たちは外から扉を閉めてしまい、その姿は金属格子の扉にうつる影となる。

自分でも、何を予期していたのかはわからない。あの闘技場で見たような、堕落の光景に迎えられると思っていたのだろうか。至るところに色子たちがはべり、湯気にほてった裸身をさらしているような。あるいは、すでに始まった宴。絡み合い、うごめく肉体とくぐもった音。もしかしたら水が激しく波立つ音。

実際には、浴場には誰もいなかった。目の前に立つ一人を除いて。

湯気をもよせつけぬ姿で、乱れなく服をまとい、奴隷たちが湯船に入る前に体を清める洗い場に立っている。それが誰なのか見た瞬間、デイメンの手は反射的に首枷へとのびた。自分が鎖から解き放たれ、この男と二人きりにされていることが信じられなかった。

ローレントが、タイルに覆われた壁を背にし、よりかかってくつろいでいた。金の睫毛ごしに、すでにデイメンが見慣れた、刺すような目を向ける。

「我が奴隷は、闘技場では恥ずかしがり屋なのだな。アキエロスでも男の子を抱くだろう？」

「躾けがよいのでな。強姦する前に、相手が声変わりしているかどうかぐらいは確かめる」

デイメンはそう答えた。ローレントが微笑む。

「お前は、マーラスの地で戦ったか？」

その、まがいものの微笑に、デイメンは応じなかった。今や話題はあやうい刃のふちにさしかかっていた。答える。

「ああ」

「何人殺した」

「わからない」

「数え切れないほどに？」

楽しげに、まるで天気の話でもしているかのように聞く。ローレントは続けた。

「子供は犯さぬと、蛮人は言ったものだ。何年か後まで待って、一物《いちもつ》のかわりに剣で刺し貫くほうが楽しいか？」

デイメンの顔が赤らんだ。

「あれは戦いだった。どちら側にも死者が出た」

「ああ、もちろん、貴様らを何人か殺してやったとも。もっと殺してやる筈だったが、叔父はどういうわけか虫けらに情が篤《あつ》くてな。ほら、会っただろう？」

ローレントの姿は浮き彫りにされた彫像のひとつとよく似ていた。銀ではなく、金と白という色合いだけが異なっている。デイメンはローレントを見つめた。ここだ。この浴場で、この男は彼に薬を盛ったのだ。

「六日間も待って、わざわざ俺と叔父の話をしに？」

デイメンは問いかけた。ローレントは壁にもたれた体の向きを変え、さらに怠惰でくつろいだ姿を見せる。

「叔父は、シャスティヨンに狩りに向かった。野猪《のじし》を狩るのだ。何かを追い回すのがお好きでな。殺すのも好きだ。到着するまで馬で一日、それから古い砦に五日間、供と滞在する。臣下どもとて、王宮からの知らせで叔父をわずらわせるような愚かな真似はしない。俺が六日間待ったのはな、お前と二人きりになれるからだ」

美しい青い目がまっすぐにデイメンを見据えていた。その甘い言葉の下には、明らかな脅しがあった。

「二人きりか。扉を兵に守らせておいて」とデイメンは答える。

「また文句を言うか？　殴り返せないのは卑怯だと？」ローレントの声はますます甘く、やわらかだった。「案ずるな、いい理由がない限りお前を殴りはしない」

「案じているように見えるとでも？」

「闘技場では」とローレントが応じた。「少しばかり動揺していなかったか？　お前は手足をついて這いつくばっているのが一番似合う。野良犬が。俺がいつまでも無礼を許しておくと思うか？　そう思うならば、いくらでも好きな口を叩け」

デイメンは口をとじた。今や湯気が肌にせまり、熱気が体に絡みつこうとする。危険の存在も感じていた。己の言葉が耳に響いた。どんな兵士であっても、王子に対してこんな口を叩きはしない。奴隷であればなおさら、王子の姿をここに見た瞬間、平伏して礼を示しただろう。

ローレントが話しかけてくる。

「あの時、貴様が何を楽しんでいたか、知りたいか」

「楽しんでなどいなかった」

「嘘だな。貴様は相手を殴り倒すのを楽しんでいた。相手が起き上がってこられないその瞬間を楽しんでいた。俺のことも殴りたいだろう？　その衝動を抑えるのは苦しいか？　お前は滔々《とうとう》と己の正義を述べたが、そんなもの、その偽りの服従と同じく、とうにお見通しだ。そのなけなしの頭を使って、従順でお上品に振舞うほうが身のためだと考えたのだろう？　だがな、貴様が本当に好きでたまらないのは、戦いだ」

「だから今、けしかけようとしているのか？」

デイメンの声は、まるで自分の深いところから湧き上がってくるような、自分でも聞いたことのないものだった。

ローレントが壁から身を離して立つ。

「豚と豚小屋で遊ぶ趣味はない」凍るような声で言った。「ここには風呂に入りに来た。わかりきったことだろうが。近く寄れ」

デイメンが命じられた通りに動けるまで、一瞬の間があった。この浴場に足を踏み入れた瞬間から、彼はローレントを力でねじ伏せる可能性について頭の中で考えていたのだが、その考えは捨てざるを得なかった。ヴェーレの世継ぎを傷つけるか殺したが最後、この王宮を生きて出られまい。うかつなことをすれば必ず後悔する。

二歩開けたところで、足を止める。侮蔑も見せつつローレントが注意深く彼をうかがい、どこかしら満足した表情をのぞかせたのに意を突かれた。虚勢を張るかと思いきや。たしかに、扉の外には兵士が立ち、王子の声ひとつですぐさま剣を抜いて突入してくるのは明らかだったが、それでも、兵が間に合う前に怒りにかられたデイメンがローレントを殺さないとは限らない。可能性は大いにあった。同じ立場にある誰かなら、避けられない結末——衆人の前で生首をさらされるなど——を代償にしてでも、ローレントの首をへし折る満足感を選んだかもしれない。

「服を取れ」

ローレントが命じた。

デイメンにとって、元々、裸になることは不自然なことではない。今では、ヴェーレの貴族にとっては肌をさらすのが禁忌であることは承知している。だが彼はヴェーレの慣習になど重きをおいてはいないし、どうせ彼が見たヴェーレも社交の場ばかりだ。

衣服の留め具を外し、服が落ちるにまかせた。何がローレントの目的なのかがわからない。動揺させたいだけならまだしも。

「俺の服もだ」

ローレントが言う。

ますます不穏な気持ちがこみ上げたが、デイメンはそれを抑えて、前に進み出た。

異国の服に、一瞬とまどう。ローレントが威圧的な手を無造作につき出し、手のひらを上にして、そこから始めろとうながす。袖の下側は、服と同じ紺色の結い紐できっちりと、手首から二の腕あたりまで編み上げられていた。ほどくのに数分を要する。紐は細く、複雑で、しかもきつく絡み合い、一本ずつ環の摩擦と抵抗を感じながら引き抜かねばならなかった。

ローレントは、ほどけた紐を垂らして片腕をおろすと、逆の腕をデイメンへつきつけた。

アキエロスでは、肉体そのものの美を引き立たせるべく、衣服は簡素なものが好まれる。対照的に、ここヴェーレの服は肌の露出を抑え、複雑きわまりなく、脱ぐのに手間をかけるためだけにこれほど手がこんでいるかのように思えた。ひとつひとつ、儀式のように紐をほどいていきながら、デイメンはふと、ヴェーレの恋人たちは服を脱ぐのに半時間もかけてからやっと情熱の時間をすごせるのだろうかと、皮肉っぽく思う。このヴェーレでは、すべてのものがそんなふうに情熱を欠いた、虚飾なのかもしれない。情交すらも。

いや、ならばあの闘技場でくりひろげられていた放蕩はどうだ。色子たちはこんな複雑な装いではなく、もっと素肌にふれやすい格好をしていたし、あの時も赤毛の色子は主人の服のごく一部だけをうまくほどいて奉仕していた。

それぞれの紐をすべて解くと、デイメンはローレントの服を脱がせたが、どうやら、それは上着にすぎなかったようだ。上からはまったく見えなかったが、ローレントはその下に飾り気のない――だがやはり紐で結び上げられた――白いシャツを着ていた。

シャツと、ズボンと、ブーツ。デイメンはためらった。

ローレントが金の眉を上げる。

「奴隷が恥じらって、俺を待たせると？」

やむなく、デイメンは膝をついた。まずブーツを脱がせなければ。その次はズボン。そこまで脱がせて、デイメンは後ろに下がった。シャツの紐はもうほどかれ、しどけなくずり落ちて、ローレントの裸の肩がのぞいていた。ローレントは後ろに手を回して、シャツを引いて落とす。

その下には何も着ていなかった。

デイメンは常に、肉体の美に惹きつけられる。だが今回ばかりは、ローレントに対する凝り固まった嫌悪感が体の反応を打ち消した。そうでなければ抑えがたかったかもしれない。

それほど、ローレントの裸体は見事なものだった。端麗な顔と同じく、その体にも磨き抜かれた優美さが満ちている。デイメンほどの筋肉はないが、決してもう少年の体ではなかった。ローレントの肉体は成熟にさしかかった若い男の体であり、美しく均整が取れた筋肉は、躍動的な力強さと美しさを同時にそなえていた。そして、白い――少女のように淡い肌はなめらかで、傷ひとつない。その白い肌にうっすらと光る金の毛が、臍のあたりからさらに下へと続いていた。

ヴェーレは人前で肌を見せない文化だが、にもかかわらず、ローレントには自らの裸身を意識した様子はなかった。普段とまったく変わりなく、堂々として、遠慮もつつしみもない。まるで司祭からの捧げ物を待つ神のようにそこに立っていた。

「洗え」

これまで、デイメンはこのような召使いの仕事はしたことがなかったが、手に余る仕事でもなければ誇りが傷つくほどのことでもないだろう。ヴェーレの風呂での作法も、もう大方呑みこんでいた。だがローレントの放つ、どこか満足げな優越感が伝わってくると、つい反骨心がこみ上げてきて、抑えるのに苦労した。

なにしろ、二人の距離はあまりに近く、親密だ。デイメンは拘束もされていない。この浴場には二人しかいない。奉仕するものと、奉仕されるものと。

必要なものはすべて揃えられてあった。胴の膨らんだ銀の水差し、やわらかな布。硝子を編んだような瓶には香油や液状の石鹸が満たされ、銀の栓がされていた。デイメンが手をのばしたのは、葡萄の蔓を模した飾りの瓶だった。指でその盛り上がりにふれながら、固い栓を引き抜く。銀の水差しに湯をすくった。

ローレントが彼に背を向けた。

白い肌が、デイメンが注ぎかける湯の下で、真珠のようにきらめいた。石鹸の泡をすべらせていく。ローレントの体はやわらかでもなければ従順でもなかったが、たわめた弓のように優雅な力が張りつめた、しなやかな体だった。きっと、たまには廷臣たちが競い合う遊技に加わったりもしているのだろう。王子である以上、周囲は彼に勝ちをゆずるのだろうか。

ローレントの肩から、背中の下へと洗っていく。はねた湯のしぶきがデイメンの胸や太腿にもかかり、滴はつながりあって次第に膨らんでは、今にもつたい落ちそうになりながら、肌の上で光った。下から沸いてくる湯は熱かった。ローレントに、銀の水差しから注ぎかける時にもまだ熱かった。たちこめる空気も熱かった。

デイメンはその熱を意識する。自分の呼吸につれて大きく上下する胸を、そしてそれ以上のものを意識する。アキエロスにいた日々、金の髪の奴隷にかしずかれ、体を洗わせたことがよぎった。あの女奴隷の髪とローレントの金髪は、見まごうばかりによく似ている。もっとも、彼女ははるかに従順で、デイメンに肌を合わせてぴたりと体を添わせたものだった。指でデイメンのものを握り、デイメンの胸に押し当てられた乳首は熟れた果実のようにやわらかかった。

ドクン、と首すじが脈を打つ。

今、こんなふうに心を乱すわけにはいかない。デイメンの手は今や、ローレントの尻の丸みにかかっていた。固く締まった感触。泡ですべりやすい。デイメンは見下ろす。布を持った手がのろくなった。あたりにたちこめる蒸気の熱は、空気の淫らさを増すだけで、意志に反して、デイメンは自分のものが固くなってくるのを感じた。

雰囲気が変化する。手でふれられそうなほど濃密な欲望が、重く、二人を取り巻いていた。

「わきまえろ」

ローレントが凍るような声で言う。デイメンは答えた。

「もう手遅れだ、坊や」

ローレントはくるりと向き直った。落ちつき、狙いすました手の甲の一撃は、当たっていればデイメンの唇を切っただろう。だが殴られるのにうんざりしていたデイメンは、寸前でローレントの手首をつかんでいた。

二人の動きが止まる。一瞬、ただそのまま立っていた。デイメンはローレントの顔を見下ろす。白い肌は熱気でかすかに赤らみ、金の髪のはじが濡れ、金の睫毛の下で青い目は凍てつくようだ。

ローレントが、やや乱暴に手を振り払おうとする。無意識にデイメンは握る手に力をこめていた。

デイメンの視線は下へと移る——ローレントの濡れた胸元から引き締まった腰、さらにその下へと。こうして見ても、まるで非の打ちどころのない肉体だったが、ローレントの見せた氷のような憤怒はまがいものではなかった。ローレントの体は欲情のきざしすら見せていないと、デイメンは気付く。男の部分もまた、体つきと同じく見事なものではあったが、そこはわずかな予兆も見せていなかった。

ローレントの体に力がみなぎっていくのがわかる。だがその声は、普段の嫌みでゆったりとした調子とほとんど変わりなかった。

「俺は、声変わりはすんでいるからな。お前にはそれだけで充分なのだろう？」

まるで焼けた鉄をつかんだかのように、デイメンは手を離した。一瞬の後、さっきは止めた一撃が、デイメンの口元を、驚くほどの力で打った。

「つれていけ」

ローレントが命じる。決して声を荒らげたわけではなかったが、その一声で浴場の扉は勢いよく開いた。ずっと声の届く範囲にいたのだ。兵士がデイメンの体を荒々しく引き戻し、押さえつける。

「十字架にかけておけ。すぐに行く」

「殿下、この奴隷については執政からのお言葉が──」

「俺の言う通りにするか、それともお前がかわりに十字架にかかるかだ。選べ。今すぐ」

選択の余地などある筈もなかった。執政が狩りに出て、王宮にいない今。

〈俺が六日間待ったのはな、お前と二人きりになれるからだ〉

もはやほかの道などなかった。

「御意に、殿下」

慌ただしさにまぎれて、彼らはデイメンに目隠しをかけるのを忘れた。

王宮内部はまさしく迷宮のようで、通廊は別の廊下と絡むようにつながりあい、アーチの入り口からのぞく光景は様々だった。大小の部屋につながっていることもあれば、模様入りの大理石の階段があったり、囲まれた中庭に通じていたり、石畳が敷かれた庭もあれば刈りこまれた草木が彩る庭もあった。いくつかの入り口には格子の扉が立てられ、中をはっきりうかがうことはできなかった。デイメンは、廊下から廊下へと引き回される。途中で通りすぎた庭には二つの噴水があり、鳥のさえずりが聞こえていた。

注意深く、デイメンは道筋を頭に叩きこむ。彼をつれていく兵士たちのほか、人影はひとつもなかった。

後宮への出入り口は見張られているに違いないと考えていたのだが、やがて兵が何やら大きな部屋の前で足を止めた時、デイメンはすでにここが後宮ではないことに気付いた。いつ後宮から出たのか、それはわからなかった。

デイメンは、不意に鼓動を速めて、部屋の奥のアーチの外に開けた中庭を見つめた。他の庭のようには手入れが行き届かず、材木や、未加工の石材、何かの不用品などが、無秩序に散らばっている。手押し車も置かれていた。壁に囲われた庭の片隅では、折れた円柱が壁にたてかけられ、梯子がわりによじのぼれば上に行けそうだった。その先は、屋根に届いている。ゆるやかな傾斜や張り出し、彫像や壁龕《へきがん》で複雑に入り組んだ屋根に。

自由への道が、ここにあった。陽光よりもはっきりと、デイメンにはそれが見えた。

凝視しつづけるような愚かな真似は避け、デイメンは部屋の中へ視線を戻す。床には木くずが散らばっていた。どうやら修練場の類いのようだ。やや古くて質は劣るものの、後宮と並ぶほどの部屋のしつらえだったが、その調度がすっかり無駄だ。だが、ヴェーレではあらゆる部屋が後宮並みに飾り付けられているのかもしれない。

十字架、とローレントは言った。

それは部屋の奥に立てられていた。縦の支柱には巨木の幹から切り出した柱が使われている。腕木はそれよりは細いが、頑丈なものだった。支柱には綿入りの布が巻き付けられている。召使いがその布をきっちりと柱に巻いて結ぼうとしているところで、その様子にデイメンはローレントの袖の紐を思い出していた。

召使いが、自分の体重をかけて十字架の頑丈さをたしかめる。十字架はびくともしなかった。

十字架、とローレントは言った。それは、鞭打ちの架刑台であった。

デイメンは、十七の時に初めて己の部隊を持った。鞭打ちは軍の懲罰のひとつであった。司令官でもあり王子でもあったデイメン自身は鞭打たれた経験はなかったが、鞭打ちをはなはだしく恐れてもいなかった。限界近くまで人に痛みを与える厳しい懲罰として、鞭打ちというものには、なじみがあった。

同時に、鞭打ちの下では、強靱な男だろうと心が砕けることも知っていた。時には死ぬことすらあると。デイメン自身は――十七の時でさえ――己の麾下《きか》で死ぬほどの鞭打ちを許したことはない。正しい指示と規律に従えず耐えられないような兵は、それが上官の責でないのなら、軍から追い出すだけだ。そのような者ははじめから兵になるべきではないのだ。

おそらく、デイメンはここで命を落としはしないだろう。激しい苦痛を与えられはするだろうが。今つき上がる怒りは、ほぼ己に対するものだった。力に訴えようとすれば激しい報復を受けるだけだとわかっていたから、衝動をこらえていたというのに、今やこんなところにいる。それもローレントの美しい肉体のせいで。あの男の本性をうっかり忘れて体が反応してしまったなどという、下らないことで。

デイメンは十字架の縦柱に向かって縛られ、広げた両腕を腕木に固定された。足は自由にされる。もがくだけの余裕は残されていた――だがそうはすまいと、心に決める。兵士はデイメンの腕を引き、いましめを引いて、しっかりと固定されていることをたしかめると、デイメンの体勢を直して、しまいには足を蹴りひらいた。デイメンは何とか、抗わずに耐えようとする。苦心しながら。

一体、ローレントが現れるまで、そのままどれだけ放置されていたのか。少なくとも、ローレントが体を拭い、服を着て、無数の紐を結び直すだけの時間は経っただろう。

ローレントが部屋に入ってくると、男の一人が両手で鞭の強さを確かめはじめた。ほかのものを点検した時と同じ、落ちついた手つきだ。

ローレントの表情は冷たく、今から始まる鞭打ちへの迷いは見えなかった。デイメンと向き合って、壁によりかかる。そこからは鞭が打つ場所は見えないが、デイメンの表情がよく見える筈だ。デイメンは吐き気がした。

手首に鈍い痛みが走って、デイメンは無意識のうちに手を引き抜こうとしていたことに気付く。意志の力で押さえつけた。

何か、ねじれた物を指にはさんだ男が、デイメンの横に立った。それを口元へつきつけてくる。

「くわえろ」

開けた口に、見慣れぬものを押しこまれて、デイメンはその正体に気付いた。木片をやわらかな茶色の革でくるんだものだ。虜囚になってから強いられてきた口枷や轡《くつわ》などとは違い、これは噛んで痛みに耐えるよう与えられた、むしろ思いやりとも言っていいものだった。

男は、紐をデイメンの後頭部で結んで、それを固定する。

鞭を手にした男がデイメンの後ろに立った。デイメンは腹をくくろうとする。

「何回打ちますか」と男が聞いた。

「まだ決めていない」ローレントが答えた。「いずれわかる、始めてくれ」

まず、音が先だった。空気を切り裂くかすかな音、続いて、肉を打ち据える激しい鞭の音。

デイメンの体を荒々しい激痛が貫いた。肩を鞭打たれた瞬間、体がよじれ、ほかのことはすべて意識からかき消える。燃え盛るような痛みがまだ残るうちに、すぐさま二発目の鞭が残忍な力で背に振りおろされた。

手際よく、くり返し、たゆむことなくデイメンの背に鞭が叩きつけられる。打つ場所だけが変わっていく。それだけのわずかな違いに、デイメンの心がすがりつきはじめ、痛みの少ない場所を打ってくれと願った。全身の筋肉が収縮し、呼吸が乱れる。

気付くと、デイメンの体は痛みだけでなく、鞭打ちのリズム自体に反応を始め、衝撃を予想し、忌まわしい予感に体が身構えていた。だがついに、くり返しくり返し、重ねて同じ傷を打たれるに至って、そんなこともできなくなった。

デイメンは支柱に額を押し当て、そして——ただ、受け入れた。十字架に押し当てた体が痙攣する。神経も筋肉も限界まで張りつめ、背中から拡がる苦痛に全身が焼け、心までも崩れていく。もはや抗うすべはなかった。

自分がどこにいるのか、誰が見ているのか、すべてを忘れ去る。物が考えられる状態ではない。もはやデイメンを支配するのは激痛だけだった。

ついに、鞭が止まる。

そのことに気付くまでにも、少しかかった。誰かが後頭部の紐をほどき、口から木片を抜いている。やっと、段々に、自分の激しい呼吸や汗みどろになった髪が、デイメンにも意識されてくる。こわばりきった筋肉から力を抜き、背中を動かしてみた。激痛が走り抜け、じっとしていたほうが利口だと判断する。

　もし今、手首のいましめが外されて十字架から解き放たれたとしても、ローレントの足元に崩れ落ちるだけだろう。そんな思いが浮かんで、デイメンは己の弱気を打ち消そうとした。

　ローレント。ローレントの存在を思い出した瞬間、そのローレントがいつのまにか歩み出てすぐ前に立っているのにも気付いた。じっとデイメンを眺めている。ローレントの顔は完全に無表情だった。

　頬の傷に、ジョカステの指がふれた、あの瞬間がデイメンの脳裏をよぎる。

「お前が着いた最初の日に、こうしておくべきだったな」ローレントが告げる。「お前にはまさしくこれがお似合いだ」

「なら、どうしてやらなかった？」

　デイメンは聞き返した。ざらついた声は、ただひとりでに口からこぼれていた。抑えようという気力も尽きていた。まるで、自分の外側がはぎ取られて、むき出しにされているかのような気がした。ただし中からさらけ出されたのは弱さではなく、芯にある固い骨だったが。

「お前は、冷血で、恥知らずだ。そんな男が、どうしてためらった」

　口にすべきではない言葉だった。

「どうしてだろうな」ローレントの声は無関心だった。「お前がどういう男か、見きわめたかったのかもしれん。だがどうやら止めるのが早すぎたか？　続けろ」

デイメンは新たな一撃に身構える。予期したように鞭が振り下ろされなかった時、心のどこかが崩れた。

「殿下、このまま続ければ、この男が生きのびられるかどうか……」

「生きのびられると思うぞ。何なら賭けるか？」

ローレントはまたも冷たく、抑揚のない口調で言った。

「この奴隷が生きのびられるほうに金貨一枚賭けてやろう。その金貨がほしくば、全力を尽くして打つがいい」

デイメンの意識は痛みに呑みこまれ、男がどれほど鞭を振り下ろし続けたのか、まるで記憶にない。だが男が全力でデイメンを鞭打ったことだけはたしかだった。

次に鞭が止まった時、デイメンにはもはや憎まれ口を叩く気力など残っていなかった。視界が暗くぼやけ、意識を失わないよう気力を振り絞るのがやっとだ。ローレントが何か言っていることにもすぐには気付けないほどだった。その無感情な声が耳に届いても、言葉としてわかるまで長い時間がかかった。

「俺は、マーラスの戦場にいた」

ローレントが、そう告げる。

その言葉が心を貫いた途端、デイメンを囲む世界が一気に形を取り戻した。

「前線に出ることは許されなかったがな。だから、奴の顔を見ることもできなかった。あれからよく考えたものだ。もしあそこにいたなら、奴に何を言ってやっただろうとな。何をしてやっただろうかと。名誉と、お前は言ったか？　貴様らに名誉を語る資格があるとでも？　貴様らのことはよく知っている。アキエロスの連中と誇りを持って向き合ったところで己の剣で腹をえぐられるだけだ。お前の国の男が俺にそれを教えてくれたよ。いいことを教わった。お前も奴に感謝することだな」

「誰に……」

その問いを、デイメンは口から押し出す。痛みにくらみながら、だがデイメンには、予感があった。わかっていた。

「デイミアノスだ。死んだアキエロスの王子」ローレントが答える。「俺の兄を殺した男だ」

第四章

「くっ」

デイメンはくいしばった歯の間から呻いた。

「動くでない」と医師が命じた。

「つつくばかりで、不器用なやつめ」

デイメンは、アキエロスの言葉でそうののしる。

「静かにしろ。軟膏を塗布《とふ》しているのだ」

医師がまた命じた。

デイメンは、王宮の医者たちが嫌いだった。病んだ父王の最後の日々、父が病臥《びょうが》する部屋には医師が群れていたものだ。呪《まじな》いを唱え、もごもごと意見を述べては占術の骨を宙へ投げ、さまざまな治療を行ったが、父は日々弱っていくばかりだった。ともに従軍した軍医たちはもっと現実的で、彼らにはデイメンも含むところはない。マーラスの戦地でデイメンを手当てした軍医は慌てても騒ぎもせず、すぐさま馬上に戻るデイメンへ眉をひそめたが、文句は言わなかった。

ここ、ヴェーレの医師はまるで違う。安静を命じ、包帯を定期的に取りかえるようにと、こまごまと指示を与えた。床に付くほど長いガウンをまとい、パンの塊のような帽子をかぶっている。背に塗られた軟膏にも、デイメンは何の効き目も感じなかった。シナモンのいい香りはしたが。

鞭打ちから、三日が経っていた。刑架から下ろされて部屋へ戻る道の記憶は曖昧だ。朦朧としながら、それでも自分の足で部屋まで戻ったつもりはある。少なくとも、おおよそは。

よく覚えているのは、二人の兵士に支えられながら部屋へ入ったデイメンの背を、ラデルがおののいた顔で見つめていたことだ。

「王子が……本当に、こんなことを？」

「ほかの誰が？」

デイメンは言い返した。

ラデルが一歩出て、デイメンの顔を平手打ちにした。力がこもっていた上に、この男はすべての指に三つずつ指輪をはめている。デイメンを問いただした。

「一体殿下に何をしたのだ、貴様」

その問いに、デイメンは笑い出しそうになった。表情を読まれたのだろう、二発目の平手はさらに激しかった。暗転しかかった視界が、その痛みのおかげで晴れたが。そこまで、デイメンは何とかしがみつくようにして意識を保ってきた。これまで気絶したことはないが、こんな経験をしたこともないので、油断はできない。

「まだこの男を死なせるな」というのが、ローレントの最後の言葉だった。

王子の言葉はまさに法だ。おかげで、背中の皮を剝がされたのと引きかえに、デイメンの虜囚の待遇は法外に手厚いものとなった。あやしげな医師に毎日つつき回される栄誉付きで。

寝床は、楽にうつ伏せで寝られるよう（背中を守るために）大きなクッションに替えられた。毛布やさまざまな彩りの絹の上掛けまで与えられたが、腰から下にしか掛けられない（背中を守るために）。鎖が外されることはなかったものの、それも首枷にではなく金の手枷につながれるようになった（背中を守るために）。デイメンの背中に向けられる配慮の数々は、ほとんど滑稽なほどだった。

風呂には幾度も入れられた。浴槽の湯をスポンジに含ませ、そっと肌を拭われる。一日目、召使いが捨てた湯は赤く染まっていた。

何よりも大きな変化は、部屋のしつらえや日々の扱いではなく、デイメンに対する召使いや警固兵の態度だった。てっきりラデルのように憤慨と敵意の目を向けられると予期していた。だがかわりに、召使いたちからは同情のまなざしが、そしてさらに驚いたことに警固の兵たちからは共感が寄せられていた。闘技場での戦いぶりで腕前を認められた上、王子に鞭で叩きのめされたことが、デイメンを彼らの仲間にしたようだ。

あの背の高いほうの兵士、オーラント——闘技場の戦いの後でデイメンを脅した彼ですら、態度がやわらいでいた。デイメンの背をじっくり眺め、オーラントは王子のことを「冷血野郎」と——やや誇らしげに——評し、陽気にデイメンの肩を叩いたものだから、デイメンの顔は痛みに血の気を失った。

彼らの仲間意識を得た今、勘ぐられそうな問いはとにかく控えることにした。ひとまずデイメンは、文化交流としての話題に終始する。

アキエロスで、王の後宮をのぞいた者の目が潰されるというのは本当か？「いや、そんなことはない」「、アキエロスの女たちが夏に乳房まる出しの恰好をしているというのは？」「その通りだ」「、レスリングの試合を裸でするというのも？」「そうだ」奴隷も裸だと？」「ああ」、アキエロスは妾腹《めかけばら》の王と淫売の女王が支配しているそうだが、この話じゃ天国のようなところだな——と言ったのはオーラント。笑い。

妾腹の王と淫売の女王。ローレントの小馬鹿にしたようなその言い回しは、デイメンが耳にした限り、ヴェーレ人の共通認識になりつつあるようだった。

顎の力をゆるめて、デイメンはその言葉を流した。わずかずつ、厳しい警固もゆるんできた。今では王宮から外へ出る道も知っている。この鞭打ちと引きかえに得た情報だ、とデイメンは己に客観的に言いきかせる（二回分の鞭打ちだ、と背中が無言の異議を唱えた）。

背中のことは無視した。ほかのすべてに意識を集中させる。

デイメンの見張りについているのは王子の近衛兵で、彼らは執政直属の兵たちとは交わらず、連携もなかった。驚いたことに、ローレントのあの不愉快きわまりない人となりにもかかわらず、兵たちのローレントへの忠誠は固く、働きぶりは誠実で、一言の不平不満も漏れ聞こえてはこない。彼らはローレントと叔父の不和を重く受けとめており、王子麾下《きか》の兵と執政の兵の間には深い断絶と反目があるようだ。

どうせ、王子の近衛たちも、ローレントの人格ではなく見た目に心酔しているだけだろう。何より不敬な発言は、ローレントの容姿に対する軽口の数々だった。どうやら彼らの忠誠心がいくら高くとも、王子を組みしく妄想までは妨げないようだ。

「本当なのか」とデイメンに聞いてきたのはジョードだった。「アキエロスでは貴族の男が女の奴隷を持ち、貴婦人たちが男と寝るというのは？」

「ヴェーレでは違うのか？」

そう問い返しながら、デイメンは闘技会場の内外での様子を思い返してみたが、たしかに同性とよりそう姿しか見ていない。彼の持つヴェーレの事前知識には、性愛の範囲までは含まれていなかった。

「どうしてなんだ？」

「高貴な血筋の者が、私生児を作るような悪徳を避けるためだ」

ジョードが、ごく当然のように答えた。女の色子は貴婦人によって飼われ、男の色子は貴人に所有されていると。

「つまり、それではヴェーレの男と女は――決して――」

決して。貴族の間ではないことだ。まあ、時には。道を外れた者同士であれば。それは禁忌だ。

「私生児は災いだ」とジョードは言った。「一兵卒でさえ、女と性交したとしても、そのことは隠す。もし相手の女が妊娠でもすれば、彼女を妻《めと》として娶らない限り、自分の将来を失う。そんな危険を冒すより、貴族連中のひそみに倣《なら》って男とヤッてるほうがいい――」

それに、ジョードは男相手のほうがいいと言った。「お前は違うのか、デイメン？」男相手ならどこがどうなっているのか迷うこともない。力を加減しなくともいい。

デイメンは、あえて返事をしなかった。彼自身は女性を好むが、ここでそれを言い出しても何の益もない。ごくたまに、男と閨《ねや》を共にすることもあったが、それは相手に男として惹かれたからであって、女の代用品でもなければ女を避けるためでもなかった。どうも――とデイメンは思った――ヴェーレ人は、物事を不必要にややこしくしすぎるようだ。

話のはしばしに、役立つ情報があった。色子には見張りは付かない。だからこの後宮には、兵の姿がほとんどないのだ。色子は、奴隷とは違う。色子には自分の好きに行動する自由もある。デイメンはあくまで例外として後宮に置かれている――つまり、部屋付きの警固さえどうにかできれば、後宮内でほかの兵に行き当たる可能性は低い。

そして話のはしばしに、ローレントのことも出た。

「王子とは……？」

そう、ジョードが思わせぶりな笑みを浮かべながらデイメンを探る。

「闘技場と鞭打ちの合間にか？」デイメンは苦々しく言った。「何もない」

「あの人は不感症だって噂があるがな」

デイメンはジョードを凝視した。

「何だと。何故？」

「そりゃ、ほら、王子が誰とも――」

「俺が聞いたのは、王子がどうしてあんなななのか、だ」

ジョードの下らない説明を、固い口調でさえぎる。

「雪がどうして冷たいかって聞くのか？」とジョードが肩をすくめて問い返した。

デイメンは眉をひそめ、話題を変えた。ローレントの性向など何の興味もない。鞭打ち以来、デイメンのローレントへの感情は刺々しい嫌悪感から、もっと固く凍てついたものに変わっていた。

やがて、今さらな問いを放ったのはオーラントだった。

「お前は一体、どうしてこんな目に遭ってるんだ？」

「迂闊《うかつ》だったんだ。それに、俺は王に敵視されていた」

「カストールにか。誰もあいつに文句つけないのか？　淫売の息子を玉座に座らせとくなんて、どんな野蛮な国だよ」オーラントが吐き捨てた。「いや、悪く取るなよ」

「かまわないさ」

デイメンは、そう答えた。


七日目に、執政がシャスティヨンから帰城した。

デイメンが最初にそれに気付いたのは、彼の部屋の入り口に立った見慣れぬ兵の姿からであった。王子の近衛《このえ》とは装いが違う。真紅のマント姿で規律正しく並んだ兵たちは、どれも見知らぬ顔であった。

王子の医師と、もう一人、デイメンの見たことのない医師が熱を帯びた口論をしていた。

「この男を動かすべきではない」

ローレントのお抱え医師が言った。パンの塊のような帽子の下で眉をひそめている。

「傷が開きかねん」

「傷はふさがっているように見えるがな」相手が言い返した。「充分、立てるだろう」

「ああ、立てる」

デイメンはそう、同意した。続いて、その素晴らしい能力を披露してみせる。どういう状況なのか見当はついているつもりだった。王子の近衛を追い払う権限のある者など、ローレント本人を除けば一人しかいない。

その執政は、取り巻きを引きつれて入ってきた。真紅のマント姿の近衛兵を左右に従え、揃いの服を着た召使いたちが続き、さらに高い地位の貴人を二人つれている。

医師たちは合図をうけて、深い礼をするとたちまち姿を消した。それから執政が、二人の貴人を除いて、残る全員を部屋から追い出す。従者たちが一斉にいなくなっても、執政の存在感はわずかも減じなかった。形式的にはあくまでローレントの後見として王権を握るのみで、ローレントと同じ「殿下」という敬称で呼びかけられる身だったが、この男には王としての威容がそなわっていた。

デイメンは、跪いた。ローレントに対してと同じ過ちを執政相手にくり返すわけにはいかない。つい最近ローレントの仕掛けにのせられ、ゴヴァートを闘技場で打ち負かして、執政の顔を潰したばかりだ。ローレントへの感情が、閃《ひらめ》くようによぎった。デイメンの手首につながれた鎖が横の床にわだかまっている。半年前、自らすすんでヴェーレの貴族の前で膝を付くと誰かに言われたなら、デイメンは笑いとばしたことだろう。

執政に従えられた二人の廷臣は知った顔で、グイオン元老とオーディン元老だ。ともに重厚な鎖を首にかけ、円章《メダリオン》を胸に下げていた。元老院の象徴だ。

執政が口を開いた。

「己《おの》が目で見られよ」

「これは、カストール王から王子への贈り物……アキエロスの奴隷ですな」

オーディン元老が、驚いた声で言った。すぐに四角い絹の布を引っぱり出し、まるで繊細な己を守ろうとするように鼻に押し当てた。

「この者の背……実に、野蛮なことを」

まったくだ、とデイメンは思った。ヴェーレで「野蛮」という形容が、デイメンやアキエロス以外に向けられるのを初めて聞いた。

「これが、我々が大事に進めているアキエロスとの交渉に対しての、ローレントの答えだ」

　執政が語り出す。

「カストール王からの贈り物は敬意を持って扱うよう、この私から言い含めておいたというのに。かわりにローレントは、この奴隷を瀕死になるまで鞭打った」

「あの方はたしかに気ままな方ではあるが……こうも猛々しい、酷な方だとは存じませんでしたな」

　オーディンが、絹でくぐもったおののきの声を洩らした。

「これは猛々しさなどではない。あれによる、ひとつの反抗的な意思表明だ――私への、そしてアキエロスへのな。ローレントは、アキエロスとの和睦協定が塵《ちり》と帰すのを何より見たいのだよ。表立っても裏でも、何かにつけ、こぼしている――それについてな」

「見ればわかろう、オーディン」グイオン元老が口を開く。「この通り、執政がご心配なされていたようになった」

「ローレントの人となりには、根本的な欠陥がある。成長すればいずれ消えると思っていたが……裏腹に、あれは長じるにつれ、ますます目に余るようになってきた。もはや躾が必要であろうな」

「このような行為は看過できませんな」オーディンがうなずく。「ですが、何か有効な手だてが？　十月《とつき》で人の気性を変えることなどできますまい」

「ローレントは私の命令に背いた。この奴隷がまさにその証だ。我が甥についてどうすべきか、この者に問うのもよいかもしれんな」

冗談としか思えなかったが、執政は前に出て、デイメンのすぐ目の前に立った。

「顔を上げよ、奴隷」

デイメンは顔を上げた。ふたたび、焦げ茶の髪の、支配者の顔を見上げる。執政は不興げに小さく眉をひそめており、どうやらローレントも叔父のこの癖を受け継いでいるようだ。

以前、ローレントと執政に似たところなどないと思ったものだったが、あらためて見ると、その第一印象は正しくない。髪は黒っぽく、こめかみに白いものが混じってはいたが、執政の目は青かった。

「お前は、かつて兵士であったそうだな」執政がデイメンに話しかける。「アキエロスの軍では命令に背いた兵にどんな罰が課せられる？」

「公開での鞭打ちの上、軍から追放を」

デイメンは答える。

「公開での鞭打ち――」

執政が二人の連れへと向き直った。

「それは無理というものであろう。だが近ごろのローレントがこうも手に負えなくなってくると、我らに何ができるものか。王子に、兵と同じ規律を求められぬのが嘆かわしいな」

「即位までもはや十月……今、王子を譴責《けんせき》するのは得策ではないのでは？」

絹の布ごしに、オーディンがそう問いかける。

「ならばあれを野放しにして、和平を踏みにじらせ、民草の命を無駄に散らせよと？　戦争を煽らせて？　これは、私のあやまちだ。甥に情けをかけすぎた」

「私は譴責やむなしと存じます」

グイオンが賛同した。オーディンもゆっくりとうなずく。

「ええ、このことを知れば、元老院もその方針を支持いたしましょうぞ。細かい話は、場所を移して論じたほうがよいのでは――」

デイメンは、去っていく彼らを見送った。どうやら執政はアキエロスと永続的な和平を望み、そのために心を砕いているようだ。デイメンの一部は――この王宮を闘技場から架刑台まで灰《かい》燼《じん》と帰したい部分以外は――心ならずも、執政の高邁《こうまい》さに感銘を受けていた。

戻ってきた医師があれやこれやとデイメンの状態をたしかめ、召使いたちもやってきてデイメンをくつろがせ、それからどちらも去っていった。部屋にひとり残されたデイメンは、ふと過去を思う。

六年前のマーラスの戦いは、アキエロスに二つの、血みどろの戦果をもたらした。アキエロスの矢――幸運の風に乗った流れ矢が、ヴェーレの王の喉を射貫き、そしてデイメンは北の戦場で一騎打ちの末に、ヴェーレの世継ぎの王子オーギュステを斃《たお》した。

戦いの帰趨《きすう》は、オーギュステの死によって決した。王子の死という衝撃に戦意を喪《うしな》い、ヴェーレの兵たちの統制はみるまに崩れた。オーギュステは愛された指揮官であり、不屈の戦士であり、ヴェーレ軍の誇りそのものであった。オーギュステが矢を受けて倒れた後に戦列を立て直したのもオーギュステだった。オーギュステが兵を率いてアキエロス軍の北の一翼を崩した。次から次へと、アキエロスの兵が彼の前に倒れ伏していった。

「父上、私が彼に勝ってみせます」

デイメンはそう父に告げ、許しを得て、兵たちの列を抜けて前へと馬を走らせ、人生で最も重い戦いに挑んだのだった。

あの時、戦場に、ヴェーレの第二王子もいたとは知らなかった。六年前、デイメンは十九歳だった。ローレントは――十三歳か、十四歳か？　マーラスのような戦場に立つには若すぎる。

そして、玉座を継ぐにも若すぎた。ヴェーレの王と世継ぎの王子がともに戦場に散った後、王弟が執政の座に就いて実権を握った。執政の初仕事として彼はアキエロスへ停戦を呼びかけ、降伏の条件を呑んで、領有を争っていたデルファの地をアキエロスへ譲った。ヴェーレ人が今もデルフェアと呼ぶ地だ。

ごく理にかなった、冷静な行動だった。実際に顔を合わせても、執政は良識的で、分別のある男に見えた。面倒な甥に悩まされてはいるが。

どうして、あの戦場でのローレントの存在に自分の思いが向かうのか、デイメン自身にもつかめなかった。今さら顔を見分けられる心配はない。あれは六年も前で、ローレントはまだ子供であり、前線にはいなかったとローレント自身も語ったところだ。たとえ近くにいたとしても、マーラスの戦場は混沌そのものだった。デイメンの姿など、見ていても戦いの序盤のものだけ——鎧と兜にすっかり包まれた姿だけだろう。仮に、どういうめぐり合わせか、後に鎧と盾を失ったデイメンを見る機会があったとしても、その頃のデイメンは死に物狂いで泥と血にまみれて戦っていた。あの戦場にいた全員と同じく。見分けなどつくまい。

だが、もし、見分けられたら？

ヴェーレに住む男も女も、デイミアノスの名を知らぬ者はいない。王子殺しのデイミアノス。正体を知られるのは何より危険だと、デイメンにもわかっていた。だがどれほどその危険が迫っていたことか——それも、デイメンをもっとも憎む男によって見破られる危険が。

一刻でも早く、ここから逃げなければ。またひとつ理由が増えた。

〈傷があるのだな〉

ローレントの、あの言葉——。

「執政に何と申し上げた？」

ラデルが問いただした。この間、この男がそんな目をしたのは、手を上げてデイメンを殴りつけた時だ。力一杯。

「聞こえたであろう。鞭打ちに関して、執政に何と告げた？」

「一体、何を言えばよかったと？」

デイメンは、平静にラデルを見つめ返す。

「お前がするべきは」ラデルが応じる。「王子への忠誠を見せることだ。十月のうちに——」

「王となられる御方だから」デイメンが引き取る。「だがそれまでは、執政に従うのが道理なのでは？」

長い、冷たい沈黙が落ちた。

ラデルが口を開く。

「なるほど、どうやら早速にここでの身の処し方というものを学んだと見えるな、お前は」

「何を……？」

「宮廷へのお召しだ。歩けるであろうな？」

その言葉とともに、召使いたちの列が続々と部屋へ入ってきた。それを皮切りに、デイメンのこれまでのいかなる経験もかすむほどの身支度が始まった。闘技場前のあの準備すら、遠く及ばない。

身を清められ、細心な身繕いをされ、香水を浴びせられる。背の傷は避けつつ体中に香油を、それも金粉入りを揉みこんだものだから、松明の火を受けたデイメンの四肢は金の彫像のように輝いた。

　三つ揃いの小さな器と、繊細なブラシを手にした召使いが近づき、顔をずいとデイメンに寄せ、集中した表情で彼の顔貌を見つめながらブラシをかまえた。器には、化粧用の色料が入っていた。アキエロスを出て以来、顔に色を施されるような屈辱はこれが初めてだ。色料で先が濡れたブラシが肌にふれ、目を縁どっていく。睫毛、そして頰、唇と、色料がひんやりと乾いていくのを感じた。

　今回ばかりは、ラデルも「宝石はいらぬ」とは言わず、琺瑯と銀の小箱が四つ運びこまれて蓋を開かれた。きらびやかな中身から、ラデルがいくつか選り抜く。

　一つ目は、目につかないほど細い糸にルビーを等間隔で一連に吊るし、幾重にもしたもの。召使いがそれをデイメンの髪に編みこむ。それから眉を金で塗られ、腰に金の飾りをつけられた。続いては引き綱を、カチッと首枷に取り付けられる。やはり金でできた瀟洒な鎖で、付添いが持つ側は金の持ち手になっている。その短杖の先端には口にガーネットをくわえた猫の意匠が彫られていた。これ以上飾り付けられたら、動くたびにジャラジャラと音が鳴りそうだ。

　だが、まだ終わりではなかった。最後のひとつが待っていた。金の鎖の両端に、それぞれ同じ金具を付けたもの――はじめデイメンはそれが何だかわからなかったが、進み出た召使いが、その金具でデイメンの両乳首をパチリとはさんだ。

　はっと身を引いたが、遅すぎた。背中をこづかれて膝を付く。胸を大きく上下させて息をするたび、乳首をつなぐ細い鎖が揺れた。

「色料が擦《こす》れてしまったな」

ラデルが、デイメンの顔と体をじっくり検分してから、召使いの一人に指示する。

「ここと、ここだ。直しなさい」

デイメンは問いかけた。

「王子は、化粧を好まないと聞いたが……？」

「ああ、お嫌いだ」

それがラデルの返事だった。


ヴェーレの宮廷において、貴族たちは贅沢ではあってもむしろ地味な装いをするのが常で、それと対照的に、手飼いの色子たちは主人の富を見せびらかすかのようにまばゆく飾り立てられる。

そういう文化であるから、全身を金に輝かせ、鎖に引かれたデイメンが両開きの扉から現われた瞬間、彼が何者か、そこにいる誰もが一目で悟った。混み合うその広間で、デイメンの姿は際立っていた。

そして、ローレントの姿も。まばゆいほどの金髪が、一瞬で目をとらえる。デイメンの視線はローレントに吸い付けられていた。右で、左で、廷臣たちが静まり返っていき、後ろへ下がって、玉座までの道を空けた。

両開きの扉から玉座の壇まで敷かれた深紅の絨毯には、狩りの場面や林檎の木々の意匠が、ハアザミの飾り縁の内に織りこまれていた。壁を贅沢に飾るタペストリーにも絨毯と同じ深い緋色が目立つ。玉座もまた、同じ緋に包まれていた。

赤、赤、赤。ローレントただひとり、異彩を放つ。

考えが散っている。デイメンは集中して姿勢を保った。背中がうずく。

無理にローレントから視線を剝がすと、今や、人々の前で幕を開けようとしているこの見世物を仕組んだ人物へと目を向けた。長い緋の絨毯の先の玉座に、執政が座っている。膝に乗せた左手には、権威を示す金の錫杖が握られていた。そして彼の背後には、重々しいローブに身を包んだ、ヴェーレの元老議員の一同が立っていた。

元老院は、ヴェーレの権力の中枢だ。前王アレロンの時代、元老院の役割は国務への助言者であった。だが今は、元老院と執政がローレントの後見人として、その戴冠まで一時的に国政を預かっている。五人の、男だけで構成された元老院は、圧倒的な力で玉座の権威を裏付けていた。

オーディン元老とグイオン元老の顔は、デイメンも知っている。とびぬけて老いた一人はヘロデ元老だ。残る二人はジェウルとシェロートだろうが、それぞれを見分ける手がかりはない。

五人全員が、元老のしるしである円章《メダリオン》を首から下げていた。

さらに、玉座の背後、座壇の上に、オーディンのあの幼い色子が立っているのが見えた。デイメンよりもきらびやかに身を飾っている。デイメンのほうが目立ってはいたが、それもこの小柄な少年よりはるかに体格で勝り、肌の露出量も飾る場所も多いというだけのことだ。

典礼官がローレントの名と、続いてすべての肩書きを読み上げた。

進み出たローレントは、デイメンとその鎖を引く兵の歩みに加わった。段々に、この絨毯は試練の道のりだと、デイメンは思いはじめる。困難はローレントの存在だけではない。玉座の前での正しい作法での平伏の連続は、まさしくこの一週間分の傷の回復を無にしかねないほどのものであった。それも、やっと終わらせる。

デイメンは跪き、ローレントは敬意を表する程度に膝を曲げた。

宮廷に居並ぶ人々の間から、ひそひそと、デイメンの背中の傷についての呟きが聞こえた。おそらく肌に擦りこまれた金色との対比で、さらに陰惨に見えるのだ。それこそが、とデイメンは突然に気付いた。この装いの目的だったのだと。

執政は甥のローレントへの罰を望み、そして元老院が味方についた今、彼はそれを衆目《しゅうもく》の前で行おうとしているのだった。

公開での鞭打ち——デイメンは、執政の問いにそう答えた。

「叔父上」

ローレントが呼びかける。

背すじをのばし、ローレントの立ち姿は自然で表情も落ちついていたが、その肩にはどこかデイメンになじみの気配がにじんでいた。これは、戦いに挑もうとする男の姿だ。

「我が甥よ」執政が言葉を返す。「何故我らがこうして顔を合わせているか、承知しているだろうな？」

「奴隷が私の肌にふれたので、鞭打たせたまで」

ローレントの、なんとも落ちついた返答。

「二度だ。私の命に背いてな。二度目は、奴隷が死ぬ恐れがあるという忠告を無視してまで打たせた。もう少しで、その危惧通りになるところだった」

「だが生きている。間違った忠告でしたな」

またもや、ごくおだやかに。

「私からも言葉を残しておいた筈だ。留守の間、その奴隷にふれるなと」執政が続ける。「記憶にあるであろう。そう言い置かれていたことが。だがお前は、私の言葉も無視した」

「お気になさらないかと。アキエロス王からの賜り物だというだけでこの奴隷の非礼に目をつぶってやるほど、あなたがカストールに媚びへつらっているとは、よもや思いもつかず」

青い目は、完璧なまでに揺るぎがない。ローレントは口がうまい、とデイメンは軽蔑とともに思う。人前で裁こうとしたのを執政は後悔しているだろうか、とも考えた。だが、執政はたじろいだようにも、驚いたようにも見えなかった。たしかに彼なら、ローレントを相手にするのは慣れているだろう。

「和平を結んだばかりの今、カストール王から贈られた奴隷を死ぬほど鞭打つべきでない理由などいくらでもあろう。私が禁じたからなど、些細なものだ。それにお前は、罰を与えただけだと言った。だが真実ではない」

執政が手で合図をすると、一人の男が前へ進み出て、言った。

「王子は、この奴隷を死ぬまで鞭打てば、俺に褒美の金貨をくださるとおっしゃいました」

その瞬間、ローレントに肩入れしていた者たちの心が、一斉に彼から離れたのがわかった。

ローレントもそれを察知し、口を開こうとしたが、執政が機先を制して続けた。

「いいや。すでにお前には、謝罪するなりまともな釈明をするなりの機会を与えてやった。だがお前はかわりに、いつものように増長してふるまっただけだ。お前はまだ、どこの王の顔にも唾を吐きかけていい立場ではない。その年の頃、お前の兄は軍を率いてこの国に栄光をもたらしたのだぞ。引きかえ、お前は何を為した？　お前が宮廷での責務を果たそうとしない間、私は大目に見てきた。お前が国境のデルフェアでの義務を拒否した時も、好きにさせた。だが今回ばかりは、お前の慢心は隣国との調和を危険にさらした。元老院と私とは、もはやお前を放置してはおけぬと、同意に至った」

執政の声にこめられた曇りのない力が、部屋のすみずみにまで響きわたる。

「お前の所領のうち、ヴァレンヌとマーシェは没取の上、それぞれに属する兵と収益も召し上げとする。アクイタートのみ、お前のものとして残す。ともなってこれより十月、お前の収入も家士も減じることとなる。いかなる費用も、私に援助を仰ぐがよい。アクイタートの所領が許されたこと、この程度ですんだことに感謝せよ」

驚愕が、この罰を聞いた人々の上に広がっていく。中には憤った表情の者もいた。だが多くの者はどこかしら満足したような表情を浮かべ、さほど動じてはいないようだ。この一瞬、宮廷人たちの誰が執政側に立ち、誰がローレントに肩入れしているのかが一目瞭然だった。そして、ローレントのほうが分が悪い。

「アクイタートの所領を許されて感謝せよと」ローレントが応じる。「あの地は法によって叔父上には没収できない上、兵もおらず、戦略的な重要性も皆無に等しいというのに？」

「甥を罰して、私が心楽しいとでも思っているのか？　いかなる叔父も、今の私ほど胸を痛めてはおらぬだろう。己の責務を背負え――デルフェアへ向かうのだ、そしてその身に兄と同じ血が一滴でも流れていると示してみせよ、さすれば喜んで、すべてをお前に返そう」

「たしか、アクイタートには老いた門番がおりましたな。国境へ向かうのであれば、彼もつれていくほうがよろしいかもしれませんな？　鎧なら私のものを着せればよろしかろう」

「そうつまらぬことを言うな。国境での義務を果たしにゆくことを承知さえすれば、兵の頭数など余るほどにしてやろう」

「私がどうして国境などで無駄な時間をすごさねばならないのです、あなたはその間、カストールの思うがままに踊っているというのに？」

初めて、執政の表情に怒りがよぎった。

「お前はこれを国の体面の話にすり替えようとしているが、お前はただ、この国を守ることに指一本すら動かしたくないだけだ。真実は、お前は下らぬ悪意から行動し、今、その罰に憤っているにすぎない。己が招いたことだ。さあ、謝罪のしるしにその奴隷を抱擁し、それで終わりとしよう」

奴隷を抱擁？

待ち受ける人々の間に、緊張がみなぎる。

デイメンは、付添いにうながされて立ち上がった。てっきりローレントは叔父の命令にひるむかと思いきや、そのローレントがちらりと叔父を眺めた後、優雅に、従順な身ごなしで歩みよってきたので、デイメンはぎょっとした。ローレントがデイメンの胸から下がる鎖に指をかけ、引きよせる。デイメンは、左右両側の金具を引かれて、やむなく前へ出た。

ごく淡々と、無関心な手つきでローレントが指にデイメンの髪のルビーを握りこみ、頬に接吻できる位置まで頭を下げさせる。

かすかなだけのキスだった。デイメンの肌の金粉の一片たりとも、ローレントの唇に移りはすまい。

「そうしていると、淫売のようだな」

そっと、ほかの誰にも聞こえない囁きが、デイメンの耳をくすぐる。ローレントがさらに続けた。

「色まみれの汚い淫売。カストール相手のように、俺の叔父にもその足を開いたか?」

デイメンは荒々しくとびのき、金粉がローレントにべったりと擦れた。二歩の距離を置き、デイメンは嫌悪の目でローレントをにらみつけた。

ローレントは手の甲で、今や金にまみれた頬にふれると、純真な目を傷ついたかのように見ひらいて、執政へと向き直った。

「今の、奴隷の振舞いを御覧になったでしょう、叔父上。あなたが私になさったことは不当だ。この奴隷は当然の報いとして鞭打たれたまで。この者がいかに思い上がって反抗的なのか、今のでおわかりでは? すべてはアキエロスの者のあやまちだというのに、どうしてあなたは血族の者を罰されようとするのです」

攻撃の一手、そして反撃の一手。やはりこのようなことを衆人の前で行うのは危険をともなうのだ。そして事実、人々の間にローレントへの同情が芽生えつつあった。

「お前は、その奴隷はあやまちを犯し、罰せられるべきだと申したな。よかろう。その者は罰を受けた。今度はお前が己の罰を受ける番だ。お前であっても、執政と元老院の下した断には従わねばならぬ。騒がず受け入れよ」

ローレントは青い目を伏せ、いかにも慚愧《ざんき》に堪えないという表情をしてみせた。

「承知いたしました、叔父上」

この男は、とんでもなく腹黒い。

近衛兵の王子への固い忠誠心も、これでわかるというものだった。彼らはローレントの思うままに操られているだけなのだ。壇上では、ヘロデ元老が眉根を曇らせてローレントを見つめ、初めて憐憫の情を示していた。

執政は残るすべての儀礼をこなすと、立ち上がり、去っていった。何か余興が待っているのかもしれない。元老たちも従って去った。絨毯をはさんで左右対称に並んでいた廷臣たちが動き出し、部屋の秩序を崩して、気ままに入り混じりはじめた。

「鎖を、こちらへもらおう」

耳に心地よい声が、すぐ近くで聞こえた。

顔を上げたデイメンは、澄んだ青い目をのぞきこんでいた。横で、デイメンの引き鎖を持った付添いがためらう。

「何を待っている?」

ローレントが手をさしのべ、微笑した。

「その奴隷と私は、抱擁して喜ばしく和解したのだぞ」

付添いは、鎖をローレントに渡した。ローレントはすぐさま鎖をきつく引く。

「行くぞ」

そう、デイメンに命じた。

第五章

己が主役として譴責《けんせき》された場から、ひっそり抜け出せるとローレントが思っていたなら、考えが甘いというものだった。

引き綱につながれたデイメンは、ローレントの歩みが、同情を表明しようとする人々に次から次へと遮られるのを眺めていた。絹やリンネル、そして切々とした言葉がひらひらと宙を彩る。デイメンにとっては、恵みの猶予というよりは、来たるべきものをただ引きのばしているだけの時間。ローレントが鎖を持っているこの一刻ずつが、近づく運命の予告に思えた。恐怖とは違う緊張感がじわりと満ちてくる。見張りも目撃者もいない、そんな状況下でなら、ローレントと部屋で二人きりになるのはむしろ楽しみといえるかもしれなかった。

ローレントは、本当に口がなめらかだった。同情の声を見事に受けとめ、自分の立場を理路整然と語る。人々の論調があまりに執政に対して批判的なほうへと流れれば、それを自然にそらしてみせる。叔父に対して、ローレント自身は何ひとつ非難めいたことを言わなかった。だが会話を交わした相手は皆、執政は判断を誤ったか、さもなくば甥を陥れたと信じこまされていた。

それでも、ヴェーレの政情に通じていないデイメンが見てさえ、五人の元老全員が執政とともに去っていったのは象徴的に思えた。執政の、ローレントに勝る権力のあかし。元老院の後ろ盾があると。

この謁見の広間に残ったローレントの支持者たちは、それが気に入らないと愚痴をこぼしている。彼らが気に入るかどうかは問題ではないのだ。どうせ何も変えられないのだから。

今この場こそ、ローレントが残って、人々の支持を固めておくべきところだ。奴隷と二人きりでどこかへ姿をくらますのではなく。

それでもなお、状況と裏腹に、ローレントとデイメンは謁見《えっけん》の間を後にして、中庭をいくつも抜けていく。広々とした庭には木々が茂り、噴水や幾何学な庭園が配置され、くねる遊歩道がしつらえられていた。中庭の向こうに、人々が遊興にふける様がちらりと見えた。木々が揺れ、座興の灯が遠くきらめいている。

彼らは、二人きりではなかった。ひっそりとした距離を空けて、二人の兵がローレントの護衛についてきている。いつも通り。中庭にも先客がいた。一度ならず、連れ立ってそぞろ歩く恋人たちとすれ違ったし、寝椅子で体を絡ませて官能的なキスを交わす様も目にした。

ローレントは木陰の、蔦《つた》に覆われた東屋へ足を向けた。横手には噴水と、百合が咲き乱れる長い池がある。東屋の鉄組みへデイメンの鎖をつないだ。まるで馬でもつなぐように。そうする間、デイメンのすぐそばに寄ったが、ローレントにはまるで警戒した様子はなかった。

鎖をつなぐのは、屈辱を味わわせるため以外にない。知恵のない獣でもあるまいし、デイメンには鎖をほどくくらいたやすいことだ。デイメンをその場にとどめているのは鉄柱にゆるく巻き付けられた細い金鎖などではなく、揃いの服を着た兵たちであり、宮廷人の群れであり、そのほかの王宮内の山ほどの人間だ。自由を阻む壁。

ローレントが、数歩下がった。デイメンの見る前で、彼は上げた手を首の後ろに、まるで緊張をほぐそうとするようにふれた。何もせず、ただ静かにたたずみ、花が香る涼しい夜気を吸いこんで、吐き出す。ふとデイメンは、ローレントにとっても、宮廷での注目から逃れて一人になる時間が必要だったのかもしれないと思った。

ふたたび緊張感が満ち、凛として、ローレントはデイメンを振り向く。

「お前は自己保身があまり上手ではないようだな？　叔父上に尻尾を振ったのは失敗だったぞ」

「自分が叱られたからか？」とデイメンは言い返した。

「いや。お前が取り入ろうとあれほど必死だった兵たちを怒らせただけだからだ」とローレントが返す。「彼らは、忠誠より保身を選ぶものを忌み嫌うからな」

もっと直接的に責められるかとかまえていたので、婉曲な、搦め手からの一撃は予想外だった。デイメンは顎を噛みしめ、ローレントの姿をじろりと上から下まで見た。

「貴様は自分の叔父に手を出せないから、手の届くものに当たり散らしているだけだ。俺は、貴様など恐れない。俺を罰する気なら、さっさとするがいい」

「哀れな、愚鈍な獣《けだもの》め。俺がお前のためにわざわざこんなところまで来たと思っているのか？」

デイメンはまたたいた。

「とは言え」ローレントが呟く。「お前は役に立つか」

細い金鎖をふたたび取ると手首に巻き、ぐいと引いて、ローレントはその鎖を引きちぎる。それから一歩下がった。デイメンは、ちぎれた鎖をあっけにとられて見つめた。

「殿下」

声が呼びかける。ローレントが答えた。

「ヘロデ元老」

「会っていただいてお礼申し上げます」

ヘロデが話し出す。そこでデイメンに気付き、たじろいだ。

「お許しを。てっきり……お一人でいらっしゃるかと」

「許せと言うか」

ローレントが問い返す。

一言が、さざ波のように沈黙を広げていく。その中で言葉の重みが変わっていた。ヘロデが口を開いた。

「私は――」

そこでデイメンに目を向け、ヘロデははっと警戒の表情になった。

「危険では？　この者は鎖をちぎっている――衛兵、こちらへ！」

剣が鞘から抜き放たれる音がした。二つの剣。兵が東屋へ踏みこむと、デイメンとヘロデの間へ立ちはだかった。当然のように。

「殿下は正しかった」

ヘロデが、デイメンをじっとうかがう。

「気がつかなかったが、この奴隷にはたしかに反抗的な一面がある。闘技の場では、あなたによく仕えているように見えたが……それに、叔父上に贈られた奴隷たちはたいそう従順だ。宮廷に残って座興を御覧になれば、あなたも目にされるかと」

「彼らは前に見た」

ローレントの答えに、短い沈黙が落ちた。

「私とあなたの父上がごく親しかったのはご存知でしょう……」ヘロデが切り出す。「あの方が亡くなってから、私は執政へ揺るぎない忠誠を捧げてきた。だが今回ばかりは、その忠誠に目が曇って判断を誤っているのではないかと心掛かりで――」

「私が、受けた不当を十月経っても忘れずにいるのがご心配かな」

ローレントがそう応じて、続けた。

「だがご案じなさるな。じっくりお話をうかがえれば、これまであなたがただ誤解されてきただけなのだと、私にも納得できようから」

「庭園のほうに参りませんか。あそこならこの奴隷も椅子にて傷を休められましょうし」

「何とお優しいことを、元老」

ローレントはデイメンへ顔を向ける。甘ったるい声をかけてきた。

「背がひどく痛んでいるだろうな、お前も」

「何ともない」とデイメンは言い返す。

「ならば地面に跪いていろ」

ローレントの言葉とともに、デイメンはがっしりと肩をつかまれて膝を折らされた。膝が地についた途端、喉元に剣がつきつけられて、動きを封じる。

ヘロデとローレントは、まるで睦まじい散策のように、花香る庭園の小道へ連れ立って消えていった。

庭向こうの酒宴の客は庭園まで広がり、段々に人も増え、数々のランタンが吊り下げられた中を盆を手にした召使いたちが行き交う。

デイメンが膝をつかされている場所は彼らの通り道から外れていたが、時おり通りすがる宮廷人たちが彼を認め、何か言っていく。おや、あそこにいるのが王子の、蛮族の奴隷だ——。

苛立ちが、苦痛のように身の内に煮える。またもや、つながれていた。衛兵たちはデイメンの拘束について、ローレントほどのどかではない。デイメンの首枷はふたたび東屋の鉄組につながれ、しかも今回はちぎることなどできない本物の鎖によってだった。

尻尾を振る、だと？　デイメンは嫌悪とともに思い返す。ヘロデとローレントの遠回しなやりとりから、それでもひとつだけ、貴重な情報を得ていた。

この城内のどこか、それも遠くないところに、ほかのアキエロスの奴隷たちがいる。

彼らのことを思った。奴隷たちのことはずっと心配だったが、近くにいると知って心がひどくかき乱される。奴隷たちの出自は？　王宮奴隷ならば、奴隷の司のアドラストスに訓練され、デイメンと同じように国都から直接つれて来られたのだろうか。船内でひとり幽閉されていたデイメンは、奴隷たちの姿を見ていないし、向こうもデイメンを見ていない。だがもし王宮奴隷であれば、アキエロスの貴人に仕えるために格別に選り抜かれてきた彼らの内には、デイメンの顔を見知った者がいるかもしれない。

静けさが広がっていく中庭で、デイメンの耳に、やわらかな鈴の音が響いた。

浮かれ楽しむ宮廷人たちと離れ、庭のどこともしれぬところにつながれたデイメンが、アキエロスの奴隷と出くわしたのは、めぐり合わせが悪いとしか言いようがなかった。

引き綱につながれた奴隷を、ヴェーレの色子が綱で引いている。その奴隷は、デイメンのものとよく似てはいるがずっと小作りな金の手枷と首枷をはめられていた。鈴の音は、色子から響いている。まるで猫のように首から鈴を下げていた。色子は、肌を色料でたっぷりと彩っていた。見覚えのある色子だ。

オーディン元老の飼っている色子だった。あの子供。

デイメンは憂鬱な気持ちで、幼子を好む者の目には、この色子はきわめて魅力的に映るだろうと認めた。化粧に隠された幼い肌はみずみずしい。その貌《かお》が、もし同じ年ごろの少女のものであるならば、数年のうちに絶世の美女になるだろうと思えた。身につけた優雅さで、少なくともおおよそは、幼い手足の貧弱さをおぎなっている。

この色子も、デイメンのように髪に貴石を編みこまれており、亜麻色の巻き毛の中で小粒の真珠が星々のようにきらめいていた。容貌の中でも目を惹くのは息を呑むほど青い目で、こんな青をデイメンは見たことがない――ほんの最近のぞきこんだ、あの目のほかには。

幼い唇がキスの形に丸められたかと思うと、色子は、デイメンの顔面へ唾を吐き捨てた。

「我が名はニケイスだ」と宣言する。「お前は、僕を軽んじられるいかなる立場にもない。お前の主人は領地と財産をすべて召し上げられた。そうでなくともお前など、所詮ただの奴隷でしかない。執政から、王子を呼ぶよう言いつかってきた。彼はどこだ？」

「謁見の間へ戻っていった」

デイメンはそう答えた。ニケイスにあっけにとられていたせいだろう、嘘はただ、勝手に口から出た。

ニケイスは、じっとデイメンを見つめた。それから荒々しい手で奴隷の綱を引く。奴隷は前につんのめり、まるで足の長すぎる仔馬のように転びそうになった。

「夜じゅうお前をつれ回すのはお断りだ。ここで待て」

ニケイスは奴隷の引き綱を地に放り捨てると、鈴をさざめかせながらくるりと踵を返した。

デイメンは、唾をかけられた顔に手をやった。すぐさま奴隷が傍らに膝をつき、彼の手首をつかんで引きとめた。

「お許しを。色が移ってしまいますゆえ」

奴隷は、まっすぐデイメンを見つめている。デイメンが何者か悟った様子はなかった。奴隷はただ自分のトゥニカの裾を持ち上げ、デイメンの頬を丁寧に拭った。

デイメンは、肩の緊張を解く。考えてみれば、とやや陰気に思った。王子だと見抜かれるのではないかなど、思い上がりだろう。金の枷に金の化粧で装われてヴェーレの庭園の東屋に鎖でつながれた男が、アキエロスの王子だとは誰も疑うまい。

この奴隷が、アキエロスの王宮からつれて来られた王宮奴隷ではないこともわかった。この顔は忘れまい。奴隷の容姿と色合いはデイメンの目を奪うものだった。肌は白く、明るい亜麻色の髪は金の輝きを帯びている。まさしくデイメンが閨《ねや》に誘い、何時間か快い時をすごしそうな相手だった。

奴隷の、丁寧な指先がデイメンの頬にふれた。ふとデイメンは、ニケイスに嘘で無駄足を踏ませたことに少しの罪悪感を覚える。だが同時に、故郷からの奴隷と二人で話せる時間を思いがけなく得たのは有難かった。

「名はなんという？」

優しく、デイメンは問いかける。

「エラスムスと」

「エラスムスか。アキエロスの者と話せると、ほっとする」

本心だった。この慎み深く愛らしい奴隷と、刺々しいニケイスとの差を思うと、故郷アキエロスの率直で裏のない暮らしがひどくなつかしくなる。同時に、アキエロスの奴隷たちの身に強い懸念を抱いていた。彼らの優しくたおやかな気質は、このヴェーレの宮廷を生き抜くにはあまりにも不向きだ。エラスムスは十八歳か十九歳というところだろうが、あの十三歳程度のニケイスにかかれば赤子の手をひねるようなものだろう。ましてや、ローレント相手には。

「船の上に、薬を盛られて縛られている奴隷がおりました」

エラスムスが、おずおずと言った。話の最初から、彼はアキエロスの言葉を使っていた。

「話によれば、その奴隷は王子への贈り物だと……」

デイメンはゆっくりとうなずき、含まれた問いを肯定した。亜麻色の巻き毛だけでなく、エラスムスの目は、デイメンが見たこともないほど無垢で純真なはしばみ色であった。

「まあ素敵な眺めだこと」

女の声がした。

はっと身を引いたエラスムスがたちまち平伏し、額を地面に擦り付けた。デイメンはそのままでいた。跪き、鎖につながれているだけで充分な服従だろう。

その声は、ヴァネスのものだった。二人の貴人とつれ立って庭園の小径をゆったりと散策している。片方の男は色子をつれており、デイメンは、その赤毛の若い色子を闘技の場で見かけたのをうっすら覚えていた。

「我らのことは気にせず、続きを」

その色子がひややかに言った。デイメンが横目でうかがうと、エラスムスは微動だにしていなかった。そもそもエラスムスがヴェーレの言葉を解するかは、疑わしい。

色子の主人が笑った。

「あと一、二分遅ければ、二人がキスしているところを見物できたかな」

「王子にお願いして、この奴隷とほかの奴隷の営みを見物させていただけないものかしらねえ?」ヴァネスが問いかける。「なにしろ、真に力強く雄々しい営みなど、そう見られるものではないのだもの。この奴隷が誰かを組みしく前に闘技場から引き上げさせたなど、残念だったこと」

「この者の営みを見たいかどうかは、迷うところだな。先ほどの様子を思うと」

赤毛の色子の主人が答える。色子が口をはさんだ。

「この者が真に危険だとわかったからこそ、よりそそられる見世物になるのでは？」

「背中がひどい有様なのがねえ。でも正面は素敵。闘技場ではもっと、すみずみまで見せてもらったけれどもね。この者が危険かどうかは……グイオン元老の話によれば、この者は閨奴隷としては訓練されておらぬということ。でも訓練がすべてではないものねえ？　もしかしたら、そちらにも天賦の才があるかも」

デイメンは沈黙していた。この廷臣《ていしん》どもに何か答えるなど狂気の沙汰だ。ここはただ黙ったまま、彼らが厭《あ》きて立ち去っていくのを待つしかない。そして、デイメンはそうするつもりだった——その瞬間、どんな状況だろうと悪化させる声がするまでは。

「天賦の才とな？」

ローレントが、そう言った。

ゆったりとした足どりで皆に加わる。廷臣たちは次々に礼をして敬意を表し、続いてヴァネスが、今話題にのぼっていた内容をローレントに説明した。

ローレントがデイメンへ向き直る。

「ほう？　どうだ、お前は粗相なく交尾できるのか、それとも何であろうと相手を殺すしか能がないか？」

　もし鞭打ちか、ローレントとの会話かで選択肢を与えられたなら、デイメンは鞭打ちを選択するかもしれない。

「あまり口数の多いほうではないのね」

　ヴァネスがデイメンをそう評した。ローレントが応じた。

「時によりけりでな」

「僕、喜んで彼と営みますけれど」

　赤毛の色子が言った。形だけは主人にねだるそぶりだが、声がわざとらしい。

「アンケル、駄目だ、あの者に痛めつけられてしまうぞ」

「それを御覧になりたくはありませんか」

　そう問い返して、色子は主人の首に両腕を絡ませた。そうする寸前、ちらりとローレントへ流し目を送る。

　主人は眉をひそめた。

「いや、見たくなどない」

　だがアンケルの挑発が、主人ではなくローレントへ向けられているのはあからさまだった。

この少年は王子の歓心を買おうとしているのだ。貴族の色子が、ローレントがそれを好むかもしれないという期待だけで、自分を痛めつけてくれと申し出るなどどうかしている。デイメンは吐き気がした。それからローレントのことを考えて、余計に気分が悪くなる。たしかにローレントならこの少年が嬲《なぶ》られるところを見たがるかもしれない。

アンケルが、ローレントに問いかけた。

「どうお考えですか、殿下？」

「お前の主人は、お前に五体満足でいてほしいようだが」

ローレントがひややかに応じる
「ならば、この奴隷を縛っておけばよろしいのでは？」

見事な如才のなさで、アンケルはその言葉を王子に取り入ろうとする最後のあがきではなく、じゃれるような誘いに見せかけていた。

だがその努力も、無駄に終わりそうだった。ローレントはアンケルの色目にもまるで動じず、ほとんど厭きているようですらある。この男はデイメンを闘技の場に放りこみはしたが、いざ色情の香が濃厚にたちこめる場となると、脈ひとつ乱す様子もない。ヴェーレの宮廷人が〈営み〉と呼ぶ淫行にも、ローレントだけは一人はっきりと無関心で、なれなれしく奉仕する色子をつれていない唯一の貴族でもある。

——あの人は不感症だって噂があるがな。

ジョードは、そう言っていた。

「ならば、あちらの趣向が始まる前のちょっとした座興のようなものということでいかが？そろそろ、この者にも己の立場を知らしめるべきではないかと」

ヴァネスが問いかける。

デイメンは、ローレントがその提案をじっくりと考慮しているのを見ていた。これまでと異なり、はっきりと意識を向け、どうするか己の中で分析している。

そして、決断が下された瞬間を見た。ローレントの唇が笑みに歪み、表情が冷たく冴える。

「よいかもしれんな」

「駄目だ」

こみ上げる激情のままにデイメンはそう口走ったが、体を押さえる手を感じた瞬間、半ば絶望にとらえられていた。人々が集う宮廷の、目撃者のいる前で衛兵に全力で抗うなど、自殺行為でしかない。だが心も体も、理性と裏腹に、引きずられながらもできる限り事態を遅らせようと踏ん張る。

東屋の中に、半円を二つつなげたような寝椅子が据えられていた。廷臣たちはその片側に座ってくつろぐ。ヴァネスの求めに従って、召使いがワインを乗せた盆を運んできた。一、二人の貴族が通りかかってヴァネスと言葉を交わし、数日のうちに到着する筈のパトラスの使節団についての会話を始めた。

デイメンは、逆側の半円座に引きずっていかれると、皆と向き合うように座らされた。

何が起ころうとしているのか、まだどこか現実味がなかった。アンケルの主人がこまごまと指示を与えている。奴隷の体の自由を奪い、アンケルは口を使うがよいと。それを聞いたヴァネスが「殿下が許可なさるなんて希有なことなのだから、とことんまで楽しみましょうよ」と文句を言ったが、アンケルの主人は譲らなかった。

本当に、起ころうとしているのだ。頭上に手をくくりつけられたデイメンは、東屋の鉄柱を握りしめた。今から、ヴェーレ人の見物する前で、慰みものにされるのだ。おそらくはこの庭園の中でくりひろげられている余興のほんのひとつとして。

デイメンはアンケルに視線を据えた。この色子の罪ではないのだと己に言いきかせようと思ったが、思えば——かなりの部分——やはりこの色子のせいだろう。

アンケルは膝をついて、デイメンの奴隷の衣装を開いた。デイメンは彼を見下ろしたが、わずかも、何の情動も覚えなかった。もっとまともな状況下で出会ったとしても、赤毛で緑の目のアンケルはデイメンの好みではない。十九歳くらいだろうか、ニケイスの持つ背徳的な幼さはなかったが、アンケルの身体には少年の繊細さがあった。その美は、作り上げられた、自覚的な美しさであった。

飼い犬か、とデイメンは思う。まさにそのものだ。愛玩物。アンケルは長い髪を片側によけ、何の前置きもなく行為を始めた。熟達した舌づかいで、口と手を使ってデイメンのものを巧みに刺激していく。

はたして、この色子を哀れむべきかと、デイメンは思う。それとも優越感を覚えるべきだろうか、アンケルが勝利の瞬間を得られないことに対して。アンケルの奉仕を受けても半ばも勃《ぼっ》起《き》せず、自分が、このヴェーレの観衆の前で彼らのお楽しみのために達することができるとはデイメンには思えなかった。今の彼の姿が何かを訴えているとすれば、こんなところにいたくないという、冷えた思いだけだろう。

低い衣擦れの音。そして、水中の百合のごとく涼やかに、ローレントがデイメンの横へ腰を下ろした。

「もっとうまいやり方があるかもしれんな」と色子に告げる。「止めろ」

アンケルは挑んでいた行為から顔を上げた。唇が濡れていた。

「勝つためには、手の内を一度にすべて見せないほうがいい」ローレントが忠告する。「もっとゆっくり始めてみろ」

ローレントの言葉に、デイメンは体に走った緊張をこらえきれなかった。アンケルはデイメンのたじろいだ息を、その場にねっとりとこもる熱を、肌にゆらぐわずかなそよぎまでも感じとれるほど近くにいた。

「このように？」

アンケルが問う。その唇はわずかに対象から離れ、両手はゆるやかに、そっと、デイメンの太腿をなで上げてくる。濡れた唇がかすかに開いていた。心ならずも、デイメンの体が反応する。

「そのように」とローレントが答えた。

アンケルが前に身をのり出した。

「よろしいですか？」

「まだ口は使うな。舌だけでやれ」

ローレントがそう命じる。アンケルはその通りにした。アンケルの舌が、かすかに、ほとんど気配だけでデイメンの先端にふれる。刺激というには足りない。ローレントは、まるで戦術上の問題を分析するような目つきでデイメンの表情を注視していた。アンケルの舌先が割れ目に押し当てられる。

「それが気に入ったようだ。もっと強めにやれ」

ローレントが命じた。

デイメンは一言、アキエロスの言葉で毒づく。遊ぶようにちらちらとふれる舌に誘われるまま、彼の肉体は目覚め、リズムを求めはじめていた。アンケルの舌が緩慢に先端を包みこむ。

「もう、なめていいぞ。全体をな」

冷徹な命令に続いて熱い舌が、長く、デイメンの根元から先端までをなめ上げた。デイメンの太腿に力がこもり、そしてほんのわずか、脚が開いた。胸にこもる息が荒い。鎖を引きちぎってしまいたい。手枷を引き、拳を握ると、金属音が鳴った。デイメンはローレントへと顔を向けた。

見るべきではなかったのだ。夜の影の下でさえ、この男のごく自然な居住まいと、大理石の彫像のように完璧な美貌が見てとれる。ローレントは上下するアンケルの頭には目もくれもせず、醒めた冷淡な瞳で、デイメンだけを見つめていた。

王子の近衛兵たちの言葉を信じるならば、ローレントは不落の要塞であり、一人の恋人もいなかった筈だ。今もローレントから受ける印象は、心は集中しているように見えても肉体はわずかな熱も持たず、辺りにたちこめる淫靡さから隔絶されているかのようだ。近衛兵たちの口さがない噂にもそれなりの根拠があるらしい。

だがその一方、欲望など超越した空気をまといながら、そのローレントが口淫の子細な指示を出している。

そしてアンケルはその指示に従い、言われるままに口と舌を使った。ローレントは急がず、じっくりと時間を使わせ、いよいよという瞬間にさらに引きのばす、見事な手管を持っていた。デイメンは、望むままの快楽を与えられることに慣れている。求める場所にふれられ、己の快楽の高まりとともに相手もまた歓びの声を上げるような情交に。それが幾度となく絶頂を引きのばされ、満たされない欲望が体中に張りつめて、肌をそよぐ涼やかな風も、膝の間にある頭も、何もかもが、今の己の居場所と、隣に座る存在をデイメンにつきつけてくる。

「奥まで、深く」

ローレントが命じた。

屹立《きつりつ》をやっと、長く濡れた愛撫が包んだ瞬間、デイメンは自分の唇からこぼれた切れぎれの息を感じた。アンケルは根元までは呑みこめなかったが、見事な訓練で息をつまらせもしなかった。ローレントが次の指示がわりにアンケルの肩を指先で叩くと、アンケルは従順に頭を上げ、先端をしゃぶるだけの愛撫に戻った。

今や、煽《あお》られた肉体のざわめきも圧して、己の息づかいだけがデイメンの耳を満たす。規則的な愛撫を与えられないまま、ばらばらの快感がひとつに溶け合いはじめ、さらに切迫した熱へと生まれかわっていく。その変化を感じた。己の肉体が絶頂へ向かってのぼりつめようとしていくのを。

ローレントが組んでいた脚を解き、立った。

「終わらせてやれ」

さらりと、振り向きもせず言い捨て、廷臣たちのところへ歩みよると、議論中の話題に言葉短かにくわわる。まるで、当然の帰結など見届ける価値もないというように。

散り散りの思考の中、屹立をくわえこむアンケルの姿に、荒々しい情動が重なる——ローレントの体に手をかけ、思い知らせてやりたい。彼のしたことへの、そして今の彼の不在への怒りを。野火の炎のように絶頂がデイメンを駆け抜け、放たれた精は、慣れた口で飲み干された。

「はじまりは少々緩慢だったけれど、最後はなかなか楽しめたこと」

ヴァネスがそう評する。

デイメンは拘束を解かれて対の寝椅子から下ろされ、膝を付かされた。正面にはローレントが座り、脚を組んでいる。デイメンは視線をローレントだけに据えて、周囲には目もくれなかった。まだデイメンの息は荒く、鼓動は速かったが、それは怒りからのものでもあった。

軽やかな鈴の音が、場に割りこんできた。ニケイスが、自分より高位の人間たちに何の遠慮も見せずつかつかと踏みこんでくる。

「王子に話があって来た」

ニケイスはそう言い放った。

ローレントがかすかに指を上げると、ヴァネスやアンケル、ほかの面々もその意を汲み取り、短い一礼でその場を去っていく。ニケイスは寝椅子の前に立ち、敵愾心《てきがいしん》もむき出しにローレントを見つめた。一方のローレントは、くつろいで寝椅子の背もたれの後ろに片腕を垂らしている。

「叔父上があなたに会いたいと仰せだ」

「そうか。待たせておけ」

二対の、人をよせつけぬ青い目が互いを見つめた。ニケイスが腰を下ろす。

「僕はかまわないけど。待たせれば待たせるだけ、後で困るのはあなただしね」

「お前がかまわないなら、それでよかろう」

ローレントが、どこか楽しそうに応じた。ニケイスがつんと顎を上げる。

「あなたがわざと待たせたのだと、あの方に申し上げる」

「好きにしろ。向こうもどうせ察しているだろうが、お前が言えば話が早い。さて、待つ間に、飲み物でも運ばせようか？」

盆を手に下がろうとしていた最後の召使いに合図すると、召使いは足をとめて戻ってきた。

「ワインにするか、それともそれにはまだ幼いか？」

「僕は十三歳だ。何だろうと好きなものを飲む」

ニケイスは嘲《あざけ》りの目を盆へ向け、危うく、ひっくり返しそうなほどの力で押しやった。

「だがあなたとは飲まぬ。礼儀正しいふりなど必要ない」

「ほう、そうか？　ならそうだな、お前はもう十四歳ではなかったか？」

ニケイスの顔が、色料の下で赤くなった。

「やはりな。どうするか当てはあるのか、いずれ？　お前の主人の好みが俺の知る通りなら、お前ももってあと一年というところだぞ。その年になれば、肉体が己を裏切りはじめる」

そこまで言って、少年の表情に、ローレントは何かを読んだようだった。

「ほう、もう始まったのか？」

顔の赤みが強くなった。

「あんたには関係のないことだ！」

「その通り。関係ないな」

ニケイスは口を開いたが、言葉が出る前にローレントが続けた。

「俺の元へ来てもいいぞ、時が来たら。お前を寝床にはべらせたいとは思わぬが、今と同じだけのものは享受させてやる。今より快適かもな。それが俺からの申し入れだ」

ニケイスはまたたき、それからせせら笑った。

「どうやって払うって？」

楽しげに、ローレントも息をこぼした。

「たしかにな。もし俺が領地を失ったまま、食うために最後の土地も切り売りせねばならなくなれば、色子など飼うのは無理だろうな？　我ら二人とも、あと十月の間は慎重にすごさないとな」

「僕はあなたなど必要としない。あの方は約束してくれた。僕を手放しはしないと」

ニケイスの声は得意げで、驕慢《きょうまん》だった。ローレントが応じる。

「これまで、あの男はひとり残らず捨ててきた。たとえお前が、ほかの者より興に富んでいるとしても同じことだ」

「僕はほかの連中より気に入られているんだ」ニケイスは嘲笑った。「あなたは嫉妬しているだけだろ」

そう言ってから、今度はニケイスがローレントの表情に何かを読みとった様子で、デイメンには理解できない怯えを見せて言った。

「あなたは――僕を欲しいと、あの方に言うつもりなんだ」

「まさか。いいや、ニケイス……違う。そんなことをすればお前の破滅だ。俺は、そんな真似はしない」

　そう言って、ローレントはほとんど疲れたような声になった。

「だが、俺がそうすると思わせておいたほうが、お前にとってはよいのかもな。お前はきわめて機略に富む。あらためて考えるとな。ああ、お前なら、ほかの者たちより長くあの男をつなぎとめるかもしれない」

　一瞬、ローレントはさらに何か言おうとしたように見えたが、結局はただ立ち上がる。少年に手をさしのべた。

「行こう。おいで、俺が叔父上に叱られるところを見物しに来るといい」

第六章

「あなたのご主人は、お優しい方なのですね」

エラスムスが、そう言った。

「優しい?」

デイメンは問い返す。その言葉は口にざらついて、無理に押し出そうとすると喉が削られるようだった。愕然としたまなざしをエラスムスへ向ける。ニケイスはローレントと手をつないで去っていき、残されたエラスムスの引き綱は地面に跪く彼の横に落ちたまま忘れられていた。そよ風がエラスムスの金の巻き毛を揺らし、二人の頭上を覆う木々の梢は、黒絹の天蓋のように波打った。

「あの方は、あなたを悦ばせようとして下さっている」

エラスムスが説明した。

その言葉がデイメンの中で意味を得るまで一瞬かかり、デイメンはただ力ない笑い声をこぼすことしかできなかった。ローレントの細やかな指示とその帰結は、決して優しさや思いやりから来たものなどではない。むしろその逆だ。だが、ローレントの冷たく入り組んだ物の考え方はこの奴隷には理解できないだろうし、デイメンも説明はしなかった。

「何故笑うのです?」

「何でもない。教えてくれ、お前たち、ほかの者がどうなっているのか。故国から遠く引き離されて、どうだ? 主人たちから順当な扱いは受けているか? 心配なのは……ここの言葉は理解できるのか?」

最後の問いに、エラスムスは首を振った。

「私は——パトラスと北方の言語にはわずかばかり通じておりますが。ここで使われているものと似た単語もございます」

つかえながら、エラスムスはいくつかの言葉を口にした。

そのヴェーレ語は、充分に通じるものだった。デイメンが眉を寄せたのは別の理由からだ。エラスムスがこの地で言われた中から拾い上げて覚えた言葉たち——「黙れ」「跪け」「動くな」

「違っておりましたか?」

デイメンの表情を誤解して、エラスムスが問いかけた。

「いや、よく話せている」

そう答えはしたが、デイメンの胸は乱れた。エラスムスが選んだ言葉が気にかかる。それに、周囲で交わされる言葉が理解できず話せないために、エラスムスや他の奴隷たちが二重に無力な立場に置かれているのも気に入らない。

「あなたの……物腰は、王宮奴隷のようにはお見受けできませんが……」

おずおずと、エラスムスがそう口にした。

否定しようもない。アキエロスの者が、デイメンを閨奴隷などと見誤るわけもない。そのような振舞いを身につけてもいなければ、体つきも適していない。デイメンはじっくりとエラスムスを眺めながら、どこまで言っていいものか迷った。

「俺は、アキエロスでは奴隷ではなかった。ここにはカストール王の意によって、罰として送られた」

結局、そこまで言った。その部分は嘘をついても仕方がない。

「罰」

エラスムスが呟く。視線が地に落ちた。全身の雰囲気がすっと変わる。

「だが、お前は王宮で訓練を受けたのであろう？　どれほどの間、王宮にいた？」

あの王宮でお前の顔を見たことがないが、とはさすがに言えなかった。

どこか気落ちした様子のエラスムスだったが、精いっぱいの微笑を浮かべてみせた。

「ええ、私は――ただ、王宮の内に足を踏み入れたことはなく、ここへ送られる一員として選ばれるまでは、見習いの絹をまとわされておりました。アキエロスで私に与えられた修練はたいへんに厳しいもので、私は……てっきり……」

「てっきり？」

エラスムスは顔を赤らめ、かぼそいほどの声で言った。

「もしあの方のお目にかなえばですが、てっきり、王子のために育てられているものと」

「そうだったのか？」

興味をそそられて、デイメンはたずねた。

「私の、髪や肌の色のためです。この灯ではわかりませんが、日の光のもとでは、この髪はほとんど金に見えますので」

「いや、今の灯でも、充分わかる」

声にこもった賞賛が、デイメン自身の耳にも深く響く。その響きに、二人の間の空気ががらりと変化した。ほとんど、口にしたも同然だった――「いい子だ」と。主人から奴隷に。

エラスムスは、陽を求める花のように、その讃辞を全身で浴びた。ここではデイメンが同格の立場であることも関係ない。エラスムスは力に反応するよう躾けられている。力をあがめ、それに服従するように。さり気なく手足の位置をととのえて頬を染め、エラスムスは目を伏せた。その姿全体でデイメンを求めている。額に落ちた巻き毛を風がしきりに揺らした。

そっと、ひそやかな声で、エラスムスが囁く。

「あなた様の、御前《おんまえ》に」

アキエロスにおいて、服従はひとつの技である。今、まさにエラスムスはその見事な技を見せていた。これほど完璧な所作を見れば、彼が執政への贈り物として充分に選り抜かれてきたとわかる。それなのに、愚かしくも、エラスムスは躾けられていない獣のように首に引き綱をつけてつれ回されている。まるで、丁寧に調律された楽器を貝の殻を開ける槌がわりに用いるようなものだ。宝の価値を無駄にしている。

彼はアキエロスにいるべきなのだ、その修練の技を愛でられ、寵遇《ちょうぐう》される場所に。だが同時にデイメンは、エラスムスが執政のために選ばれてこの地へ送られたのは幸運だったかもしれないとも感じていた。デイミアノス王子の目に留まることもなく。デイメンは、彼に仕えていた奴隷たちの運命を目にしていた。全員、殺された。

その光景を脳裏から払い、デイメンは目前の奴隷へと心を戻した。

「お前の主人は？　優しいか？」

「奴隷は、お仕えするのみが役目にございます」

それがエラスムスの返事だった。

決まり文句であって、何の意味もない。奴隷の言動はきわめて厳しく律されており、そのため時に、口にした言葉より、言わなかった言葉のほうが重要なこともある。デイメンは眉をひそめたまま視線を下げた。

エラスムスがまとっているトゥニカは、デイメンの頬を拭った際に少し乱れ、直す機会がないままだった。裾がずり上がり、太腿の上部がのぞいている。エラスムスは注がれたデイメンの視線に気付くと、さっと裾を引き下げ、できる限り肌を隠そうとした。

デイメンが問いかける。

「その脚は、どうした？」

エラスムスの顔が象牙のごとく白くなった。答えたくない様子だったが、直接問いかけられた以上、答えねばならない。

「大丈夫か？」

エラスムスの両手はトゥニカの裾を握りしめ、その声はやっと聞こえるほどの囁きだった。

「恥じております」

「見せてくれ」

デイメンは命じた。

エラスムスの指がゆるみ、震えながら、ゆっくりと裾をからげた。デイメンはその脚に残る痕を見つめる。少なくとも三回は、くり返された痕だった。

「執政はこのことをご存じか？　自由に答えよ」

「いいえ。こちらに到着した日、服従を試されたのです。私は……失格、いたしました」

「失格したから、罰としてこんなことをされたのか？」

「これが、その試しでした。声を立てるなと命じられておりました」

これまで、デイメンはヴェーレ人の傲慢さも残酷さも見てきた。ヴェーレ人からの蔑《さげす》みも受け、鞭の痛みに耐え、闘技場での暴力もくぐり抜けた。だが、今はじめて、デイメンは凄まじい憤怒を味わっていた。

「お前は失格などしていない」

デイメンは言い切る。

「そんな試しに応えようとしただけで、見事な勇気だ。自分に起きたことで、お前が恥じることは何もない」

恥じるべきは、こんなことを強いた者たちのほうなのだ。恥と汚辱にまみれた者たち――こんな行為ができる連中にこそ、すべての責めがある筈だ。

「アキエロスを出てから今日まで何があったのか、すべて聞かせてくれ」

デイメンはそう命じた。

エラスムスは、淡々と事実を話した。心痛む内容だった。奴隷たちは、甲板下の檻に入れられて船で運ばれてきた。采配役も船員も、自分たちの特権を大いに楽しんだ。一人の女奴隷は、普段使われている避妊用の手段が手元にないことを心配し、ヴェーレでは私生児の誕生が忌まれていることを知らぬまま、その不安をヴェーレ人の采配役に伝えようとした。船員の子を孕んだかもしれない奴隷を執政の元へつれていくと悟り、ヴェーレ人たちは恐慌をきたした。船医が彼女に、発汗と嘔吐を誘発する調合薬を与えた。それだけでは不十分かもしれないと恐れ、さらに彼女の腹を石で殴打した。

それが、ヴェーレへ到着する前のことだ。

ヴェーレにおける問題は、無視と無関心であった。執政は、奴隷たちを閨《ねや》には入れなかった。執政は国政で忙しくほぼ不在で、己が選んだ色子たちにかしずかれていた。結果、奴隷たちの身は奴隷係の手と、退屈した宮廷人たちの気まぐれにゆだねられることとなった。

言葉の端から、デイメンは彼らが獣のように扱われ、高尚ぶった宮廷人たちがその従順さをおもしろがってさまざまな〈試し〉を編み出していったのだろうと読みとる。奴隷たちが必死で挑んだその試しのいくつかは、真におぞましいものであった。エラスムスがされたように。

デイメンは吐き気がした。

「お前は、俺などよりずっと自由になりたいに違いないな」

この奴隷の勇気を知り、デイメンは己を恥じていた。

「自由？」

エラスムスは問い返しながら、はじめて怯えを見せた。

「どうしてそのようなものを？　私には……私は、主人のために存在するのです」

「お前には、もっといい主人がふさわしい。お前の価値を愛でてくれる者の元にいるべきだ」

エラスムスはさっと頬を赤らめながら、無言だった。

「約束する」デイメンはそう告げる。「お前たちを救う道を、必ず見つける」

「その言葉を——」と、エラスムスが言いかけて口ごもった。

「その言葉を？」

「……信じられたなら、と思います」エラスムスは呟く。「あなたは、主人のような話し方をされる。ですが、あなたは奴隷だ。私と同じ」

デイメンが言葉を返せる前に小径《こみち》のほうから音がして、新たな廷臣が来たのではないかとエラスムスがふたたび平伏した。

径から声が上がる。

「執政の奴隷はどこだ？」

「こちらに」

すると、角を曲がって男が現われた。

「いたか」続けて、「ほう、うろついてるのは一匹だけじゃなかったかよ」

男は廷臣ではなかった。小柄で底意地が悪いが愛らしいニケイスでもない。現われたのは、粗削りな顔の、鼻のつぶれたゴヴァートだった。

その言葉が向けられたのはデイメンだ。ゴヴァートと、円闘場で、相手を仕留めようと必死でつかみ合って以来、これが初めての邂逅だった。

ゴヴァートはさっさとエラスムスの金の首枷の後ろをつかむと、心無い飼い主が犬を持ち上げるように引き上げた。犬ではないエラスムスは、首枷をちょうど喉仏のすぐ上、顎の下のやわらかな場所に食いこませて、激しく咳き込む。

「黙れ」

その咳に苛立ったゴヴァートが、エラスムスの顔を強く引っぱたいた。

気付いた時には、限界までのびた鎖がガチャリと鳴り、デイメンの体が引き戻されていた。

「彼を離せ」

「こいつを、何だって？」

ゴヴァートは、わざとエラスムスをゆすってみせる。「黙れ」というヴェーレ語を理解できるエラスムスは、喉が短く詰まって目を潤ませていたが、声も立てなかった。

「さて、どうかなあ？　こいつをつれて戻れと言われてるしな。そのついでにちょいと楽しんじゃ悪いとも言われてないしな」

「もう一戦したいのなら、こっちに一歩近づくだけでいいぞ」

デイメンは挑んだ。ゴヴァートを痛めつけられれば相当に気分もいいだろう。

「いや、お前の可愛い子ちゃんをヤるほうがいいね。俺の解釈によりゃ、一発、お前に貸してるしな」

そう言いながらゴヴァートはエラスムスの奴隷のトゥニカをたくし上げ、その下の丸みをあらわにした。エラスムスは、足首を蹴りひろげられても、両腕を上げさせられても、まったく抗わなかった。ゴヴァートにされるがままになり、不自然に折り曲げられた態勢を保つ。

ここで、デイメンの目前で、ゴヴァートはエラスムスを犯す気なのだ。はっきり悟った瞬間、デイメンは先刻アンケルと向き合った時と同じような非現実的な衝撃に襲われた。こんなことが起きていい筈がない――だがこの宮廷は、人々の集う宮殿からほど近いところで雇い兵が王族の奴隷を犯しにかかれるほど爛《ただ》れきっているのだ。

声が届く範囲には、無関心な衛兵のみ。エラスムスの頬は恥辱に赤く染まり、その顔をきっぱりとデイメンからそむけた。

「俺の解釈によりゃ――」

ゴヴァートはまたその言い回しを使った。

「お前の主人に、俺もお前もしてやられたってことさ。本当ならあいつに目にもの見せてやりたいがな、ま、夜闇の中だ、金髪にゃ変わりない」

そう吐き捨てる。

「あの氷の王子様につっこんでみろ、こっちのモノが凍って落ちちまうだろうよ。こいつは、つっこまれるのが好きだからな」

めくり上げられたトゥニカの下に差しこまれた手が、何かをした。エラスムスが声をこぼす。デイメンは荒々しく身をのり出し、鎖は、古びた東屋の鉄柱が折れるのではないかというほど激しく鳴った。

その音に、衛兵が持ち場を外れてやってきた。

「何か問題か？」

「お友達の奴隷に俺がつっこむのが、こいつは気に入らないんだとよ」

ゴヴァートがそう言い返す。エラスムスは屈辱的な姿で肌をさらけ出され、声も立てぬまま、今にも心が崩れてしまいそうに見えた。

「どこか別のところでやってこい」

衛兵はそう命じる。ゴヴァートがニヤリとした。エラスムスの腰をどんと突く。

「そうするさ」
ゴヴァートは、そう言った。エラスムスを押しやって前を歩かせながら、彼は庭園の小径へ消えていき、デイメンはそれを止めるすべなど何ひとつ、まるで持たなかった。

夜は更け、日が変わる。庭園での饗宴も終わった。デイメンは部屋へ連れ戻されて清められ、ひと通り世話をされ、鎖につながれて、無力だった。

ローレントの、近衛兵たち——そして召使いや近習の者たち——の反応についての予見は、腹が立つほど正しかった。ローレントの家従の者たちは、執政に取りこまれたデイメンに怒りと敵意で応じた。デイメンがどうにか築きかけていた彼らとの細い絆は、今や無と崩れた。よりによって今、この関係を失うとは。最悪だった。個人的なつながりを頼りに奴隷たちの近況を聞いたり、彼らの扱いをわずかでも改善できる足がかりになったかもしれない、この時に。
デイメンは、もはや己の自由のことは考えていなかった。心にあるのは、奴隷たちを案ずる思いと、責任感だ。己ひとりの逃亡はただの我が身可愛さであり、彼らへの裏切りだ。デイメンはここを去るわけにはいかない――それが、あの奴隷たちを運命の手に置き去りにしていくということならば。だがそうと心を決めても、今のデイメンには、状況を変えるどんな手だてもなかった。

エラスムスの言うとおりだ。救うというデイメンの約束など、空虚な言葉にすぎない。

部屋の外では、いくつかの物事が起こっていた。まずはじめに、執政の令により、ローレントの内所が切り詰められた。各所領地からの収入を断たれた今、ローレントの近侍の数も大きく減らされ、支出も制限される。その激変の中、デイメンも色子の後宮から出されて、王宮内、ローレントの住む舎殿の内へと部屋を移された。

状況が好転したわけではない。新しい部屋にも同じ数の警固がつき、寝床もクッションも変わらず、床に固定された鉄環まで前と同じだ。その環は取り付けられたばかりのようではあったが。財源を制限されていても、ローレントはアキエロスの囚人の監視に手を抜く気はないようだった。残念ながら。

あれこれ小耳にはさんだところでは、パトラス国からの使節団が、交易について話し合うべくヴェーレに到着したようだ。パトラスはアキエロスと国境を接して文化も近い国であり、元来ヴェーレと親しくはない。そのパトラスの使節団の訪れに、デイメンは心騒いだ。その特使たちは本当に交易の話をしにきたのか、それともこれは、もっと大きな政情の変化の前触れなのだろうか。

だがパトラスの使節団の様子を知ろうにも、デイメンにはあの奴隷たちを救うのと同じほどの力しかない——すなわち無力。

できることが、何かある筈だ。

しかし何の力もない。

己の無力さをつきつけられるのは耐えがたかった。虜囚となってからこれまで、デイメンは本当には自分を奴隷とは見なしていなかった。せいぜい、時にそう演じることはあっても。今だけの状況と考え、いかなる罰も、乗り越えるべき障害とだけ見なしてきた。いずれ自由になるという信念があったからだ。今でもそれは失っていない。

自由になりたかった。帰還への道をつかみたい。アキエロスの地に立ち、都の白い大理石の列柱の上から、青々とした山並みと海を見渡したくてたまらなかった。兄、カストールと相対し、顔を見て、何故あんなことをしたのかと問いただしたい。だがアキエロスの人々の暮らしは、デイメンが——デイミアノス王子がいなくとも進んでいくのだ。このヴェーレの地にいる奴隷たちには、デイメンのほかにたよれる者がない。

何の意味があるだろう、王子でいることに。もし自分より弱い者をただ見捨てていくのであれば？

太陽は今や空に低く、格子の窓を通してデイメンの部屋を照らしていた。

ラデルが部屋を訪れると、デイメンは、王子への謁見を乞い求めた。

ラデルは、頑として、拒否した。「殿下は恩知らずのアキエロスの奴隷などにわずらわされるおつもりはない」と。もっと高貴な用がおありになる、と。今宵はパトラスの大使を迎えての晩餐会がある。そこでは十八皿の料理が供され、もっともすぐれた色子たちによって舞いや遊戯などの趣向がくり広げられるのだ、と。

パトラスの文化を知るデイメンとしては、その使節団が、背徳的で爛れたヴェーレの催し物にどう反応するか想像するしかなかったが、あくまで口をとじ、ラデルが盛宴の素晴らしさや料理、ワインに至るまで滔々と語るのを聞いていた。桑の実のワインに果実のワイン、香味をつけた甘い赤ワイン。デイメンなどその場にいるにも値せぬ。残り物を食べるにも値せぬ。ラデルは満足するまで長広舌をふるった末に、去った。

デイメンは待った。自分の願いが結局は伝えられるだろうという読みがあった。

ローレントの家従の中で、自分が格別に重要だなどと思っているわけではない。だが少なくとも、ローレントが叔父に燃やす対抗心からして、心ならずも二人の間にはさまれる形になったデイメンの謁見の願いが無視されることはない。おそらくは。

腰を落ちつけ、デイメンは待った。ローレントは彼を焦らしてくるに違いないのだ。一日か二日はかかるだろう、そう思った。

そう思ったので、夜が訪れると、彼は眠った。

へこんだ枕と皺になった絹の上掛けの寝床で、デイメンが目を開けると、ローレントの冴えざえとした青い目が彼を見下ろしていた。

松明がともされ、それに火を移した召使いたちが退出するところだった。デイメンは身を起こす。人肌にぬくもった絹の上掛けが体からすべり落ち、クッションの間にわだかまった。ローレントは見向きもしなかった。前もこの男の訪れで眠りを中断された、とデイメンはふと思い出す。

夜も更け、むしろ暁が近い。ローレントは宮廷向けの正装で、どうやら例の十八皿の料理とそれに続く饗宴の催し物を終えてきたものらしい。今夜は酔ってはいなかった。

どうせ長く、心がすり減るまで待たされるだろうと思っていたのだが。デイメンが動くと、クッションの上をすべる鎖がわずかな摩擦で重くなる。何を為すべきか——そして何のために為すべきか、それを心に描いた。

ごくゆっくりと、デイメンは跪き、頭を垂れて、目を低く伏せた。数秒、松明の炎が揺れる音まで聞こえるほど、部屋はしんと静まり返った。

ローレントが口を開く。

「これはこれは、新しい趣向か」

「ひとつ望みがある」とデイメンは言った。

「望みがある」

まったく同じ言葉を、ひややかにくり返された。

たやすくいかないだろうとわかっていた。たとえ相手がこの、冷たく底意地の悪い王子でなかったとしても、楽にいくことではない。

「あなたにも得るものはある」

デイメンはそう応じた。

ローレントがゆっくりと、まるであらゆる角度からデイメンを眺めようとするかのように周囲を回る間、デイメンは歯を噛みしめてじっと堪えた。ローレントは勿体ぶった足どりで床にわだかまる鎖を踏みこえ、それで見物は終わった。

「俺に取引を持ちかけるほど血迷ったか？　貴様が対価として何をさし出せる？」

「服従を」

デイメンは告げた。

その言葉に、ローレントは反応を見せた。かすかではあるが間違いなく、興味をそそられている。デイメンは、己が何を捨てようとしているのか、この約束を守るために何を引きかえにしなければならないのか、考えないようにした。その時が来たなら、向き合うだけだ。

「あなたが屈服を求めるなら、それに従おう。叔父上が禁じた罰を、この身に下したいのであれば、いかなる行為であれそれも受け入れる。剣の上に自ら身を投げ出してもいい。代価として、ひとつだけ望みたい」

「代価か。鎖を外してほしいか、警固の数を減らしてほしいか？　窓と扉が封じられていない部屋に移してほしいか？　無駄な口はとじておくがいい」

デイメンは怒りを押しこめた。ここで心乱すわけにはいかない。

「あなたの叔父上に贈られた奴隷たちだが、よい扱いを受けてはいないようだ。それについて何かの手を講じてもらえたならば、すべてあなたに従う」

「……奴隷たち？」

短い間を置いて、ローレントが言った。それから、また渋面を取り戻す。

「貴様が奴隷の身を案じているなどと、どうして俺が信じる？　アキエロスで、あの連中が今よりましな扱いを受けていたとでも？　彼らを奴隷の身に落としたのは貴様らの野蛮な風習であって、ヴェーレではない。人から意志を奪うなど可能だとは思っていなかったが、貴様らはやってのけたようだな。大したものだ。それを、今さら貴様が同情するなど、下らん」

「奴隷係が、奴隷の従順さを試そうと、火で熱した鉄を奴隷の脚に押し当て、その間声を立てるなと命じた。この宮殿ではよくあることかどうか知らないが、アキエロスでは心あるものは奴隷をいたぶったりはしない。奴隷はあらゆる面で服従するよう訓練されるが、彼らの従順はあくまで約定によるものだ。行き届いた暮らしと引きかえに、彼らは、己の自由意志を主人に預ける。抗えぬ者を痛めつける――それこそおぞましいことではないのか？」

デイメンは、さらに続けた。

「お願いだ。彼らは、俺とは違う。兵士ではない。誰ひとり傷つけたことのない、無垢な者たちだ。彼らは自ら人に仕える。俺も、もしあなたが彼らに救いの手をのばすなら、あなたに仕えよう」

長い沈黙が落ちた。ローレントの表情が変わっていた。

やがて、ローレントが言った。

「俺には、お前が思うほど叔父上への影響力はない」

デイメンは言葉を返そうとしたが、ローレントにさえぎられた。

「いや。俺は――」理解できないものを前にしたかのごとく、金の眉がかすかにしかめられていた。「お前は本気で、幾人かの奴隷のために己の誇りを投げ捨てようというのか？」

その表情は、闘技の場で見たのと同じものであった。予想外の謎の答えを探すかのように、デイメンの顔を見つめている。

「何故だ？」

デイメンの中で、ついに怒りと焦りがはじけた。

「何故って、俺はこの檻に閉じこめられていて、ほかに彼らを救うすべを持たないからだ！」

己の声に憤激の響きを聞き、デイメンはそれを抑えようとしたが、そううまくいかなかった。息が乱れていた。

ローレントはデイメンを見ている。金の眉が、さらに深くひそめられていた。

少しの間の後、ローレントは扉脇に立つ近衛に合図をして、ラデルを呼ばせた。すぐさまラデルが現れる。

デイメンに目を据えたまま、ローレントが問うた。

「誰か、この部屋を出入りした者は？」

「家僕の者以外はおりません、殿下。ご命令の通りに」

「どの者だ？」

ラデルが名をつらねる。ローレントが命じた。

「この奴隷を庭園で見張っていた兵と話がしたい」

「では、今呼んで参りましょう」

ラデルがそううなずき、言いつけを果たすべく去っていった。

「これが、何かの謀《はかりごと》だと思っているのか」

デイメンは言う。推し量るようなローレントの表情から、その言葉が当たりだとわかった。

苦々しい笑いが、デイメンの口からこぼれた。

「何か、愉快なことでも？」

ローレントが問いかける。

「一体そんなことをして俺に何の得が――」デイメンは言葉を切った。「どうやれば信じてもらえるのか、俺にはわからん。あんたはいくつも複雑な理由がないと指一本動かさない。自分の叔父にも嘘をつく。ここは罠とごまかしの国だ」

「一方のアキエロス人は純粋で、裏切りなどとは無縁か？　アキエロスの王と世継ぎの王子が同じ日に死に、カストールが玉座で笑っているのも単なる偶然だと？」

ローレントはなめらかに言葉を返した。

「俺に願いごとをしたいのであれば、貴様はこの床にくちづけているのが似合いだな」

ローレントがカストールを引き合いに出すのは当然だ。この二人はよく似ている。デイメンは必死で、自分が今ここにこうしている理由を見失うまいとした。

「申し訳ない。出すぎたことを口にした」

言葉を絞り出した。

ローレントが告げる。

「もしこれが謀であれば――貴様が叔父の手の者と通じているのであれば――」

「そんなことはしていない」

その兵はラデルより起きるのに時を要したようだが――そもそもラデルは眠らないかのようだ――少々の時間の後、ラデルに従えられて現われた。あくびをしたり寝具を引きずってくるようなこともなく、近衛の服に着替えて、きわめて明晰に見えた。

ローレントが問いかける。

「この奴隷を庭園で見張っていた夜、誰がこの者と話したか知りたい。ニケイスとヴァネスのことは知っている」

「それだけです」兵が答えた。「ほかには誰も――」

そして、デイメンが胃に悪寒を覚えた時、兵は言い直した。

「いいえ。そうだ」

「ほう？」

「殿下が去られた後、この者を、ゴヴァートが訪れておりました」

ローレントがデイメンへ向き直る。青い目は氷のようだった。

「違う」

今やローレントが一連のことは叔父の策略だと信じたのを知りながら、デイメンは抗う。

「あれは、そんなこととは違うことだ――」

だが手遅れだった。

「この者を黙らせよ」

ローレントが命じた。

「新たな傷はつけぬようにしろ。もはや充分以上に面倒をかけられているからな」

そんな命令に屈従する意味など、もはやない。デイメンは立ち上がった。

その動きにとまどったのか、呼び出された兵がさっとローレントに視線をとばして指示を求めた。部屋の中にはラデルもいて、扉脇には衛兵が二人立っている。

ローレントは、デイメンの態度に目を細めたが、すぐにどうせよとは命じなかった。

デイメンは言い放つ。

「もっと兵を呼ぶがよかろう」

彼の背後にはクッションと乱れた寝床があり、床からのびた一本の鎖は彼の手枷につながれているが、それも動きを妨げはしない。

「今宵の貴様は、本当に厄介を起こしたいようだな」とローレントが言った。

「俺が？　俺はお前の良心に訴えかけただけだ。鎖の届かぬ憶病者の場所から、好きな罰を命じるがいい。お前は、ゴヴァートと同じ類いの人間だ」

ローレントではなく兵がその言葉に反応し、鞘から剣を抜き放った。

「口をつつしめ」

この兵はただ家士の服をまとっているだけの軽装だ。さしたる脅威ではない。デイメンは苦々しくその剣を眺めた。

「お前もゴヴァートと似たようなものだ。奴が何をしようとしていたか見ただろう。なのに、あの男を止めようともしなかったんだからな」

兵が怒りの一歩を踏み出すより早く、ローレントが片手を上げてそれをさえぎった。問う。

「ゴヴァートが何をしたと?」

兵は一歩控えて、肩をすくめた。

「奴隷の一人を犯そうと」

一瞬の間があったが、ローレントはその内容に何の反応も見せず、表情も変えなかった。デイメンへ視線を戻して、楽しげに問いかける。

「何が問題だ？　お前とて、人の肌に手をふれたではないか。さほど昔のことではないぞ」

「あれは――」

デイメンの顔に血がのぼった。浴場での出来事自体を否定したかったが、あったことには間違いない。

「誓って言う、ゴヴァートは単に目で楽しむ以上のことに及ぼうとしていたのだ」

「奴隷に、な。王子の近衛兵は、執政魔下《きか》の者には干渉せぬ。ゴヴァートは叔父の持ち物に好きなだけ一物をつっこむがいい」

デイメンは厭悪《えんお》の音を立てた。

「王子の御許しのもとにか？」

「それがどうした？」

ローレントが問い返す。その声は甘ったるかった。

「あの男には、お前を犯す許しもくれてやったのだぞ。だが奴は、頭に一撃をくらうほうを選んだ。残念なことだ。奴の好みを責められはせぬがな。しかしながら、お前があの場で足を開いてやってさえいれば、ゴヴァートとてお前のお友達とまぐわおうとそう熱くなることもなかったかもしれんな」

デイメンは言い返した。

「これは執政の差し金などではない。俺はゴヴァートのような男には従わない。お前は間違っている」

「間違っている」

ローレントが呟いた。

「俺の落ち度を指摘してくれる下僕がいるとは、なんと素晴らしい。このようなことを言われながら、何故俺がお前の話を聞くと思う。お前の言を信じたとしても？」

「いつでも話を終わらせてこの場を立ち去れるのに、まだここにいるだろう」

あまりに大事なものがかかったこの場での、言葉ばかりの応酬に、デイメンはうんざりしていた。ローレントが好み、長けている類いの言葉争いに。実《じつ》のない言葉遊び。巧みに罠を隠した言葉。何の意味も持たない。

「お前の言う通りだな。すぐにでも去れる。去るがいい」

ローレントが言った。それを言う間、彼はまっすぐデイメンを見つめていたが、一礼して去っていったのはラデルと兵たちであった。

「よかろう、そろそろ始末をつけようか。貴様は、他の奴隷たちの身を案じているというわけだな？　何故そのような弱みを俺にさらす？」

「弱み？」

「誰かにあまり好かれていない時、その相手に、己が大切にしているものを教えるのは利口とは言えないということだ」

ローレントが言った。

その言葉が染みとおるにつれ、デイメンは自分が顔色を失っていくのがわかった。

「己が鞭打ちを受けるより、大切な者たちが傷つくほうがつらいものだろう？」

ローレントに問いかけられる。

デイメンは沈黙を保った。何故そこまで俺を憎む？　という問いが喉まで出かかったが、答えなどわかっていた。

「余分な兵を呼びこむ必要などなかろう」ローレントが告げた。「俺が一言命じれば、お前は跪く。俺が、誰かを助けるのに指一本動かすまでもない」

「……その通りだ」

「いつでも終わりにできると、お前は言ったな？　いいや、始まったばかりだぞ」


「殿下のご命令だ」

翌日、デイメンはそう申し渡され、服を脱がされて、また着せられた。一体何のための身支度かと問うと、今宵のデイメンは王子に随伴《ずいはん》し、晩餐会の主賓席で仕えるのだという答えが返ってきた。

ラデルは、洗練された人々の中にデイメンをつれていくことに明らかに不満顔で、デイメンの部屋をうろうろしながらひとしきり訓言を述べた。主賓席へともなわれて主人に仕えられる色子はほとんどいない。そんな僥倖《ぎょうこう》をデイメンに与えるとは、王子はラデルには及びもつかぬ何かをデイメンに見いだしたに違いない。デイメンのような者に礼節の作法を今さら教えても無駄であろうが、せめて物静かにして、王子のご命令に従い、他の客に襲いかかったり不埒《ふらち》なことをせぬよう……。

デイメンの経験上、ローレントの命令で部屋からつれ出されるのは、不吉の前兆だ。これまで三度の体験は、闘技場と庭園と浴場——最後のひとつは鞭打ちの十字架へと続いていた。背中の傷はほぼ癒えた。だがもはやその意味もない。次にローレントを怒らせれば、その怒りの矛先が向くのはデイメンではないのだ。

デイメン自身はあまりにも無力だったが、この宮廷の中にははっきりと不和がある。ローレントを動かすのが無理なのであれば、執政の側に目を向けるべきだろうか。

いつもの癖で、部屋の外の警固態勢を観察する。ここは宮殿の二階で、彼らが進む歩廊には格子窓が並び、その外は人を寄せ付けぬ急勾配の屋根。王子の近衛隊の装いをした武装兵たちもずらりと並んでいた。後宮にはいなかった兵が、ここにはいる。それも驚くほどの人数が。デイメンを見張るためだけのわけがない。ローレントは、いつもこれだけの防備で周囲を固めているのか？

青銅の飾り扉を抜け、気付くとそこは、ローレントの私室の中だった。

デイメンは侮蔑の目で室内を眺めた。この続き部屋こそ、まさに王子のために濫費《らんぴ》の限りを尽くした、馬鹿馬鹿しいほどの壮麗さであった。至るところが飾り立てられている。床のモザイク模様のタイル、手の込んだ浮き彫りを施された壁。見事なものだ。二階の壁から庭園に向け、半円形の回廊が突き出している。アーチの扉の向こうに寝室がのぞき、豪奢なカーテンで囲まれた寝台は、贅沢な装飾や浮き彫りで飾り立てられていた。これで香水の香る服を床に散らし、絹のひだの上に色子がゆったり横たわってでもいれば完璧だ。

人の暮らしの気配はなかった。絢爛と贅をきわめたその部屋には、ほとんど人の匂いがしない。デイメンの近くに置かれたゆったりとしたソファに、開かれたままの本。ページでは金箔で装飾された紋様と文字が光っていた。デイメンが庭園でつけられた引き綱もそのソファの上に、ひどく何気なく置かれていた。

ローレントが、寝室から姿を現した。襟元を閉じる結い紐がまだはだけ、シャツの白い紐が垂れて、喉元があらわになっていた。デイメンが到着していたのに気付くと、ローレントは扉口で足をとめた。

「二人にしろ」と命じる。

言われたのはデイメンをここまでつれてきた付添いたちだった。彼らはデイメンの鎖を外し、退室した。

「立て」

ローレントはデイメンへそう命じた。

デイメンは立った。彼は上背でローレントに勝り、力も強く、今は何の拘束もされていない。しかも今、この男と二人きりだ。昨夜のように、そして浴場での時のように。だが何かが変わっていた。気付けば、いつしかデイメンは、ローレントと二人きりになることを危険と見なすようになっていた。

ローレントが、デイメンの立つ部屋へ入ってくる。デイメンへ近づくにつれ、表情が渋くなり、青い目が嫌悪で陰った。

ローレントが言った。

「貴様との間に、何の取引もない。王子は、奴隷や虫けらと取引はせん。お前が何を誓おうが俺にとって泥ほどの価値もない。よくわかったか?」

「完璧に」

デイメンは答える。ローレントは冷然と彼を見据えた。

「叔父と通商交渉を行っているパトラスのトルヴェルドにうまく持ちかければ、奴隷たちを伴ってバーザルへ帰る気になって、交渉の条件にそこまで含めてくれるかもしれん」

デイメンの眉間が、きつく皺を刻んだ。意味がわからない。

「もしトルヴェルドが強く主張すれば、おそらく叔父上は、奴隷たちをある種、貸し出す──あるいはもっと正確に言うなら、永続的な貸与という形で条件を呑むだろう。その形ならばアキエロスの機嫌を損ねる心配もない。俺の理解の上では、パトラスでの奴隷の扱いはアキエロスの流儀とも近いな」

「たしかに」

「俺はこの午後を、トルヴェルドにその考えを植え付けるのに費した。交渉が結ばれるのは今宵だ。お前も宴に随伴するがいい。叔父はそのようなくつろいだ場で政務をするのがお好きでな」

「しかし――」

「しかし？」

ひややかだった。

デイメンは思い直して、いったん口をとじた。

今聞かされたばかりの情報を頭の中でひっくり返す。じっくり考え、もう一度噛みしめた。

「何故、考えを変えた？」

慎重に、ローレントへたずねた。

ローレントはそれに答えず、敵意のまなざしをデイメンへ据えた。

「口をきくな。何か問いかけられた時を除いてな。俺が何を言おうと口ごたえするな。それが掟だ。もし破ったなら、俺は喜んで、お前の国の者たちをこの地で腐るままにするぞ」

それから、つけ足す。

「引き綱を持ってこい」

鎖の持ち手は、ずっしりと重い純金であった。華奢な鎖には傷ひとつない。修理されたか、新たに取りかえられたものだろう。デイメンは、あまり乗り気とは言えない手つきで、それを取り上げた。

「この話を、信じられるものかどうか……」

「お前に選択肢があると思うのか？」

「いや」

ローレントは襟元の紐をきっちりと締めこみ、その姿からはわずかな隙もなくなっていた。

「ほら。それを着けろ」

やや苛々した声でデイメンに命じた。引き綱のことだ。

パトラス国のトルヴェルドが通商条約を結ぶためにこの宮殿にいる、そこまでは事実だ。デイメンは幾度かその話を耳にしていた。ヴァネスもこの間の夜、庭園でパトラスの使節団のことを話していた。パトラスがアキエロスに近い文化を持つ、それも間違いない。もしかしたら、残りの話も本当かもしれない。アキエロスの奴隷たちの身柄が取引に含められると知れば、彼らの真価を知るトルヴェルドは、彼らのために交渉してくれるかもしれない。望みはある。きっと。あるいは。もしかしたら。

ローレントは心境の変化があったふりすらせず、何の温かみも感じさせない。デイメンに対して侮蔑という壁を分厚く築いたまま——しかもいつもよりあからさまで、まるで、情け深い行為によって本来の毒々しさが表にあぶり出されてきたようだった。

奴隷たちを救うには、この男を味方とし、この男の手に皆の運命を預けなければならないのかと、デイメンはあらためて慄然《りつぜん》とする。気まぐれで、冷酷で、信頼に足りぬ、デイメンの予想も理解も及ばぬこの男に。

ローレントに対して、何の親しみも芽生えてこない。右手で為した残虐さを左手の思いやりで――これがそうだとして――埋め合わせられるとはデイメンには思えないし、ローレントが慈悲の心から動いたと能天気に信じられるわけもない。ローレントはどうせ、彼なりに入り組んだ理由があって動いているだけだ。

もし、このすべてが偽りでないとしても。

引き鎖が枷に取り付けられると、ローレントは持ち手の杖を手にして、言い渡した。

「お前の飼い主は、俺だ。お前は誰よりも高位にある。ほかの者たちに従いへつらう必要はない、俺と叔父上以外にはな。もし今宵の細工を叔父に明かせば、叔父はそれはそれは俺に対してご不興になるだろうし、そうなればお前も気分が良いだろうが、俺の怒りを買うのは利口ではないぞ。どうするかはお前次第だが。無論な」

無論。

ローレントは敷居のところで立ちどまった。

「もうひとつ、言っておく」

二人は高いアーチの下に立っており、そのアーチの影がローレントの表情を読みとりづらくしていた。一拍置いて、彼は続けた。

「ニケイスには気をつけろ。オーディン元老とともにいたあの色子だ。お前は闘技の場でニケイスを拒んだ。ニケイスはまずそれを忘れまい」

「オーディン元老の色子？　まだ子供だろう」

何を言い出すのかと思った。

「幼いと見くびるな。あれは、大半の大人が知らぬようなことをくぐり抜け、すでに精神は子供のものではない。子供にも大人を操るすべは学べるものだがな。それに勘違いするな、オーディン元老はニケイスの主人ではない。ニケイスは危険だ」

「だが十三歳だろう」答えるデイメンを、ローレントの物憂げな目がじっと眺めていた。「大体、この宮廷に、俺の敵でない者などいるのか？」

「誰も。俺の許す限りは」

それがローレントの答えだった。


「これを手なずけられたのですな」

エスティエンヌがそう言って、野獣にふれるようにこわごわとデイメンへ手をのばした。

問題は、どこをなでようとしているのかだ。デイメンは男の手を払った。エスティエンヌは小さく悲鳴を上げ、引いた手を胸元にかかえこんだ。

「そこまで躾けてはおらぬ」

ローレントが言った。

デイメンを叱ろうとはしなかった。自分に向かない限り、デイメンの野蛮な振舞いに気を悪くしている様子もなかった。自分の手からは餌を食べるが他人には牙を剝く獣を見せびらかす飼い主のように、今夜のローレントはきわめて鷹揚であった。

結果、廷臣たちはデイメンに警戒の目を向け、距離を空けた。ローレントはこれにつけこみ、廷臣たちがデイメンの動きにぎょっとのけぞるのをいいことに、自分の都合のいい時に会話を切り上げていく。

そんなことが三度も重なり、デイメンは言った。

「お気に召さない相手を睨みつけてさしあげようか？　それとも野蛮人らしく振舞うだけで事足りているか？」

「黙ってろ」

ローレントは、おだやかに命じた。

ヴァスクの女帝は、玉座に二頭の獅子をつないでいるという。自分がその獅子になったような気がしたが、デイメンはその思いを払った。

通商交渉の前に、遊興と見世物がある。それに先立って晩餐が。晩餐に先立っては迎賓の宴が。闘技会の時と同じほど大勢の色子が場にいたが、見知った顔はいくつかだけだった。部屋の向こう側にちらりと赤毛を見かけ、緑色の目と視線が合う。主人の腕にしなだれかかっていた身を起こし、アンケルが唇に指を押し当てて、デイメンにキスをふっと吹いた。

パトラスの使節団たちが場に現われる。装束の仕立てでパトラス人だと一目でわかった。大使のトルヴェルドを、ローレントは同格の相手のように歓迎する。実のところ、そう言えた。ほぼ同格と。

大きな交渉にあたって高貴な人間を使節に送るのは、珍しいことではない。このトルヴェルドもパトラスの王子であり、トルゲイア王の弟だ。王弟といっても、トルヴェルド自身そう年若ではなく、デイメンの倍近い年になるだろう、四十代の美男子であった。パトラス風に丁寧に整えた茶の口髭と、まだほとんど白いものの混じらぬ茶の髪をしていた。

パトラスとアキエロスの二国関係は友好的で、多岐にわたる国交があったが、両国のトルヴェルド王子とデイミアノス王子が顔を合わせたことはない。トルヴェルドはこの十八年間、ほぼパトラスの北の国境でヴァスク帝国と対峙してきた。デイメンがトルヴェルドを知るのは彼の名声からだ。人々によく知れ渡った名である。トルヴェルドは、デイメンがまだ襁褓《むつき》を当てていた赤子の頃、北征によってその名をあげたのだ。パトラスでの王位継承権は五位——王の子ら、同腹の三人の息子と一人の娘に次ぐ。

トルヴェルドの茶色の瞳が、ローレントの姿を認めた瞬間、ぱっと温かにやわらいだ。

「トルヴェルド」ローレントが声をかける。「申し訳ないが、叔父上は少し遅れてこられるようだ。それまでの間、バルコニーでともに新鮮な風にでも当たりに行かぬか」

執政が本当に遅れているかどうかは怪しいものだ。デイメンは今夜、ローレントがそれこそあらゆることについて嘘をつくのを聞かされてきた。

「光栄だ」

トルヴェルドは、本心からうれしそうに応じる。己の侍従の一人についてくるよう合図をした。たった四人の小さな一行は、ローレントとトルヴェルドを前に、デイメンと侍従が数歩下がった後ろにつき従い、ゆったりと歩みを進めていく。

バルコニーには、客がくつろげる長椅子と、従者たちがひっそり待機するための控え間《アルコーブ》が用意されていた。デイメンの体格はあくまで戦士のもので、ひっそり控えるのには不向きだったが、デイメンの首に鎖を付けて引き回すと言い張ったのはローレント自身なのだ。邪魔な存在に我慢するか、もっと大きなアルコーブのある場所を探すがいい。

暖かな夜で、庭園に咲き誇る花の香が舞っていた。二人には何の共通点もなさそうに見えたが、ごく自然に会話が弾んでいる。当然か。ローレントは口のうまい男だ。

「アキエロスの様子は？」

話のさなかに、ローレントがトルヴェルドにたずねた。

「あなたは最近、あそこに行かれただろう」

デイメンはぎょっとローレントを見た。ローレントの性格からして、この話題を持ち出したのにも意図がある筈だ。ほかの誰かであれば思いやりだと感じられたかもしれない。故郷からの初めての近況を待って、デイメンの鼓動が我知らず速まった。

「アキエロスの王都イオスに行かれたことは？」

トルヴェルドの問いに、ローレントは首を振った。

「たいへんに美しいところだ。白亜の王宮が、海に面した高台にそびえている。晴れた日であれば海向こうのイスティマを臨むことができる。だが私が訪れた時、街は暗かった。都全体がいまだ前王と王子の死への嘆きに沈んでいた。なんとも痛ましいことだ。属州の首長《キロイ》の間でもいくらか不和が聞かれつつある。反目や相克のきざしが」

「テオメデス王が彼らをたばねていた」ローレントがうなずく。「あなたから見て、カストールの手には余ると？」

「あるいは。カストールの王位の正当性もまだ問われている。首長《キロイ》の中には、幾人か、王家の血を引く者もいる。カストールほど濃い血筋ではないが、正統な婚姻による血統だ。今の状況はきしみを生みやすい」

「カストール王については、どのように見られたか？」

「複雑な方だと。王家の影に生まれた方だ。だが王としていくつもの資質をそなえている。強さ。慎重さ。野心」

「王に、野心が必要かな？」ローレントが問い返す。「それとも、王となるために必要なものか」

返事の前に、一瞬の間があいた。

「……私も、噂を耳にした。デイミアノス王子の死は偶然ではないと。だが信じがたい、私はカストール王の嘆きをこの目で見た。偽りのない悲しみだった。カストール王にとっても、つらいことであろう。あれほど多くを失い、多くを得た。またたくほどの間に」

「それが、王位につらなる王子の運命だ」

ローレントが答える。

トルヴェルドはまた、あがめるようなまなざしをローレントに浴びせた。さっきから段々とそんな目でローレントを見る回数が増している。デイメンは眉を寄せた。ローレントは人の肌の下に無数の毒サソリを棲まわせているような男だ。なのにトルヴェルドの目は、乙女でも見ているかのようだった。

アキエロスの弱体化を聞くと、心がきりりと痛んだ。どうせローレントの意図もそれだろう。故郷の不和と対立が心配だ。国が不安定になれば、まずは北方の属州で叛旗が翻《ひるがえ》りかねない。たとえばシクヨン。そしてデルファ。

トルヴェルドが何を言おうとしたにせよ、息が上がっているのを取り繕いながら現われた召使いの姿がその機会を奪った。

「殿下、御無礼をお許し下さい。執政殿下が中でお待ちかねでございます」

「あなたを長く独り占めしすぎたようだ」とローレントが言った。

「もっとご一緒できればと思っていたのだが」

トルヴェルドはそう答えながらも、すぐには立とうとしなかった。

執政は、二人の王子がつれ立って入ってきたのを見て、やや苦々しげな顔をしていたが、トルヴェルドを心をこめて迎え、ひと通りの儀礼を交わした。トルヴェルドの侍従が一礼して下がる。本来ならデイメンも慎んでそうすべきだろうが、ローレントの手から鎖を引き抜きでもしないかぎり、身動きがとれない。

歓迎がすむと、執政が言った。

「少しの間、甥と話をさせてもらってもよいかな？」

重々しい視線がローレントに据えられた。トルヴェルドがこころよく下がる。デイメンも続くのが筋だろうに、ローレントが鎖の把手を握る手に少し力をこめたのがわかった。

「甥よ。そなたは、この会談に招待されてはおらぬ」

「ところが、こうして参じた次第で。なかなかのお目障りでしょう？」

「ここは大人が真面目な話をする場だ。子供じみた戯れの場ではない」

「王子の責務を果たせと、先日言われたと思いましたが」ローレントが言い返した。「衆目《しゅうもく》の前で、それは重々しく。お忘れなら筆録を御覧になるがよろしかろう、叔父上が領土ふたつ分裕福になられて、腐るほどに富を増やされた日のことだが」

「お前が自らの責務を果たしに来たのであれば、私とて両手を広げて迎え入れよう。だがお前は交易に何の興味もない。お前は、人生でなにひとつ、真剣に取り組んだことがない」

「私が？　ほう、ならば、これもただの気まぐれにすぎぬ筈。あなたがわざわざ気にされるようなことではありますまい、叔父上？」

デイメンの見る前で、執政が目を細めた。それはローレントを思わせる表情であった。

だが結局、執政は言った。

「場にふさわしい振舞いを期待しているぞ」

それから先に立ち、場の余興のほうへと向かっていく。ローレントの非礼さに対しても、至って寛容な態度であった。ローレントはすぐには動かず、目でじっと叔父を追っていた。

デイメンが言う。

「叔父上をわざわざ挑発しなければ、もっと穏便にすむのでは？」

今回は、無感情に、ひややかに告げられた。

「黙れと言った筈だ」

第八章

奴隷としてつつましく控えさせられるものだと思っていたので、ローレントの隣の席を与えられて、デイメンは驚いた。二十センチばかりの隙間でローレントときっちり隔てられはしていたが。向かいに見えるアンケルのように、主人の膝に座るまではしない。

ローレントは、取り澄まして席に着いていた。いつもと同じく冷たいほど飾り気のない装いであったが、王子の地位にふさわしく、とびぬけて上等な服だ。額を飾る美しい額環《サークレット》以外は何の宝石も身につけておらず、その金の環も金髪でほぼ隠されていた。

席に着いたローレントはデイメンの引き綱を外し、鎖をくるりと持ち手に巻き付けてひょいと雑仕に放り投げたが、雑仕は手元をわずかに乱しただけで受けとめていた。

長いテーブルだった。ローレントの手管が効いたのか、彼の逆隣にはトルヴェルドが座っている。デイメンの隣はニケイスだった。これもどうせローレントが手を回したのだろう。ニケイスはオーディン元老と離され、元老のほうは執政に近い席に着いている。近くにニケイスの主人がいる気配はなかった。

色子のニケイスが、ヴェーレのような頽廃の文化ではないパトラス人をもてなす主賓席にいるのは儀礼上どうかという疑問もあったが、ニケイスは品よく装い、わずかな色料しか肌に塗っていない。色子のけばけばしさは控えられ、唯一、左耳に吊った、一対のサファイアが絡む耳飾りだけが、肩にふれんばかりに光っていた。幼い彼の顔に、それは大きすぎた。

その耳飾りを除けば、ニケイスの姿はまさに貴族と変わらない。パトラスの使節団の誰ひとり、この貴賓席に貴人に混ざって稚児がいるとは疑いもすまい。トルヴェルドも、かつてデイメンが勘違いしたように、ニケイスを誰か貴族の息子か甥だと見なしているかもしれない。耳飾りにもかかわらず。

たしかにニケイスは品よく振舞っていた。間近で見るその美貌は圧倒的であった。若さの輝きも。口を開けば、その声は声変わりにもまだ遠く、グラスをナイフで鳴らしたような、澄みきった響きがあった。

「お前の隣になど座りたくない」ニケイスが言い放った。「失せやがれ」

パトラス使節団の誰かが今のを聞かなかったかと、ついデイメンは周囲を見回したが、誰も聞いていなかった。肉料理の最初の皿がやってきたところで、皆の注意は料理に奪われていた。ニケイスは三つ股の金鍍金《きんめっき》のフォークを取り上げたが、料理に口を付ける前にその手がとまった。闘技場でデイメンに抱いた恐怖心が、まだ残っているのか。フォークの柄を握りしめた指の背が白かった。

「心配いらない」デイメンはできる限り優しく、少年へ語りかけた。「俺は何もしない」

ニケイスがデイメンを凝視した。大きな青い目は娼婦のように、雌鹿のように、濃く縁どられていた。周囲の笑い声やざわめきが壁のごとく二人を包み、目の前の楽しみに気を取られた人々は誰も彼らを見ていない。

「それは何より」

ニケイスはそう言うなり、テーブルの下のデイメンの太腿に、力いっぱいフォークを突き立てた。

服ごしであっても、さすがにデイメンの身がこわばり、反射的にフォークをつかみ取る。三滴の鮮血がにじみ出した。

「少々、失礼」

ローレントがごく自然にトルヴェルドへ断り、ニケイスへ顔を向けた。

「あなたの飼い犬をびっくりさせてやったんだ」

ニケイスが得意げに言い放つ。ローレントは気分を害した様子もなかった。

「ああ、そうだな」

「何を企んでいようが、うまくいきやしないよ」

「いや、うまくいく。その耳飾りを賭けるか？」

「僕が勝ったらあなたがこれを着けるならね」

ローレントはすぐに盃をかかげ、小さな仕種で賭けを受ける。二人してこの状況を楽しんでいるのではないかと、デイメンは歪んだ印象を受けた。

ニケイスが手を振って給仕を呼び、新しいフォークを持って来させる。

主人に媚びる必要もないニケイスは、気の向くままにデイメンへの嫌がらせを始めた。まずは次々と、二人にしか聞こえないほどの声で、性的で露骨な当て推量や侮辱をデイメンに浴びせてくる。しばらくしてもデイメンが挑発にのらないと見ると、ニケイスは言葉の矛先をデイメンの飼い主へ向け出した。

「主賓席であの人の隣に座らせてもらってうれしいか？　どうせ何の意味もありゃしないよ。あの人がお前と交《つる》んだりするものか。彼は不感症だ」

その話題に、デイメンは半ばほっとする。ニケイスがいかにあけすけだろうが、部屋の警固に厭きた兵たちから聞かされつづけた下卑た憶測にはかなうまい。

「多分、不能なんだろう。あの人の持ち物は役立たずだと思うね。もっと若かった頃、僕はね、あの人がアレを切り落としちゃったんだろうと思ったものさ。どう思う？　お前、見たか？」

もっと若かった頃？

デイメンは答えた。

「切り落としてはいなかった」

ニケイスがきっと目を細める。デイメンはたずねた。

「この宮廷で、どのくらい前から色子をしている？」

「三年」

そう言い放ったニケイスの口調は、お前は三分たりとも持つまいが、と言外にデイメンに告げていた。

デイメンはニケイスを見つめる。聞かなければよかったと後悔していた。たとえ「精神は子供のものではない」にしても、ニケイスの肉体は子供で、思春期の兆候すらない。いまだ、幼い。この宮廷でデイメンが見かけた色子たちの誰よりニケイスは若かった。ほかの色子たちは、少なくとも幼いという年ではなかった。

三年だと？

パトラスの使節団は相変わらず彼らに目も向けない。トルヴェルド相手に、ローレントは行儀よく振舞っていた。酷薄なその口をきれいに――見事なまでに――拭って、まるで別人だ。政治や交易について冴えた言葉を述べ、時に言葉尻が鋭くなりすぎたとしても、あくまで機知に富んだ会話の域にとどめていた。棘はないが、自らの存在を際立たせるには充分。

トルヴェルドのまなざしが、次第に、ただローレントだけに奪われていく。そのさまは、微笑みながら水底に引きずりこまれていく男を思わせた。

ありがたいことに、そう長くは続かなかった。奇跡ともいえるヴェーレ側の自制によって、晩餐は九皿のみ。宝石をあしらった皿に手の込んだ盛りつけと装飾で飾り立てられ、美しい給仕たちによって供される。色子たちは何ひとつ仕事はしない。主人たちにしなだれかかって、主人の手から料理を食べさせてもらったり、さらに図々しく、悪ふざけのように主人の極上の皿からつまみ食いをする色子までいて、彼らはまるで、溺愛する飼い主の目にはどんな我が儘も愛らしく映ると心得た、甘やかされた愛玩犬のようだった。

「あなたに、あの奴隷たちをお見せする機会が作れなくて申し訳ない」

給仕が卓いっぱいにデザートを並べはじめた頃、ローレントがトルヴェルドに言った。

「必要などない、我々はアキエロスで王宮奴隷を目にしたことがある。あのように洗練された奴隷は、比類がない。バーザルにおいてすら。それに、無論、あなたの目を信じているよ」

「それはありがたい」

ローレントが応じる。

デイメンは、隣のニケイスがその会話に耳をそばだてているのを感じた。

ローレントが続けていた。

「あなたがお求めになれば、叔父もまず彼らの引き渡しを了承するかと」

「そうなれば、あなたに感謝せねばな」

トルヴェルドが答えた。

ニケイスが席から立ち上がる。

隙を見て、デイメンはローレントとのよそよそしい距離をつめ、にじり寄った。

「本気か？　ニケイスに注意しろと自分で俺に言ったではないか」

低い声で囁いた。

ローレントがぴたりと動きをとめる。それから、ゆっくりと姿勢を変えて身を傾け、デイメンの耳元に唇を寄せた。

「あれに刺される心配はいらんだろう、手が短くて俺には届かぬしな。それとも糖菓でも投げつけてくるか？　大変だぞ。俺がかわせば、トルヴェルドに当たる」

デイメンは歯をぐっと噛んだ。

「意味はわかっている筈だ。ニケイスに今の話を聞かれた。彼は何か、邪魔をするつもりだ。止める手だてはないのか？」

「俺は今、忙しくてな」

「なら、俺がかわりに——」

「ニケイスをぶちのめす？」

デイメンが答えようと口を開けた時、ローレントの指がその唇にふれ、親指がデイメンの顎をなぞって、彼の言葉を奪った。それは、臨席したどの主人でも色子に与えているような何気ない愛撫の仕種にすぎなかったが、同卓の廷臣たちの唖然とした表情からして、ローレントはこんなことすら滅多にはしないようだ。あるいは、これまで一度も。

「失礼、うちの色子が淋しそうだったもので」

ローレントがトルヴェルドにそう謝罪している。

「カストール王があなたの手に躾けをゆだねた虜《とりこ》ですかな、彼は？」トルヴェルドが好奇の表情を浮かべた。「その者は——危険では？」

「一見粗暴だが、実はおとなしく愛らしいのだ。子犬のように」

「子犬」

トルヴェルドがくり返した。

自らの言葉を裏付けようと、ローレントは砕いた木の実と蜂蜜の糖菓をつまみ上げると、闘技場でそうしたように親指と人さし指ではさみ、デイメンへさし出した。

「菓子はどうだ？」

ローレントが誘う。

続く緊迫の一瞬、デイメンは本気で、ローレントを殺そうかと考えた。

身を傾ける。菓子は胸焼けするような甘さだった。唇をローレントの指につけるのだけは拒みとおした。大勢が彼らを見つめている。菓子を食べさせ終えると、ローレントは金のボウルで指を丁寧に洗い、絹の小さな布でその指を拭った。

トルヴェルドがその光景をしげしげと見つめていた。パトラスでは、奴隷が主人に給仕するものだ。果実を剝いたり、酒を注いだりと。主人が奴隷に何か食べさせる習慣はない。アキエロスでも同じく。

途切れていた会話がまた始まり、軽い話題へ移っていった。卓上の、砂糖細工や飴掛けや糖皮をかけた焼き菓子で組み上げられた見事な飾りも、やがてぺろりと平らげられる。

デイメンはあたりを見回したが、ニケイスの姿はどこにもなかった。

食事も終わると、催しが始まるまで、のんびりした一時《いっとき》が訪れた。デイメンにも自由に動き回る許しが与えられたので、ニケイスを探しに出た。ローレントはほかで忙しく、デイメンに常につきまとっていた二名の警固兵も、およそ初めて、その姿がない。ここから歩き去ることもできただろう。この王宮の扉から、外へ、そして王宮を囲むアーレスの都の中へと。しかしアキエロスの奴隷たちがトルヴェルドの使節団につれられて旅立つまで、デイメンは逃げることはできない。当然、だからこそ、鎖から放たれて自由を与えられているのだった。

その上、あまり好きにも動き回れない。警固の姿こそないが、ローレントの愛撫のせいでデイメンにはまた違う好奇の目が集まっていた。

「王子がこの奴隷を闘技の場に伴ってきた時、この者はいずれ耳目《じもく》を集めると思ったものよ」

そう、ヴァネスがそばに立つ貴婦人へ語っている。

「この者の営みを庭園で見たけれど、あれは才能の無駄遣い。王子のご意向で、受け身の営みしか許していただけなくてね」

デイメンはどうにか言い抜けてその場を去ろうとしたのだが、ヴァネスは小揺るぎもしなかった。

「いえ、まだここにいなさいな。タリクがあなたと話したいと」

デイメンにそう命じる。隣の貴婦人へ向かっては、

「もちろん、私たちにとって、男を手元で飼うなどおぞましいこと。でも、もしできるとしたら――タリクとこの者とで、素敵な対になると思わない？　ああ、あの子が来た。少し二人きりにしてあげましょう」

そう言って、ヴァネスは貴婦人とつれ立って去っていった。

「私がタリクだ」

その色子が名乗った。その言葉にはヴァ＝タン――ヴァスク帝国の東方属州の訛りが強かった。ヴァネスは闘技場で相手を蹴散らすような色子を好むと誰かが言っていたなと、デイメンは思い出す。たしかにタリクはデイメンに並ぶほど背丈があり、むき出しの腕はたくましい。彼女のまっすぐなまなざし、幅広の口元、弧を描く眉には、なんともいえない獰猛なものがひそんでいた。

デイメンは、色子というものは閨《ねや》奴隷のように、主人に対して寝床では受動的な役割を演じるものだと思っていた。アキエロスと同様に。だがヴァネスとこの女が閨房でどういう関係なのかは、いささか想像しづらい。

タリクが言った。

「ヴァ＝タンの戦士にとって、アキエロスの戦士を殺すのなどたやすいことである」

「それは、どのような戦士かによるだろうな」

デイメンは、慎重にそう返した。

彼女はその答えと、デイメン自身をじっくり吟味している様子だったが、最後にはどちらもよしとしたようだった。

「私ら、今、待っている。アンケルが営むのを。あいつはそういう人気がある。お前、あいつとしただろう」

デイメンの言葉を待たず、タリクが続けた。

「どうだった、あいつは？」

指示役が優秀だった――まるで耳元で囁かれたように、ふっと答えが浮かぶ。デイメンは眉をひそめて、言った。

「なかなかだ」

「あいつとベレンジェ卿との契約はじき満了する。アンケルはさらに上の、新しい相手を探すだろう。金や地位を欲してな。うつけが。ベレンジェ卿の申し入れは金こそ及ばぬかもしれんが、優しい主人で、色子を闘技の場には上げぬ。アンケルは多くの敵を作った。闘いになれば、誰かがたまたまあの緑の目を突くかもな」

デイメンは、心ならずも話題に引きこまれていた。

「アンケルが王族の目を引こうとしていたのはそのせいか？　彼は王子が――」と言い慣れない言葉を押し出す。「契約の申し入れをしてくるのを、望んでいるのか？」

「王子？」タリクは渋い顔になった。「王子が色子を飼わんのは皆が知っておる」

「一人も？」

「お前だけだ」

じろりと、デイメンを見回した。

「王子には男の好みがあるのかもな。つねれば悲鳴を上げる、色を塗りたくったヴェーレ人のガキではなく」

王子のその好みを評価している口調だった。

「ニケイス――」

色を塗りたくったヴェーレ人のガキ、という言葉で、デイメンはその名を出した。

「俺は、ニケイスを探しているのだ。彼を見なかったか?」

「あそこにいる」

タリクが答えた。

部屋の向こうに、ニケイスがまた現れていた。アンケルの耳に何か話しかけており、アンケルは少年の背丈に合わせようと半ば体を折っている。話が終わると、ニケイスはつかつかとデイメンのところまでやってきた。

「王子がお前を遣わされたのか? もう手遅れだぞ」

ニケイスが言った。

何が手遅れだ? そう聞いただろう。今以外の時であれば。

デイメンは言った。

「もし彼らの一人でも傷つけたなら――」

「なら、どうする?」

ニケイスはニヤついていた。

「何もできやしないさ。そんな時間はない。執政がお前をお呼びだ。お前にそう伝えるよう、僕に仰せられた。急いだほうがいいぞ？　お待ちだよ」

また唇を歪める。

「かなり前に仰せつかったからね」

デイメンはニケイスを見つめた。

「ほら、行くがいい」

ニケイスが言った。

嘘かとも思ったが、本当ならば執政の不興を買うわけにはいかない。デイメンはそちらへ向かった。

嘘ではなかった。執政は本当に彼を呼んでおり、デイメンが到着するとほかの全員を下がらせて、執政の椅子のそばにはデイメンひとりだけが残された。うす明かりに包まれた部屋の端で、それは、一対一の謁見であった。

酒と料理に満たされた宮廷のざわめきが、二人の周囲をゆったりと包む。デイメンが敬意を表するしきたりに従ってひと通りの礼儀を示すと、執政が口を開いた。

「王子の宝を我がものとするのは奴隷にとってはこの上なく甘美なものであろうな。お前は、甥を抱いたか？」

デイメンは身じろぎもしなかった。息すら、空気を乱さぬよう抑える。

「いいえ、殿下」

「なら、逆の形でということか」

「いいえ」

「だがお前は、甥の手から物を食った。この前話した時、お前はあれに鞭打ちを望んでいた。この心変わりを、ほかの何がもたらす？」

俺の怒りを買うのは利口ではないぞ、とローレントは言った。

デイメンは、ごく慎重に答えた。

「この身は、王子に隷属するもの。その教訓を、この背中に刻まれております」

執政は貫くような目で、しばしデイメンを見つめていた。

「残念、と言うべきだろうな、それ以上の関係であればと思ったのだが。ローレントにとって、傍らにいる者からのよい感化はなにより貴重なものだ。ローレントを思いやり、判断をあやまたず、惑わされることなくあの子を導ける者は」

「惑わされる？」

「甥は、魅力的にもなれる。その気になりさえすればな。あれの兄は、真に人の上に立つ器をそなえていた。麾下《きか》の者たちの、心からの、揺るぎない忠誠を得る力があった。ローレントはその兄の魅力の、ごく上辺だけを受け継ぎ、我欲を通すためにそれを使っている。男を打ち据えながら、その手からものを食うよう男の心を変える、それもあれの手管だ」

そう言って、執政がたずねた。

「お前の忠誠はどこを向いている？」

これは問いではないと、その瞬間、デイメンは悟った。選択を迫られているのだと。

宮廷を二つの勢力に割るこの亀裂を、己がまたいでしまえたならと、デイメンは願う。こちら側へと。デイメンはかなり当初から、この執政に感銘を受けてきたのだ。だが、それであっても、ここで寝返るような真似は自分にはできないと、砂を嚙みしめる思いで悟る――少なくとも、ローレントが彼のために動いている、今この時は。もしローレントが本当に彼のために動いてくれているのであれば……そうであっても今宵、デイメンは目にしてきた駆け引きにもう嫌気がさしていたが。

それでも。

「私は、あなたが望まれるような者ではない」デイメンは答えた。「王子へも何の影響力も持ってはいない。親しくもない。あの方は、アキエロスの国やアキエロスの者へ、わずかな好意もお持ちではない」

執政が、考え深い目で、じっとデイメンを眺めていた。

「お前は正直だな。それは喜ばしいことだ。ほかの点については、成り行きを見るとしよう。今はここまでよい。行って、甥を呼んできてくれ。あれとトルヴェルドを二人きりにしておくのはあまり気がすすまぬ」

「御意に」

どうしてか、まるで刑の執行を猶予されただけのような気分だった。

召使いたちへ問いかけて、ローレントとトルヴェルドが屋内の人混みの息苦しさを避け、ふたたびバルコニーへ出ていったと知る。

そのバルコニーに近づき、デイメンは足どりをゆるめた。二人の声が聞こえてくる。人にあふれた広間を振り返った。執政の目はここまでは届かない。ローレントとトルヴェルドが通商交渉について話し合っているのであれば、少し二人のために時間を稼いでおくのも悪くないように思えた。

「……補佐官に対し、私が美しい若者に目がくらむような年に見えるかと笑っていたのだ」

トルヴェルドのその言葉が聞こえ、デイメンは瞬時にして彼らが交渉について話しているわけではないと悟る。

驚きはしたが、思えば今夜、そんな気配はずっとあった。トルヴェルドのように徳望篤い男がローレントなどに好意の目を向けるのはなんとも納得しがたいところだが、もしかしたら冷血動物を愛でる嗜好があるのかもしれない。

好奇の心がもたげた。宮廷人や衛兵たちのかわりばえしない噂話などより、この会話こそ、まさにローレントの実態を知るいい機会だ。デイメンは足を止め、耳を澄ませた。

「その後、私はあなたに会った」トルヴェルドが続けている。「そして、あなたと一刻をすごした」

「一刻以上を」ローレントが応じる。「一日には足りずとも。一刻と思うとは、ご自分で思ってらっしゃるよりあなたの心は乱されやすいようだ」

「あなたの心は、まるで乱れないと？」

二人の会話に、一拍の沈黙が生じた。

「あなたは……私についての噂を、耳にされたのだな」

「ならばあれは真実だと？」

「つまりは私が——たやすく篭絡《ろうらく》されないと？　私についての噂なら、もっと悪いことも耳にされた筈だ」

「私にとっては、それが何よりつらい」

そのトルヴェルドの言い方は優しく、ローレントがかすかに笑いの吐息をこぼした。

トルヴェルドの声が、二人の距離をつめたかのように変化する。

「ああ、あなたについての噂は山と聞いた。だが私は、己の目で見たものを信じる」

ローレントが、同様に親しげな声で囁いた。

「そして、その日に何が見えたと？」

デイメンは、決然として前へ歩み出た。

その足音にトルヴェルドがはっと周囲へ目をやった。パトラスにおいて、心の——体も——交情は、ごく私的で人目にふれないものだ。ローレントはと言えば、欄干に優雅にもたれ、デイメンのほうへ視線を動かしたほかは小揺るぎもしなかった。二人は、やはり互いにごく近く立っていた。まだキスの距離ではなかったが。

「殿下、叔父上がお呼びです」とデイメンが声をかける。

「またしても」

トルヴェルドが答え、眉間に皺を寄せた。ローレントが欄干から身を起こす。

「叔父上は、心配性なのだ」

ローレントを見ると、トルヴェルドの額から皺が消えた。

「随分と時間を取ったな」

デイメンとすれ違いながら、ローレントが囁く。

デイメンはトルヴェルドと二人で残された。バルコニーは静かで平穏だ。宮廷内での音も、遠く隔てられたかのように小さい。眼下の庭園の虫の音やゆるやかな葉擦れのざわめきのほうがずっと近く、大きく感じられた。少しして、デイメンは目を伏せているべきなのだと気付いた。

だがトルヴェルドの心は別のところにあった。

「素晴らしい方だ……」

やわらかな声で、彼はそう呟く。

「王子の身で奴隷に嫉妬することなどあり得ぬと思うだろう。だがこの瞬間、できるのであれば私は、一瞬のためらいもなくそなたと立場を変わるであろうよ」

あの男を知らないからだ、とデイメンは思った。トルヴェルドは、ローレントのことを何も知らない。見たのは、彼の一夜の仮面だけだ。

「催しが、もう始まるかと」

デイメンはそう告げた。

「ああ、そうだろうな」

そう答え、トルヴェルドはデイメンをつれて、ローレントを追うように宮廷へと戻っていった。


デイメンはその人生で、幾度も見世物の観覧席につかされてきたものだ。だがヴェーレでの出し物は、また違った意味を持つ。アンケルが長い杖を手に進み出た時、デイメンはてっきりパトラスの使節団が卒倒するような演目が始まると思って身構えた。彼らの前で、アンケルが壁にかけられた松明に杖でふれていくと、杖の両端に移った炎が激しく燃え立った。

燃える杖を投げては受けとめる、舞いの一種が始まった。炎の杖が放り上げられ、振り回されて、躍動的な円弧を宙へ描き出す。赤や金の炎が、アンケルの赤毛に鮮やかに映えた。幻惑するような炎の動きをおいても、じつに目を奪われる舞いであり、アンケルは難しい動きをやすやすと、なまめかしく、官能的にこなしていた。

デイメンは、アンケルをすっかり見直した。これほどの舞いを体得するには鍛錬と努力を要するし、二つともデイメンにとっては評価が高い。ヴェーレの色子が美々しく着飾ったり誰かと絡み合う以外の才能を示すところを、彼は初めて目にした。

広間はくつろいだ雰囲気に包まれていた。デイメンはまた引き綱につながれ、まるでローレントの付添いといった扱いだ。ローレントのほうは、難しい頼みごとを通すために機嫌を取ろうとしてか、ひどくお行儀よく振舞っていた。己の策に足を取られるとはこのことだと、デイメンは少々いい気味に思う。デイメンの見る前で、トルヴェルドの侍従が桃とナイフを持ってくると、トルヴェルドの指示通りに切って、それをローレントに供した。ローレントはこころよく受け取る。食べ終えると、侍従が袖口からふわりと小さな布を引っぱり出しながらしずしずと前へ進み、ローレントはその布で汚れひとつない指を拭った。布は透けるほど薄い絹で、金糸の縁かがりがある。ローレントはそれを丸めて返した。

「見事なものだ」とデイメンはつい呟いていた。

「トルヴェルドの召使いはお前より備えがよいのでな」

それだけがローレントの返事だった。

「布を隠すだけの袖がないもので」ディメンは応じた。「ナイフを頂けるなら、ありがたく頂戴するが」

「もしくは、フォークを？」

ローレントが言った。

それに答えるより早く、拍手のさざめきと、不穏な騒ぎのようなものが聞こえてきた。炎の舞いは終わり、そして部屋の向こうで何かが起こっていた。

まるで、手綱にまだ慣れない仔馬のように全身を突っ張らせたエラスムスが、ヴェーレ人の目付役に引きずられ、前へ出てきた。

少女のごとき、鈴を鳴らすような声が響いた。

「そんなにアキエロスの奴隷がお好きならと、この奴隷の戯れをお見せしようと思いましたのに」

それはニケイスだった。たかが耳飾りひとつの賭けのために。

トルヴェルドは、首を振っていた。親しみをこめて。

「ローレント」と語りかける。「あなたはアキエロスの王に随分とたばかられたようだ。あれは、王宮奴隷などではあり得ない。あんな不調法な振舞いをするなど。カストール王はただの従僕か何かに服を着せ、送ってきたのであろう。たしかに、愛らしい顔はしているが——」

トルヴェルドはそう言い、少し、前とは違う声音で、また呟いた。

「とびぬけて、愛らしいが」

愛らしくて当然だ。エラスムスは美しい者たちの中でも抜きんでて美しく、王子に仕える奴隷として大勢から選り抜かれた。ただ、今この瞬間の彼は不格好で、叩きこまれた礼儀作法の断片たりともうかがえなかった。やっと跪いたが、それも四肢がすっかり硬直してその体勢にとどまっているだけに見え、両拳は固まったかのように握りしめられていた。

「いかに愛らしかろうが、私は、躾けられていない二十四人もの奴隷をつれてバーザルに戻るわけにはいかぬ」

トルヴェルドはそう結んだ。

デイメンはニケイスの手首をつかむ。

「一体何をした」

「放せ！　僕は何もしておらぬ」

デイメンが放すと、ニケイスは手首をさすった。ローレントへ文句を言う。

「自分より上の者にこんな口をきくのを放っておくのか？」

「いいや。上の者に対してはな」

ローレントが答えた。

ニケイスの顔がさっと紅潮する。アンケルは燃える杖をまだゆったりと回していた。ゆらぐ黄赤の炎の色がちらちらと周囲に散る。その炎が近づく瞬間、空気がたじろぐほどに熱い。エラスムスは蒼白になり、今にも皆の前で吐きそうに見えた。

「やめさせてくれ」デイメンはローレントに頼む。「残酷すぎる。あの者はひどい火傷を負わされて、火を恐れているというのに」

「火傷？」

トルヴェルドが問い返した。ニケイスが素早く口をはさむ。

「火傷などではない、ただの焼き印だ。あの者の脚は傷だらけで、それは醜い」

トルヴェルドの目はエラスムスに据えられていた。そのエラスムスの目は曇り、半ば麻痺したかのような、望みのない絶望に満ちていた。エラスムスが、そこでどんな運命を覚悟しているのかを思えば、近づく炎にただ跪いたまま堪えているのはじつに驚くべき姿といえた。

トルヴェルドが命じた。

「火を消すがよい」

突如、つんとくる煙が周囲を圧してたちのぼり、ヴェーレの香料の匂いをかき消した。炎が消される。近くへ、と呼ばれたエラスムスは先刻よりはましな姿で平伏し、ローレントの顔を認めると、さらに落ちつきを取り戻したようだった。デイメンには納得がいかなかったが、そういえばエラスムスはローレントを「優しいご主人」だと思っているのだ。

トルヴェルドはエラスムスにいくつか問いかけ、エラスムスはパトラスの言葉を用いながら、恥ずかしげに、だが優雅さを取り戻しながら答えた。トルヴェルドの手がエラスムスの頭の上に、守るように、一瞬のせられる。さらに続いて、トルヴェルドは通商交渉の間、隣に座ってはくれないかとエラスムスに求めた。

そして、エラスムスはトルヴェルドの足の爪先に、さらに足首へとキスを捧げる。金の巻き毛がトルヴェルドの筋肉質のふくらはぎにふれた。

デイメンは、次々と目前でくり広げられる展開を眺めているだけのローレントを見た。トルヴェルドの愛着がエラスムスに向いた理由を悟る。この奴隷と王子には、外見上の類似点が多い。エラスムスの白い肌と艶のある髪は、ローレントの持つ金と象牙色の色合いに、この場の誰より近い。その上、エラスムスにはローレントに欠けているものがあった——脆く、愛情を欲し、誰かの庇護の手を、ほとんど目に明らかなほどに求めている。それに引きかえローレントにあるのは、ただ怜悧《れいり》な高貴さだけであり、その無垢な顔貌《がんぼう》が人の心を惹くとしても、目で愛でるだけでふれてはならない男だと、デイメンの背の傷が物語っている。

「謀ったな！」ニケイスが、低くののしった。「わざと目の前で見せようとして——僕を引っかけたんだ！」

その口調は恋人たちのじゃれ合いにも聞こえただろう——何てことを！と。だがニケイスの声は、怒りと棘をはらんでいた。

「お前の選択だ」ローレントが答えた。「お前は自ら、鉤爪《かぎづめ》を振りかざすことを選んだ」

「僕を引っかけた」ニケイスがくり返す。「あの方に——」

「言うがいい。すべて。俺が何をしたか、それをお前がいかに助けたか。あの男はどう思うかな？　たしかめに行くか？　さあ、二人で行こうではないか」

ニケイスがローレントを見つめるまなざしは、焦りつつも、計算高かった。

「ああ、お前は——もう充分だろう」ローレントが呟く。「充分だ。お前は学んでいる。次は、これほど簡単にはいかんだろうな」

「絶対にね」

毒気たっぷりに、ニケイスは言い捨て、そして——デイメンは気付いたが——ローレントに左耳の耳飾りを渡すことなく歩き去った。


食事を終え、見世物も終わって満たされた人々は四方に散り、元老たちと執政は座して交渉に入った。執政がワインを求めると、アンケルが注いだ。それがすむと執政はアンケルに傍らに座るよう求め、アンケルは麗々しく座って悦に入った笑みを浮かべていた。

デイメンは、つい微笑した。アンケルの野心を責める気にはならない。それにそう悪い栄光ではなかろう、十八歳かそこらの少年にとっては。デイメンの母国でも、王と褥《しとね》をともにするのを最高の栄華と見なす宮廷人は多かろう。その立場をずっと保ちつづけられるなら、尚更。

今宵、求めるものを得たのはアンケルだけではない。ローレントは、デイメンが頼んだものをすべて、形にして与えてくれた。たった一日で。そこだけを見れば、見事な手際に感服するほかない。

だが、一歩引いて見るならば、まさしくローレントがすべての絡繰《からく》りの糸を引いていたのだと、これを為すために彼がついた嘘や張りめぐらせた罠が見えてくる。恐怖の中、炎の前に引き立てられてきたエラスムスの心はいかばかりだったか。そしてたかだか十三歳の少年を――自業自得であるにしても――大人が罠にかけるとは、いかなる心根《こころね》か。

「終わった」

ローレントが、デイメンの隣に立って言った。

奇妙にも、彼は機嫌がよさそうに見えた。片方の肩を軽く壁にもたせかけている。口調に温かみはなかったが、切りつけるような冷ややかさもなかった。

「お前とトルヴェルドが後で奴隷の移送について話し合う手筈を整えた。知ってたか？　カストールは、一人の世話役もつけずにあの奴隷たちを送ってきたのだぞ」

「あなたはトルヴェルドと、この後の予定があるものかと」

その言葉が、ふと口をついて出ていた。

ローレントは答える。

「ない」

これ以上言えば、今の機嫌も損ないかねないと感じた。デイメンは話を変え、言いにくいながらも言葉を押し出した。

「どうしてこんなことをしてくれたのかはわからないが、これで皆は、バーザルでよい扱いを受けられることと思う。ありがとう」

「お前はどうせ、永遠にヴェーレの者を見下すのだろう？」ローレントはそう言って、それからデイメンが何か言える前に続けた。「いい、答えるな。今さっき、何かに微笑んでいたな。何にだ？」

「大したことではない。ただ、アンケルが」デイメンは答える。「ついに欲しがっていた王族の庇護を手に入れたようなので」

ローレントが、デイメンの視線の先を追った。アンケルが身をのり出してワインを注ぐさま、そして執政が指輪のはまった手を上げてアンケルの顎を指でなでるさまを、じっくりと眺めやる。

「いいや」

ローレントは無関心な口調で言った。

「あれは見た目をつくろうためだけのものだ。この宮廷でのならわしの中には、トルヴェルドやその連れが眉をひそめるようなものもあるだろうからな」

「どういうことだ？」

ローレントは執政から視線を引きはがすと、デイメンへ目を向ける。その青い目にはいつもの敵意も、傲慢さも、軽蔑もなく、かわりにデイメンにはつかみきれない何かがひそんでいた。

「ニケイスについてお前に警告したのは、あれの飼い主がオーディン元老ではないからだ。本当の飼い主が誰か、まだ見当がつかないか？」

ローレントはそう言い、デイメンが答えずにいると、言葉を継いだ。

「アンケルではな、叔父上の心をとらえるには、もう年をとりすぎているのさ」

第九章

早朝、デイメンは、トルヴェルドに会うためにつれ出された。まず二人のパトラス人の家従と会い、奴隷の扱いについての知識を記憶にあるだけ伝える。いくつか、デイメンには答えの見当すらつかない問いもあった。ほかの問いはもっと楽だ。奴隷たちはパトラスの慣習を学んでいるか？　どの客からもてなしていくべきかなど？　そう、奴隷たちはパトラスの言葉と慣習について教えこまれている。ヴァスク国のものも――だが地方の属州までは行き届いていないかもしれない。そして勿論、奴隷たちはアキエロスとイスティマの社会で必要なことはすべて心得ている。ヴェーレについては何も、とデイメンは自分が説明するのを聞いていた。誰も、ヴェーレとの間に和平が、そして国交が結ばれるとは考えもしていなかった。

トルヴェルドの部屋はローレントの部屋に似ていたが、あれほどの広さはない。よく眠れた様子のトルヴェルドは、ズボンを穿いてローブを羽織っただけの姿で寝室から出てきた。ローブは体の両側をまっすぐ床まで落ち、よく鍛えられて毛の薄い胸元があらわになっていた。

アーチの扉口の向こうに寝台が、そして、その上に投げ出された白い手足と艶めいた髪が見えた。ほんの一瞬、バルコニーでトルヴェルドがローレントに言い寄っていた光景がデイメンの脳裏をよぎったが、それにしてはその髪の色は少し暗すぎたし、巻き毛であった。

「まだ眠っているのだ」

トルヴェルドが言った。ごく低く、エラスムスを起こさぬように。デイメンに手振りでテーブルを示し、二人で座った。トルヴェルドのローブの、厚みのある絹が床にわだかまる。

「まだ、彼とは何も……」

トルヴェルドは言いかけたが、そこで沈黙が落ちた。ヴェーレでの露骨な物言いに慣れすぎていたデイメンはつい、トルヴェルドが先を言い切るのを待った。この沈黙そのものが、パトラス人にとっては話の中身を語っているのだと気付くまで、少しかかった。

トルヴェルドが言った。

「彼のほうは……大いに熱意を見せてくれたが、私としてはどうにも、彼が手ひどい扱いを受けてきたように思えてな。あの焼き印のことだけではなく。そなたをここに呼んだのは、その話を聞くためだ。心配なのだ、今後、もし私が不用意に何か……」

またも沈黙。トルヴェルドの目は暗かった。

「だから、知っておけば、いくらか役に立つかと思う」

ここはヴェーレだ、とデイメンは思う。繊細なパトラス人の言葉遣いでは、ここで起きてきたことを言い表すことすらとてもできないほど。

「彼はアキエロスの王子付きの奴隷として、訓練されてきました」デイメンは述べた。「おそらくヴェーレに来るまでの彼は未経験だったでしょう。ただ、来てからは、もう違うかと」

「ふむ」

「詳しいことは存じませんが」

「いや、充分だ。私の考えを裏付けてくれた」

トルヴェルドがうなずく。

「そなたのその率直さに感謝しよう。それと、今朝の働きにも。色子がよく仕えた時には、何か贈り物をしてねぎらうのがならわしだと思うのだが」

トルヴェルドは、デイメンを測るように眺めた。

「そなたは宝石をほしがりそうにも見えないな」

デイメンは、小さく微笑んで答えた。

「結構です。どうも」

「何か私にできることはないかね？」

　デイメンは考えをめぐらせる。心の底から欲するものならある。だが口にするにはあまりに危険な望みだ。テーブルの木肌は暗く、飾りは縁の浮き彫りだけで、残りの天板はなめらかだった。

「アキエロスにおられたと聞きました。葬送の儀の後も、あちらに？」

「ああ、そうだ」

「王子に奉侍《ほうじ》していた者たちはどうなったかご存じですか——王子の死の後？」

「家士たちは、離散させられたものと思っているが。聞いたところでは、王子付きの奴隷たちは皆、嘆きのあまり自らの喉を刃で突いたと。それ以上は知らぬ」

「嘆きのあまり」

　デイメンは呟いた。あの時の剣の音と、自身の驚愕がよみがえっていた——驚きも当然、何が起きているかわからず、悟った時にはすでに遅かった。

「カストール王は激怒してね。自死を防げなかったことで、王宮の奴隷の司は処刑された。くわえて、数名の衛兵も」

　そうだろう。奴隷の司のアドラストスに、だから警告したのだ。カストールは自らの行為の証拠をすべて消しにかかるだろうと。アドラストス、衛兵たち、そして浴場でデイメンの世話をしたあの黄色い髪の奴隷さえ。真実を知るものは全員、ただ殺されたのだろう。

ほとんど全員。デイメンは息を整えた。体の中の、意志の行きとどく箇所すべてが「聞くな」と抗っていたが、それでもデイメンは問わずにはいられなかった。

「では、ジョカステは？」

まるで面と向かって彼女を呼ぶ時のように、敬称をつけずにその名を言った。トルヴェルドが考えこむような目を向けてくる。

「カストールの情人かね？　彼女は元気だよ。妊娠も大過なく、順調で……初耳か？　カストールの子を、腹に宿しているのだ。婚礼を行うかどうかはまだわからぬが、カストールが後継問題をはっきりさせておきたいのは確かなようだ。機会さえあればほのめかしていたよ、その子を王の子として育てると――」

「王位後継者」

デイメンは呟いた。

それがジョカステへの見返りだったのだ。今でもジョカステの、常に完璧な巻き毛を思い出せる。絹を巻いたような髪。もうこの思い出は捨てなければ。

顔を上げる。不意にその時、トルヴェルドが彼を見つめる表情から、この話題に深入りしすぎてしまったと気付く。

「思うに」トルヴェルドが、ごくゆっくりと口を開いた。「そなたはカストールにどこか似ているな。目の感じが。顔の形も。こうして見れば見るほど――」

違う。

違う。

「似ているよ。これまで誰かに——」

「言われたことはないかね？　ローレントならきっと——」

「違う」デイメンがさえぎる。「俺は——」

その言葉は焦りすぎ、強すぎた。鼓動が胸の中で轟き、デイメンは己の追憶の中からこの
——欺瞞の世界へと、心を引き戻す。この瞬間、彼の正体が暴かれずにすんでいるのはただ、カストールのしたことがあまりに途方もなかった、その一点のおかげでしかなかった。トルヴェルドのようにまっすぐな心ばえの男は、これほど異様でねじれた裏切りが行われたなど想像にも浮かぶまい。

「お許しを。ただ、こう申し上げるつもりで——俺がカストールに似ているとはローレント殿下の耳に入れないでいただけると……王子のご機嫌を損ないかねませんので」

嘘ではない。ローレントほどの頭であれば、このきっかけから造作もなく真実にたどりついてしまうだろう。すでに危うい瞬間すらあったのだ。

「殿下は、アキエロスの王族にあまり好意的ではないゆえ」

ここでさらに、王に似ているなどと言われては恐れ多い、などと礼を言わなければならないのだろうが、そんな言葉を、とても自分の口から出せそうにはなかった。

だがトルヴェルドは、少なくともこの瞬間は、デイメンの言葉に意識を取られていた。

「ローレントの、アキエロスへの憎しみはあまりに知られているからな」

トルヴェルドが悩ましげに言った。

「彼と話し合ってみようともしたのだがね。奴隷を全員王宮から追い出したい気持ちもわかるとしても、――私がローレントでも、アキエロスからの贈り物には猜疑の目を向けるだろう。カストール首長《キロイ》たちの不和を国内にかかえた今、北隣の国に敵がいるというのはありがたくないことだろうしな。ヴェーレの執政はアキエロスにきわめて友好的だが、一方のローレントは……ローレントを玉座から遠ざけておきたいと、カストールなら思うだろう」

ローレントへ奸計を企むカストール。蛇を陥れようとする狼を、デイメンは連想した。

「殿下ならおひとりで切り抜けることでしょう」

デイメンは、そっけなく言った。

「ああ。きっとそうだな。見事な頭をお持ちだ」

そう言いながら、トルヴェルドは立ち上がって、謁見は終わりだと暗に示す。同時にデイメンは、寝台の上から衣擦れの音がするのに気付いていた。

「ローレントが即位した後、我が国がヴェーレと新たな絆を結ぶのを楽しみにしているよ」

それはあの男に魅入られているからだ、とデイメンはトルヴェルドの言葉に思う。のぼせ上がって、ローレントの本性が見えていないからだ。

「今の言葉は好きにローレントへ伝えてかまわぬよ。そうだ、それと、今日は私のほうが先に的に当てるからな、と伝えておいてくれ」

出ていくデイメンへ、トルヴェルドはニヤッと笑って言った。


ほっとしたことに、デイメンには、ローレントにどの話の中身も伝える機会はないまま、さっさと着替えさせられた。王子の随伴をするのだという。「どこに？」とは聞く必要すらなかった。今日はトルヴェルド滞在の最後の日であり、トルヴェルドの狩り好きはよく知られていた。

本格的な狩猟ならシャスティヨンだが、日帰りには遠すぎるし、ここアーレスの周囲にもまばらに木の茂る土地が広がっている。そんなわけで——昨夜のワインでわずかに二日酔い気味であっても——廷臣たちの半ばが午前中には集まり、城外へと動き出していた。

デイメンは、馬鹿馬鹿しいことに、輿《こし》に乗せて運ばれた。エラスムスや、もっとか弱い色子たち数人と同じように。彼らの役目は狩りに加わることではなく、狩りの後で主人たちの世話をすることだ。デイメンとエラスムスは、二人とも王族の天幕で待たされた。パトラスの使節団の無事な出立までは、デイメンも逃亡を試みるわけにはいかない。せっかく宮殿の外に出られたというのに、この機にアーレスの町並みや周囲の景色を見ておくことすらできなかった。

輿には覆いが掛けられていたのだ。かわりに交合図を好きなだけたっぷりと眺められた——絹の覆いの内側に一連の体位が刺繍されていた。

貴族たちの獲物は野豚だ。この北の種は大きく、雄は長い牙を持ち、ヴェーレ人たちはその獣を野猪《のじし》と呼んでいる。召使いたちの群れが早朝から、あるいは徹夜で立ち働いて、王宮の華麗な富をそのまま野外に出現させていた。見事な色の天幕付きの東屋を建て、小旗大旗翻る旗竿で囲む。美しい侍従たちによって山ほどの飲み物や軽食が給仕される。馬たちは飾り立てられ、鞍には貴石がちりばめられていた。革装は磨き上げられ、ふかふかのクッションが用意された至れり尽くせりの狩りだ、これは。だがどれだけ華麗に装おうが、やはり危険な遊戯である。野猪は、鹿や兎よりも知恵に長ける。追い回せばいいというものではない。野猪は危険で、荒々しく、攻撃的な獣であり、時に逆襲してくる。

狩り場へ到着した一行は、一息入れ、午餐《ごさん》を取った。それから狩人たちが馬にまたがる。獲物を追い出す役目の勢子《せこ》たちが左右に広がった。意外なことに、ざわざわと待つ狩人の中に、幾人か、馬にまたがった色子の姿が見えた。ヴァネスの傍らではタリクが馬に乗っているし、愛らしい栗粕毛《くりかすげ》の馬に見事な手綱さばきでまたがったのはアンケルで、主人のベレンジェ卿に付き従っている。

天幕の中に、ニケイスの気配はまるでなかった。執政は狩りに参加していたが、あの幼い色子は宮殿に残されていた。

昨夜のローレントの言葉は、衝撃だった。聞かされた事実と、執政のあの物腰とが、デイメンの中で噛み合わない。執政からはまったく感じとれなかったのだ、そんな――性向は。ほとんど、ローレントの言葉が嘘ではないかとまで思うところだった。ただニケイスの言動がすべて腑に落ちるのだ、それなら。執政以外の誰の色子が、ローレントやトルヴェルドといった王子の臨席する場であぁも厚かましく振舞える？

ニケイスの忠誠が誰に向けられているのか知りながらローレントが彼に親しげで、ニケイスを奇妙に好いているようにすら見えるのが、不思議だった。だがどうせ、ローレントの心の中など、解けない迷宮のようなものだ。

馬にまたがった一行が狩りの開始の合図を待つ間、デイメンにはそれを眺めることくらいしかすることがない。ぶらぶらと天幕の入り口まで歩いていって、外をのぞいた。

丘陵の斜面に広がる狩人たちが陽射しをまばゆくはね返し、宝石や磨かれた馬装がきらめいている。天幕からほど近いところに、二人の王子が隣り合って騎乗していた。トルヴェルドの姿は力強く、場になじんでいる。ローレントは黒革の狩り装束に身を包み、いつもよりさらに飾り気がないほどの姿で、鹿毛《かげ》の雌馬にまたがっている。美しい馬だった。全身の均衡がとれ、腰長で、狩り向きだ。だが気が立っているのか、落ちつかず、すでに汗がうっすらと馬体を覆っていた。ローレントは軽々とその馬を御し、見事な手綱さばきを周囲へ見せつけている。見事だったが、空虚なひけらかしだ。狩りでは、戦争と同じように、力と持久力と武器の扱いが物を言う。そしてそれ以上に馬が冷静さを保つことが重要なのだ。

馬たちの脚の間をすり抜け、猟犬たちが前へ進む。この猟犬たちは大きな獣の周囲でも落ちついて動くよう調教され、野兎や狐や鹿の匂いに惑わされず野猪だけを追うよう訓練されていた。

ローレントの馬がまたもぞもぞと動き出し、ローレントは鞍上から身をのり出すと、何か馬の耳に囁きながら、不似合いなほど優しい手つきで首をなでて落ちつかせようとしている。それから、ローレントが顔を上げて、デイメンを見た。

こんな美貌をこれほど不愉快な人物に与えるなど、天は何という無駄なことをするのか。ローレントの白い肌と青い目の取り合わせは、パトラスにおいてもアキエロスにおいても珍しく、デイメンの大いなる弱点でもあった。おまけに金髪。なお悪い。

「いい馬を買う金を惜しんだか」とデイメンは声をかけていた。

「遅れずに来られるかな」とローレントが言う。

その言葉はデイメンに凍るような目を向けた後、トルヴェルドへと放たれたものだった。

踵が馬体にふれた瞬間、ローレントの馬は、まるで彼と一体であるかのようになめらかに駆け出す。トルヴェルドが笑みをうかべながらそれを追った。

遠く、角笛が鳴り、遊技の開始を告げる。騎手たちが馬に踵を入れ、一団となって角笛の音めがけて走り出していった。猟犬の吠え声に馬蹄の轟きが続く。木々はまばらに点在しており、集団がつらなって馬で駆け抜けるだけの余裕はある。

戦闘をゆく騎馬と猟犬の群れが、木々が茂った中へ走りこもうとしているのがよく見えた。野猪はどこか、茂みにひそんでいる。さほどしないうちに狩人たちの姿は木々の間を抜け、丘の向こうへと消えていった。


王族の天幕の中では、召使いたちが午餐の残りを片づけている。昼餉《ひるげ》は、あちこちに置かれたクッションによりかかって食され、人々は時おり入りこんでくる猟犬をなだめすかしては外へ押し出していたものだった。

エラスムスは、黄林檎色のクッションの上で従順に跪き、まるで異国の彫像のような姿だ。今日のエラスムスは、トルヴェルドへの給仕、その後は彼の乗馬服の準備と、つつましやかながら見事な働きぶりであった。パトラス風の短いトゥニカをまとい、手足があらわになっていたが、裾には足の火傷を隠すだけの長さを持たせてあった。

天幕に戻ったデイメンは、じっとエラスムスだけを見つめた。

エラスムスは目を伏せて、微笑みをこらえようとしていたが、ゆっくりと、次第に頬が赤らんできた。

「やあ」とデイメンが声をかける。

「すべて、どうやってか、あなたのなさったことだと存じています」

エラスムスが言った。彼は感情を隠すのが下手で、この瞬間、気恥ずかしいほど幸せそうに見えた。

「あなたは、約束を守って下さった。あなたと、あなたのご主人様が。あの方は優しいと申し上げたでしょう?」

「覚えている」

デイメンはそう答えた。

幸せそうなエラスムスを見ているだけで気分が晴れやかだ。ローレントのことをどう誤解していようが、わざわざ訂正する気にはなれなかった。

「直にお会いして、さらにその思いを強めました。あの方がわざわざ私と話しにおいでになったのはご存知ですか?」

「——そんなことを?」

デイメンは問い返した。想像がまったくつかない。

「あの方は、私に……庭園で起きたことをおたずねになりました。それから、警告して下さいました。昨夜のことを」

「警告……」

「ええ、ニケイスが私を人前に連れ出して見世物にしようとするだろうし、とてもつらいだろうが、もし私が勇気を失わずにいれば、よい結果が得られるかもしれないと」

エラスムスは顔を上げ、しげしげとデイメンを眺めた。

「どうして驚かれているのですか」

「どうしてだろうな。驚くようなことじゃない。あの人は何手も先まで手を打つのがうまいからな」

「私を救っていただけるようあなたがお願いされたのでしょう？　そうでなければ、あのような方が私のことなど知るよしもない……あの方は王子で、あまりに重要な方ですし、いつも多くの人々からたのみごとを聞かされているに違いありませんから。あなたに、こうして感謝できてよかった。もし私に恩返しができるならば、必ずやその道を見つけます。いつか、必ず」

「そんな必要はない。お前たちが幸せでいてさえくれれば、それで充分だ」

「あなたは、どうなさるのです？」エラスムスが問いかけた。「淋しくはありませんか？　この地に、おひとりで」

「俺には優しい主人がいるからな」

デイメンは答えた。

これまでのことを思えば、その言葉を口から出せただけでも大したものだった。エラスムスが唇を噛み、艶めく巻き毛が額に落ちた。

「あなたは――あの方に、恋をされているのですか」

「そういうわけでもない」

デイメンは答えた。

短い沈黙。それを破ったのはエラスムスのほうだった。

「私は……奴隷の役割というのは神聖なもので、心からのお仕えを通じてご主人様の誉れをたたえ、ご主人様はそれに応えて私たちを誉れとし、大切にして下さると、常にそう教えられて参りました。信じて参りました。ですが、あなたが罰としてこの地へ送られたとおっしゃった時、わかったのです。この地の人々にとって服従は誉れとされず、奴隷であることは恥なのだと。いえ、前からわかっていたのかもしれません——ああして話すより前から。誰にとっても価値なき無となることこそ、さらなる服従の高みであろうと、そう自分を説き伏せようともしましたが——それもかなわず……私にとって、人に従属するのが自然で、己の本質なのです。従属があなたにとって不自然なのと同じように。ただ私は——誰かに、お仕えしたいのです」

「良い相手を見つけただろう」デイメンは答えた。「パトラスでは奴隷は大事にされる。それにトルヴェルドはお前にのぼせているようだ」

「あの方を、お慕いしております」

エラスムスはそうはにかんで、頬を染めた。

「あの方の瞳が好きです。見目よろしい方でいらっしゃる」

わきまえぬことを言ったと、また顔を赤らめている。

「アキエロスの王子よりも見目いいか?」

　デイメンはエラスムスをからかった。

「どうでしょう。王子にお会いしたことはございませんが、今のご主人より見目よい方がいるとは想像もできません」

「自分では言わぬだろうが、トルヴェルドは卓越した男だ」

　デイメンは微笑しながら言った。

「王子たちの中でさえな。人生の多くを北方ですごし、ヴァスク帝国との国境で戦ってきた方だ。彼の尽力により、ついにヴァスクとパトラスとの和睦《わぼく》が成ったのだ。トルゲイア王の弟であり、もっとも忠誠厚い片腕でもある」

「ほかの王国……私たちの誰も、アキエロスにいた頃は、あの王宮を出ることすら想像もしておりませんでした」

「また別の地へ行くのは不安だろう。だが、この間のような旅路にはならない。この旅は、きっとよい旅になる」

「ええ。今度は――私は……きっと少しは恐ろしく思うでしょうが、でも心から、従ってまいります」

　エラスムスはそううなずいた。そしてまた、顔を赤らめた。

まず戻ってきたのは第一班の徒歩の狩猟係と猟犬係たちで、馬と同時に勢いよく解き放たれていった猟犬の一群が、息も絶え絶えにつれられて帰ってきた。野猪の鋭い牙にかかって回復も望めぬほど傷ついた犬を処分するのも、係の者の役目となる。

皆の間に、重い空気が垂れこめていた。舌をだらりと出した犬たちが激しい疲労にあえぐ姿だけでなく。人々の表情がどこかおかしい。デイメンはふと、不安を覚える。猪狩りは危険な遊戯だ。天幕の入り口から、彼は帰ってきた一人に声をかける。

「何かあったのか？」

猟犬係が答えた。

「息をひそめとけ。お前のご主人はご機嫌斜めだからな」

結構。以前に逆戻りというだけだ。

「それはそれは。誰かに獲物を取られたか？」

「いや、王子が仕留めた」猟犬係は辛辣な棘を含む口調で言った。「その時に馬を駄目にしたのさ――助かるわけがなかった。猪とやって前の足首を駄目にしちまったんだが、その前から拍車で蹴られて馬の脾腹《ひばら》から肩まで血まみれでな」

ぐいと顎で、デイメンの背を示した。

「ほら、あんたにも覚えがあるだろ？」

デイメンはじっと男を見つめて、うっすらと吐き気を感じていた。

「いい馬だったのに」男が続ける。「兄上のほう――オーギュステ王子は、馬の扱いが上手でいらしてな、あの馬が仔馬の時、自分で調教を手伝ったもんだ」

その言葉には、この男の地位を思えば、ローレントに対する最大限の批判がこめられていた。

もう一人の男はちらちらと二人を見ていたが、さっと近づいてきた。

「ジャンのことは気にするな、機嫌が悪いのさ。あの雌馬の喉に剣を突き立ててとどめを刺さなきゃいけなかったのはこいつなんだ、しかも、どうして素早くやらなかったと王子に叱りとばされたしな」

戻って来る騎手たちの中に、たくましい灰色の去勢馬にまたがったローレントの姿があった。

この騎馬の一団の中、二人乗りを強いられている廷臣がいるのだろう。

執政がまず天幕に入ってくる。乗馬手袋を外し、侍従が武器を片づける。

外で、突然猟犬の吠え声が上がった。野猪が到着したようだ、おそらくこれから皮を剝がれ、腹を裂かれて内臓をすべて出し、その屑が犬たちに与えられる。

「甥よ」

執政が呼びかけた。

ローレントが足どり重く、それでも静かな優雅さで入ってきた。その青い目は削いだように表情がなく、「ご機嫌斜め」とはよく言ったものだ。

執政が言った。

「お前の兄にとっては、己の馬を殺すことなく獲物を狩るくらいたやすいことだったぞ。だがお前に聞きたいのは、別のことだ」

「さようで？」

ローレントが答える。

「ニケイスから聞いたが、奴隷の身柄を交渉に含めるようトルヴェルドに吹きこんだのはお前だそうだな。どうして隠れて事を運んだ？」

執政の目がローレントをじっくりと、測るように眺めた。

「いや、本当の問いはこうだな。何のために、そのようなことをした？」

「だって、不公平というものでしょう？」ローレントが甘ったるい口調で返す。「私に自分の奴隷の生皮を剝ぐのはすっかり禁じておきながら、あなたはご自分の奴隷の脚を焼いているなんて」

デイメンは、すべての息が体の内から出ていったような気がした。

執政の表情が変わる。

「お前と話しても無駄なようだ。そんな態度の相手をするつもりはない。癇癪《かんしゃく》は子供にも見苦しく、大人においてはなお醜い。己のおもちゃを壊してお前が責めるべきは、己だけなのだぞ」

執政は、緋の緒でからげて留められた天幕の入り口から出ていった。外からは人々の声、馬装の金具の鳴る音、狩りの一行が移動する音、さらに近くでは天幕の幕布のはためきがしている。ローレントの青い目はデイメンに据えられていた。

「何か言いたそうだな?」

「あなたが、馬を死なせたと聞いた」

「馬ごとき」ローレントが言った。「叔父上にねだってまた買ってもらうさ」

己の言葉を、どうしてか猛々しいほど愉快がっているようだった。その裏で、言葉の端がひどくささくれ立っている。

デイメンは思った——明日の朝、トルヴェルドが出立すれば、ふたたび逃げ道を探せる。どうにかしてこの爛れた、策略だらけの腐った国から逃げる道を。

その好機は、二日後の夜に訪れた。ただ、デイメンが、想像もできなかった形で。

夜更けに起こされた。部屋の扉が荒っぽく開け放たれ、松明の灯が輝く。てっきりローレントかと思った——夜中に突然押しかけてきたり、デイメンを叩き起こすのはいつもあの男だ。だがかわりに、デイメンはお仕着せ姿の二人の男の姿を見る。王子の家士の服だ。顔に見覚えはない。

「お前をつれてくるようにと」

片方の男が言いながら、デイメンの鎖を床の環から外して、ぐいと引いた。

「どこに？」

「王子だ」と答えた。「お前の夜伽《よとぎ》をお望みだ」

「何だと？」

デイメンがぴたりと足をとめる。鎖がきつく張った。

背後から強く押された。

「歩け。王子をお待たせしたくはなかろう」

「しかし――」

押されて、ぐっと両足で踏みとどまった。

「動け」

一歩前へ出た。まだ抗いながら。もう一歩。時間のかかる道のりになりそうだ。

背後の男が毒づいた。

「兵の半分は、王子をヤれるならたちまちサカるってのに。お前ももっとうれしそうにしろ」

「王子が俺の伽《とぎ》を望むわけがない」

「いいから歩け」

後ろから脅される。デイメンは背中を短剣の刃先がつつくのを感じ、おとなしく部屋からつれ出されていった。

第十章

これまでにもローレントに呼ばれたことはあるが、どうにか切り抜けてきた。心配することはないと思いながら、デイメンの背には緊張が凝《こご》り、熱いほどの不安が腹によどんでいた。

廊下はひっそりとして、彼らの姿を誰に見られることもなく、秘密の逢瀬という虚構の雰囲気だけが高まる。だがどう見えようが、どう感じられようが――ありえない。深く考えすぎると、うっかり笑い出しそうになる。ローレントが人目を忍んで男を呼んで逢引するような殊勝な性格なものか。

これは、見た目とは別のことだ。

わけがわからないが、ローレントの意図を読むのはいつも困難だ。デイメンは歩廊に目をやって、また異常を見つけた。この前は至るところに衛兵が立っていたというのに、皆、どこへ消えた？　夜は全員下がるのか？　それとも何かわけがあって人払いされているのか。

「王子が本当に言ったのか――俺の夜伽を、と？　ほかに何を言っていた？」

デイメンは問いかけたが、返事はなかった。

背につきつけられた刃だけがデイメンを前へ動かしていた。廊下を歩きつづけるほかにすべはない。一歩進むごとに緊張が高まり、疑心が濃くなっていく。格子窓から射しこむ月光が、先をゆく男の顔に格子模様の影を落とす。三人の足音を除けば、無音であった。

ローレントの部屋の扉の下から、細い光が洩れている。扉の前には一人の警固だけが立っていた。王子の家士の服をまとった黒髪の男で、腰に長剣を佩《は》いている。彼は二人の男へ向けてうなずき、短く言った。

「中だ」

廊下に立ちどまると、男たちはデイメンの鎖を外して彼を完全に解放した。鎖はずしりと床にわだかまり、そのまま、そこに残された。

その時、わかったのかもしれない。

扉が押し開けられた。

ローレントはゆったりとソファにもたれ、足を座面に上げて膝をたたむように座り、くつろいだ、少年のような雰囲気だった。隣の小卓にゴブレットが置かれている。今夜、すでに地味な服の結い紐をほどくのに侍従が半刻かけた後なのか、ローレントがまとっているのはズボンと白いシャツのみだった。そのシャツはあまりに見事な生地でできていて、刺繡など一切なくともその高価さが一目でわかる。

ランプがついていた。やわらかなシャツの布ごしに、ローレントの体の優美な輪郭が浮かび上がっている。その喉元にデイメンの目は吸い寄せられ、ついで、その上の金の髪を見つめた。ローレントの髪は耳の後ろにたくし上げられ、貝殻の形をした飾りのない耳があらわになっている。金属から打ち出したような揺るぎない姿。ローレントは、本を読んでいた。

扉が開く音に、ローレントが顔を上げた。

そして、またたいた。まるでその青い目の焦点がうまく合わないかのように。デイメンはゴブレットへまた目をやり、酔って理性が鈍ったローレントを見た時のことを思い出す。

これが夜伽だという虚構を、幾秒かは信じてしまったかもしれない——なにしろ酔ったローレントは、奇矯なことを言い出したりやらかしたりする。だが今宵、顔を上げた瞬間、ローレントが誰のことも待っていなかったのは明白だった。その上、ローレントがこの男たちのどちらの顔も知らないことも。

ローレントが、そっと本を閉じた。

立ち上がる。

「眠れないのか？」

デイメンに問いかけた。

その間にも、回廊へ続くアーチの下へと移動する。階下の暗い庭園に面したそこが脱出路として使えるのかどうか、デイメンにはさだかではない。だがそれは別としても、さりげない三歩でローレントがたどりつき、見事な浮き彫りの小卓やさまざまな装飾品といった障害物の後ろに立った——そこは、戦略的に最善の位置取りであった。

何が起ころうとしているのか、ローレントは知っている。あの無人の長い歩廊を目にし、警固のない暗く静まり返った道を歩いてきたデイメンにも、もうわかっていた。二人の男の後ろから、扉口にいた衛兵まで室内に入ってきた。三人。全員武器を持っている。

「殿下は、色事の気分ではないようだ」デイメンがさりげない口調で言う。

「俺は、その気になるまで時間がかかるのでな」ローレントが応じた。

そしてその瞬間に、始まった。まるで合図を受けたかのように、デイメンの左側で剣が鞘から抜かれる音がした。

後にデイメンは、どうしてそんな行動に出たのか、自問したものだ。ローレントへの好意などかけらもなかった。もし冷静に考える時間があったなら、己をきっぱりとはねつけた筈だ——ヴェーレの内政問題などデイメンの知るところではないと。たとえローレントの身にいかなる惨事が降りかかろうと、すべてこの男自らが招いたことだと。

もしかしたら、歪んだ共感がデイメンを動かしたのか。似たような経験をした者としての。裏切り。安全だと信じていた場所での襲撃。あの瞬間がよみがえってきたのか、それともあの時の償いを今しようと思ったのか。もっと早く反応するべきだった、あの日のために。

そうなのだろう。その筈だ、あの夜の残響。それと、扉の奥に長く閉じこめられていたがゆえ混乱と、憤懣のはけ口。

三人の男たちが分かれた。二人がローレントへと向かい、もう一人がデイメンの見張りに残る。彼はろくに警戒しておらず、短剣を持つ手の握りは軽く、力が入っていなかった。

何日も、何週も、ひたすら好機をうかがってきた身には、心を決めるのも、いざ行動に出るのも爽快だった。重く、肉に叩きこんだ拳の感触に、デイメンの心が晴れ晴れする。その一撃で、痺れた男の手から短剣が落ちた。

この男はお仕着せを着ているだけで鎧はつけていない。愚かにも。デイメンが腹に拳を叩きこむと彼は身をふたつに折り、半ば息苦しさに、半ば苦痛に、ざらついた呻きを上げた。

二人目の男が、毒づいて戻ってくる。王子を片づけるには残る一人だけで充分だと判断したのか、自分は予想外に面倒な野蛮人を片づけようという計算なのだろう。

哀れなことに、この男は剣を持っているだけで自分の有利を信じていた。ろくな警戒もせず、いきなり踏みこんでくる。男の両手持ちの、柄の大きな剣には、相手の脾腹《ひばら》にくいこんで半ば分断できるほどの力がこもっていたが、すでにデイメンは男の守りの内に踏みこみ、拳の間合いまでつめていた。

部屋の向こうで激しい音がしたが、意識のすみでそれを感じただけで、デイメンの注意は目の前の刺客を倒すことに集中し、三人目の刺客やローレントのことは頭になかった。

デイメンにつかまれて、男が喘いだ。

「こいつは王子の犬だ、殺せ……！」

その言葉だけで充分な警告だった。デイメンは全身で男にのしかかり、一瞬で体《たい》を入れ替える。

その男の、鎧もまとわぬ胸の中心を、デイメンめがけて一閃した短剣が深々と刺し貫いた。

一人目の短剣男が起きて武器を取り戻していたのだ。身ごなしが素早く、髭の下の頰に傷がある。死線をくぐり抜けてきた男だ。自由に刃物を振り回されたい相手ではない。デイメンは、肉と骨にくいこんだ短剣を引き抜く間を与えず、ぐいと踏みこむ。男は後ろによろめき、柄から手を放した。デイメンは男の腰と肩をつかみ、振り回して、思いきり壁に叩きつけた。

その衝撃に、男の顔が虚脱し、朦朧として、デイメンが押さえつける間も抵抗を見せなかった。

こちらが片づくと、デイメンは、ローレントが苦戦しているか負けているのではないかと顔を向けた。驚いたことにローレントは無傷で、すでに相手を倒し、死んだ男の動かない体の上に屈みこみ、死者の手から短剣を奪って立ち上がるところだった。

やはり、ローレントにはこの部屋での地の利と、それを使うだけの頭があったということか。

デイメンの視線が、短剣に吸い寄せられた。

そのまなざしを、床で死んでいる男にさっと向ける。その胸に突き立っているのも短剣だった。ぎざぎざした縁の刃、そして特徴的な雷文《らいもん》模様の柄は、シクヨンの短剣だ——アキエロス北方の属州、シクヨンの。

ローレントの手にある短剣も、同じ意匠だった。柄まで血に染まっている、と目をやるデイメンの前で、ローレントが小さな歩幅で動いた。血まみれの短剣が、白いシャツに染みひとつつけずに戦いを切り抜けたローレントにひどく不釣り合いで、その姿をランプの光が変わらず鮮やかに浮かび上がらせていた。

ローレントが顔にたたえた険しく冷徹な表情は、デイメンにも見覚えがある。これから尋問される刺客が哀れになった。

「この男、どうする？」

「動かぬよう押さえていろ」

ローレントが答えた。

前へ歩み出てくる。デイメンは言われた通りに刺客を押さえていた。男がもがきだそうとするのを感じ、動けないよう手に力をこめる。ローレントが鋸刃の短剣をかざすと、まるで獣にとどめを刺すように落ちつき払った手で、髭に覆われた男の喉元を切り裂いた。

苦しげな呻きが上がり、ビクンと、デイメンの手の下で男の体を痙攣が抜けていく。デイメンが、驚きもあって手を放すと、男の手が反射的に、そして虚しく上がって、喉元を押さえた。だがもう遅い。喉に浮いた、細い、真紅の三日月がみるみる太くなる。男は床に伏した。

デイメンは考える前に動いていた。ローレントが彼をちらっと見て短剣の握りを変えた瞬間、反射的に、その脅威を除きにかかっていた。

肉体と肉体がぶつかり合う。ほっそりしたローレントの手首をつかんだが、すぐ意のままになると思いきや、デイメンは力強い抵抗に驚いた。さらに力をこめる。ローレントはなおも屈さなかったが、デイメンの余裕に対し、彼の力はその限界に達しつつあった。

「手を、放せ」とローレントが、ごく落ちついた声で命じる。

「まずその短剣を落としてからだ」とデイメン。

「放さなければ……どうなっても知らんぞ」

だがデイメンはさらに力を増し、ついに抵抗が砕けて、押し切ったのを感じた。短剣が床に落ちる。すぐさまデイメンはローレントの手を放した。同時に、間合いの外までさっと下がる。ローレントは彼を追わず、やはり後ろに一歩下がって、デイメンとの距離をさらに広げた。

無残な部屋に立ち、二人は見つめ合った。

短剣は、二人の間に落ちている。喉を裂かれた男は死んだか、瀕死か、動きが止まって顔が横を向いていた。まとったお仕着せは血に染まり、青地に浮く金の星光紋様を点々と汚していた。

ローレントの戦いは、デイメンのものより荒れたようだ。小卓が倒れ、砕けた磁器の破片が床に散って、床のタイルの上にゴブレットが転がっていた。壁にかかった織物の一部が裂けてだらりと垂れている。その上、大量の血痕。今夜、ローレントの一つ目の殺しは、二つ目よりはるかに乱れたものだったらしい。

ローレントの息は、格闘のせいで早い。デイメンも、また。緊迫の一瞬、ローレントが平板に言った。

「助力するか、襲うか、決めかねているのか？　どちらにする」

「三人の男が殺したいほどお前を恨んでいたのはわかるが、三人しかいないとは意外だな」

デイメンはそっけなく返す。

「いただろうが」ローレントが応じた。「もう一人」

その意味が届き、デイメンは顔にさっと朱をのぼらせた。

「俺は共謀などしていない。つれて来られただけだ。何のためかも知らなかった」

「加勢のためだ」

「俺が？」デイメンは嫌悪をむき出しにした。「丸腰のお前に？」

短剣をデイメンに向けていた男の、気の抜けた手つきを思い出す。たしかにあの男はデイメンが協力すると──少なくとも邪魔はしないと、思っていたのだろう。デイメンは顔をしかめて、一番近い死体の顔を見下ろした。自分が、四対一で丸腰の相手を平気で襲うような男だと思われていたのが癪にさわる。たとえ標的がローレントであろうが。

ローレントが、デイメンを凝視していた。

「お前が今殺した男も無手だったがな」とデイメンはローレントを見つめ返した。

「俺のほうに来た男どもは、同士打ちをしてくれるほど優しくなくてな」

デイメンは口を開いたが、何か言い返す前に廊下が騒がしくなった。二人ともさっと青銅の扉に向かって身がまえる。軽装鎧や武器が鳴る音がしたかと思うと、執政の近衛兵たちが続々と部屋に踏みこんできた。二人——五人——七人——人数が威圧的に増えていく。だが——。

「殿下、ご無事ですか?」

「何ともない」

ローレントが答えた。

近衛兵たちを率いる男が、部下に部屋を守るよう合図し、それから動かない三人の刺客たちの体をあらためた。

「召使いが、あなたの近衛が二名、こちらの宮の入り口で死んでいるのを発見し、我々、執政の近衛隊にすぐ知らせをよこしました。あなたの兵にはまだ情報が届いておりません」

「そのようだな」

ローレントが言った。

兵たちはデイメンに対してはずっと手荒かった。きつく、拘束するような手つきで扱われ、デイメンは虜囚になったばかりの頃を思い出す。だがおとなしくされるがままになっていた。ほかに何ができる? 両手を背中にたばねられ、肉厚の手で首の後ろをつかまれる。

「つれていけ」

兵が命じた。

ローレントがひどく落ちついた口調で言った。

「どうして我が家従の者をとらえるのか、聞いてもよいか?」

指揮を取る兵が、諭すような目をローレントへ向ける。

「殿下――今し方、あなたへの襲撃があり――」

「この者によってではない」

「使われたのはアキエロスの短剣です」と兵の一人が告げた。

「殿下、これがアキエロスによるあなたへの刺客であるならば、当然、この奴隷も一味」

あまりにも、できすぎている。これこそ――とデイメンは気付いた――まさに三人の刺客がデイメンをここへつれてきた理由だったのだ。濡れ衣をかぶせるために。勿論三人とも自分たちが死ぬとは思っていなかっただろうが、罠はそのまま残された。

そしてローレント――デイメンを貶《おとし》め、傷つけ、殺す機会あらば決して逃さずつけこんできたこの男は、今や、デイメンの首を皿に載せてさし出す好機を手に入れたのだ。

わかっていた――ひしひしと感じた。ローレントもそれを知っていると。ローレントがどれほど、デイメンを引き渡し、叔父とデイメンの両方をやりこめたくてたまらないか。ローレントの命を咄嗟に助けるのではなかったと、デイメンは苦々しく悔やんだ。

「それは、思い違いだ」

ローレントが言った。何か渋いものでも噛んでいるような口調だった。

「俺は襲われてなどおらぬ。刺客どもは、この奴隷を襲ったのだ」なにやら蛮族同士のいさかいであろうな」

デイメンは、まばたきした。

「この三人が——奴隷を？」

指揮官が、デイメンと同じほど面食らった様子で聞き返した。

「この者を放すがいい」

ローレントが命じた。

だがデイメンを押さえる手は離れなかった。執政の近衛は王子の言葉では動かない。指揮官も、デイメンをとらえた兵へ首を小さく振って、堂々とローレントの命令を打ち消した。

「お許しを、殿下、御身の安全がかかっている以上、私は己の義務を怠るわけには——」

「怠っているではないか」と、ローレントが言った。

その言葉は、至っておだやかに放たれたが、沈黙を呼ぶ。指揮官はかすかにひるんだだけで、その沈黙を受けとめた。さすがに兵たちを束ねるだけのことはあるのか。デイメンをつかんでいる手ははっきりとゆるんだ。

ローレントが続ける。

「そなたらは遅れて到着した上、俺の所有物を手荒く扱っている。その上そのあやまちを、アキエロス王の好意からの贈り物をとらえることで糊塗《こと》しようとしている。俺の言葉にそむいてな」

デイメンの腕から、手が離れた。ローレントは指揮官からの返事を待ちもしなかった。

「少し静かな時間がほしい。この舎殿から引き上げ、夜明けまで誰にもここを妨げさせるな。その後、この一件を俺の兵にも伝えるがいい。落ちついたらこちらから彼らを呼ぶ」

「かしこまりました」指揮官が答えた。「お望みのままに、我らは退《しりぞ》きます」

兵たちが扉へ向かおうとした時、ローレントがさらにたたみかけた。

「この三つの邪魔物は俺に片づけろというわけだな?」

指揮官が顔を紅潮させた。

「我らで片づけます。勿論。ほかに何かお望みは?」

「急げ」とローレントが応じた。

兵たちはローレントの希望通りにした。手早くテーブルが起こされ、ゴブレットが元の位置に置かれる。磁器の破片は小さな山に掃き寄せられた。死体は運び出されて、床の血は、あちこち大雑把にではあったが、拭われた。
五、六人もの兵士たちがたった一人の男の我が儘に押し切られ、そろって下働きのようなことをやらされているのを、デイメンは人生で初めて見た。いい経験だと、言えなくもない。
半分ほど片づいた頃、ローレントは下がって、肩で壁にもたれた。

ついに、兵士たちが引き上げていく。

部屋は表向きは元に戻ったが、以前の美しさと調和は失われたままだ。乱された楽園のように——雰囲気だけでなく、あからさまな血痕も残されていた。彼らは兵士であって家僕ではない。ひとつと言わず、拭き残しもあった。

デイメンは、ドクドクと打つ己の血の脈動を感じる。だが自分の感情の正体はおろか、今ここで何が起きたのかすらよくつかめなかった。あの襲撃、そして続いたローレントの奇怪な嘘は、あまりにも不意打ちにすぎた。彼は部屋の中に目を走らせ、損害を測ろうとした。

その目がローレントに留まる。ローレントも、どこか警戒した表情でデイメンを見ていた。

夜が明けるまでこの舎殿から人払いをしたことも、まるで理屈に合わない。

今夜起きたことは、何ひとつ筋が通っていない。だが一つだけ、兵士たちが立ち働いている間、段々とデイメンにもわかってきたことがあった。壁によりかかるローレントの姿が、いつもの無関心な態度と片づけるには、少し崩れすぎているようだ。デイメンは首を振り、ローレントをじっくり、長々と、靴の先までつぶさに眺め下ろし、またその視線を上げた。

「負傷しているな」

「いいや」

デイメンはまだ視線を外さなかった。ローレント以外ならもう顔を赤らめるなり目をそらすなり、何かしら嘘のしるしを見せるものだ。ローレントからでさえ、デイメンは何かは見えるだろうと予期していた。

ローレントはデイメンを見つめ返して、そのまま平然としていた。

「お前に折られかかった腕を別にすれば、ということだがな?」

「俺に折られかかった腕は別にしてだ」

デイメンは応じた。

ローレントは、最初にデイメンが考えたように、酔っているわけではなかった。だがよくよく見れば、ローレントの息づかいはひどく抑制されたもので、瞳にはかすかな、熱っぽい光があった。

デイメンは進み出た。青い目にじろりと制されて、壁に阻まれたように止まる。

「お前には、もっと離れていてもらえると助かるのだが」

ローレントの言葉は一言ずつ区切られて、まるで大理石に掘りこまれたかのようだ。

デイメンの目がさっとゴブレットへ向く。戦闘中に倒されて、中身はこぼれていた。執政の近衛は、そのゴブレットを何気なく戻していっていた。

顔を戻したデイメンは、ローレントの表情から、やはりそうなのだと悟る。

「傷じゃないな。毒を飲まされたか」とデイメンは言った。

「喜ぶのは早いぞ。これで死にはしない」

「どうしてわかる?」

だがローレントは殺意のこもったまなざしを返しただけで、何の説明もしなかった。

デイメンはどこか虚ろな気持ちで、これこそ当然の報いだと己に言いきかせる。浴場で薬を盛られ、闘技場に放りこまれた時のことをまだ忘れてはいなかった。ローレントが飲まされたのもあの時と同じカリスなのだろうか、と思う。吸入だけでなく、飲んでも効くものだろうか？　ならばあの三人の刺客たちが、ローレントを楽な相手と侮っていたのも納得がいく。

しかも、これでデイメンへの疑いはより強まることになっていたのだろう。自分がやられたのと同じやり口でデイメンが報復したと、そう見なされたに違いない。

何という国だと、胸が悪くなった。ヴェーレ以外の場所であれば、敵は単純に剣で殺す。もっとあさましい暗殺者の手口を取るならば、毒で殺す。それがこのヴェーレでは、幾重にも罠をめぐらせ、おぞましい奸計と謀略の形を取らずにはおかない。これほどはっきりローレントが標的でなかったら、デイメンはこれもまたローレントの策の一部かと疑ったに違いない。

一体、何が真実だ？

デイメンはゴブレットへ歩みより、手に取った。底にわずかに液体が残っている。意外にも中身はワインではなく、水であった。おかげでゴブレットの内側にほの赤い線になってこびりついた水面の痕が見えた。それは、デイメンがよく知る薬の特徴的な残滓《ざんし》であった。

「これはアキエロスの薬だ」とデイメンは言った。「閨《ねや》奴隷に、訓練の間に与えられるものだ。これを飲んだ者は——」

「どんな効果があるかはわかっている」

ローレントが、鋭い硝子のような声でさえぎった。

デイメンは、あらためてローレントを観察した。この薬は、アキエロスでは悪い意味で名高い。デイメンも一度、十六歳の時、若気の至りで試してみたことがあった。通常に比べれば少量を摂っただけだったが、数時間にわたって悩ましいほど精力盛んになったものだ。三人のご機嫌な同衾《どうきん》相手もしまいには精根尽き果てたほどであった。以来、手を出したことはない。もっと濃い薬を飲めば、精力どころか見境いもつかない状態になる。ゴブレットの残滓から見て、相当な量が入れられていた筈だ。たとえローレントが一口しか口にしていないとしても。

ローレントはわずかの乱れも見せていない。たしかに口調にはいつもの余裕は感じられず、息は浅かったが、外からわかる変化はそれだけであった。

デイメンは、不意に悟る。今、彼が目にしているのは、まさに鉄の自制心の発露そのものなのだと。

「効き目はいずれ消える」そう教えたが、少々意地悪な気分を抑えられずにつけ足した。「何時間かかかるがな」

ローレントがデイメンを見据えた乾いた目付きから、この男にとって、今の自分の状態を誰かに知られるくらいなら片腕を切り落としたほうがましだというのが伝わってくる。それに加えて、どんな相手より、デイメンにだけは知られたくも、二人きりになりたくもなかったに違いない。正直、デイメンとしては楽しいくらいだ。

「俺がこの状況につけこむと思っているのか?」とローレントに問いかけた。

今宵、入り乱れたヴェーレ人の策謀の末、今やデイメンを拘束するものは何もない。鎖からも、義務感からも、そしてヴェーレについてから初めて、警固の目からも解き放たれていた。

「当たりだ。この舎殿の人払いをしてくれて助かった。永遠にここから出ていけないかと思っていたところだ」

くるりと、デイメンは背を向けた。背後でローレントが毒づく。デイメンが扉口へ向けて半ばまで歩いた時、ローレントの声が彼を振り向かせた。

「待て」

ローレントは、無理にその言葉を押し出すように、口にするのも嫌でたまらないように言った。

「外に行くのは、危険だ。今逃げれば、罪を認めたと見なされる。叔父の近衛はためらいなくお前を殺す。俺は……この状態では、お前を守れない」

「俺を守れない」

デイメンは、乾いた、信じていない声でそれをくり返した。

「お前に救われたことくらい、俺も、よくわかっている」

デイメンは無言でローレントを見つめていた。ローレントが続ける。

「お前に借りを作ったままなのは気分が悪い。それは信じろ——俺を信じられないというのなら」

「お前を信じる?」デイメンは問い返した。「俺の背中の皮を剝いだお前をか。誰に対しても嘘と騙《かた》りしか言わないお前をか? お前は何だろうと誰だろうと、己の利益のために利用するだけだ。俺は、何があっても、お前だけは信じない」

ローレントの頭が後ろの壁によりかかった。瞼は半ばとじ、金の睫毛の下から細い目でデイメンを眺めていた。否定するなり言い返すなりしてくると思ったが、ローレントは笑うような息をこぼしただけで、奇妙なことに、もう彼の限界が近いのだと、その笑いが一番よく示していた。

「なら、行け」

デイメンはまた扉のほうを向いた。

執政の近衛たちが警戒態勢を敷く今、この外にはまさに生きるか死ぬかの危険が待っている。だがどうせ、逃亡とは、すべてを賭けることだ。今ためらって次の機を待てば……無限に続く拘束の時間の中、鎖を外す方法を見つけ、衛兵を殺すかその目を逃れて……。

今、ローレントの舎殿内には誰もいない。好都合だ。王宮から外へ出る道もわかっている。こんな好機はそう訪れるまい。幾週、幾月、いや永遠に待っても。

命を狙われたばかりのローレントは、ただひとり、無防備にここに残される。

だが目下の危機は去って、ローレントは生きのびたのだ。全員を殺して。デイメンも今夜、人を手にかけたし、殺すところも見せられた。デイメンはぐっと口を結ぶ。もうローレントに対する負い目はない。その筈だ。この男には、何の借りもない。

手をかけると、扉が開いた。その向こうには無人の廊下。

デイメンは外へ出た。

第十一章

王宮から外へ出られる確実な道を、デイメンはひとつしか知らない。その道は一階の修練所とその中庭を通っている。

あえて落ちついた足どりを保ち、いかにも用を命じられたさまを装った。主人の命令を果たそうとする召使いのように。デイメンの頭の中ではさっきの格闘や、喉を切り裂いた短剣の記憶が渦巻いている。そのすべてを押しこめ、脱出経路に心を集中させた。今のところ廊下は無人だ。

自分の部屋の前を通りすぎるのは妙な気分だった。このローレントの住む棟に移された時、ローレントの部屋との近さに驚いたものだ。あの死んだ男たちが残していったまま、扉がかすかに開いていた。その光景は――虚ろで、どこかいびつだった。咄嗟に、己の逃亡の痕を隠そうとしてだろうか、デイメンは足を止めて扉を閉める。

廊下へ向き直ると、誰かが彼を見ていた。

歩廊の真ん中にニケイスが立っている。まるで、ローレントの居室へ向かう途中でぎょっと足を止めたかのように。

心のどこかで、一瞬の、滑稽なほどの恐慌が鋭くはじけ、笑い出しそうになった。ニケイスが気付いたら――警告の声を上げでもしたら、そこまでだ――。

兵士たちを倒す覚悟なら、デイメンはすでに固めていた。だが、寝巻きの上に絹のローブをふわりと羽織っただけの子供相手は、無理だ。

「ここで、何を?」

デイメンは問いかける。同じことを向こうから問われるより先に。

「僕らが眠っているところに、人が起こしに来たんだ。執政に、報告をしに。襲撃があったと……」

ニケイスが答えた。

僕ら。デイメンは胸が悪くなる。

ニケイスは一歩前に出た。腹の底がねじれるような思いで、デイメンも前に出ると、ニケイスの前に立ちはだかった。馬鹿らしい気分だ。だが言った。

「王子は、この宮からの人払いを命じられた。会いに行くのはあまり得策ではない」

「どうして？」ニケイスは、デイメンごしにローレントの居室のほうを見つめていた。「一体何が？　彼は大丈夫？」

この少年をあきらめさせるにはどう答えるのがいいのか、デイメンは考えをめぐらせる。

「王子は、ご機嫌が悪い」

短く、デイメンは言った。少なくともそれは嘘ではなかった。

「ああ……」ニケイスが呟く。それから、「そんなのかまうものか。僕はただ、彼に——」

ふっと言葉を切り、奇妙な沈黙が落ちる。ニケイスはただ立ち尽くして、そこを通ろうともせずにデイメンを見つめていた。一体何をしている？　こうしてニケイスと向き合う瞬間にも、いつローレントが居室から出てくるか、あるいは警固の兵が戻ってくるかわからないのだ。デイメンに与えられた命の時間が、一瞬ずつ削られていく。

ニケイスが顎をつんと上げ、言い放った。

「かまうものか。戻って寝る」

そう言いながらも、まだニケイスはそこにたたずんだままで、亜麻色の巻き毛や青い目、そしてその完璧な美貌を、ちろちろと揺れる松明の炎が照らしていた。

「ああ。それがいい」

デイメンも賛成する。

さらなる沈黙。ニケイスは何か心に掛かるものがあるようだ。そして、それを言うまでここを去るつもりがない。

やがて、やっと。

「僕が来たと、彼には言わないでくれ」

「決して」

デイメンの答えは、まったくの本心であった。この王宮を脱出したが最後、二度とローレントの顔を見るつもりなどない。

またも沈黙。ニケイスはほっそりした眉をしかめている。結局、くるりと背を向けると、彼は元来た廊下を歩き去っていった。


そして――。

「お前」命令がとんだ。「そこで止まれ」

デイメンは足を止めた。ローレントは自分の住む宮から人払いをするようにと命じたが、すでにデイメンはその領域の外れにさしかかっており、執政の近衛兵がそこに立ちはだかっていた。

できる限り平静に、返事をする。

「王子より、麾下《きか》の兵を二人呼ぶようにとのご命令を受けてきた。すでに今夜の事態は彼らにも伝えられたことと思うが」

失敗の可能性は山ほどあった。たとえ無事ここを通れたとして、見張りの兵がついてくることもあり得る。わずかでも疑いを持たれたら最後だ。

近衛が言った。

「我々は、誰も通すなという命令を受けている」

「王子にそれを申し上げられるか？」デイメンは返した。「執政の色子は通したと報告した後でな」

この言葉が、反応を引き出した。ローレントの不興を買うぞと脅すのは、まるで禁断の扉すら開ける鍵のようだ。

「さっさと行ってこい」

近衛がそう命じた。

デイメンはうなずき、一歩ずつ落ちついて歩きすぎる。その間も背中に視線を感じていた。彼らの視界から出た時でさえ、安堵はできなかった。歩きながら、デイメンは宮殿の人々の動きを感じる。二人の召使いとすれ違ったが、どちらもデイメンには目もくれなかった。修練場が以前見た記憶通りであるようにと、デイメンは祈る——人も通らず、無防備で無人のままであるように。

修練場は、記憶のままだった。それを見たデイメンは胸をなで下ろす。古い装具やおが屑《くず》が床に散らばり、中央にはどっしりと太い十字架がそびえていた。反射的な嫌悪がこみ上げ、部屋を堂々と横切るのではなく壁沿いに遠回りしたい衝動に駆られる。

そんな自分が腹立たしく、デイメンはわざわざ貴重な数秒を費やして十字の架刑台へ歩みよると、頑丈な縦木に手を置いた。手のひらを押し返す、揺るがぬ木の感触。木をくるむキルトに何か残っているのではないかと――あの日の汗や血の黒ずみの痕が見つかるのではないかという予感が心のどこかにあったが、何もなかった。デイメンは顔を上げ、あの日、ローレントが立って彼を眺めていた場所に目をやった。

今宵、ローレントの力を削ぐのが目的だけならば、わざわざ媚薬を使うこともなかった筈だ。すなわち、殺害に先立って、ローレントを陵辱する計画だったに違いない。自分もその行為に加わる予定だったのか、それともただ傍観者としてつれて来られていたのか、デイメンにはわからないことだが、どちらであっても胸が悪くなる考えだった。デイメン自身は、きっとローレントより生き長らえ、じわじわと、衆人の前で処刑されて果てる運命になっていたのだろう。

薬。三人組の刺客。濡れ衣を着せるためにつれて来られた生け贄。頃合いよく執政に届けられた報告。これは、周到に練られた計画であった――デイメンの動きを読み違えたことで破綻してしまったが。そして薬に負けないローレントの不屈の精神によっても。

仕掛けを凝りすぎたのだ。もっとも、いかにもヴェーレらしいあやまちと言えた。

今ローレントが陥っている苦境は大したものではないと、デイメンは己に言いきかせる。ヴェーレの風習であれば、色子のひとりでも呼んでその手で慰めてもらえばすむことだ。そうしないのは、ただローレントが意地を張っているだけだ。

もう、そんなことを気にしている時間はない。

デイメンは十字架を離れた。修練場の壁際、長椅子のそばに不揃いの鎧や古びた衣服がいくつかうち捨てられている。記憶通りそこにあってくれてよかった、なにしろ今の薄っぺらい奴隷の服では、王宮の外で目を引いてしまう。風呂で細かに教えこまれてきたことが今になって役立ち、ヴェーレ独特の服の構造に通じたデイメンは、上下とも手早く着こむことができた。

ズボンはひどく古いもので、黄褐色の布地はあちこち透けそうにすり減っていたが、体にはよく合う。留め紐は二本の、やわらかくなめした細い革紐だ。下を向き、急ぐ手でそれを締めていった――紐で前の開きを重ね合わせると、紐の交差がそのまま正面の飾りとなる。

シャツは大きさが合わなかった。だがズボン以上にひどい有様でほつれた袖が肩から外れかかっていたおかげで、袖をむしるのも、体が何とか入るまで襟元を裂くのも簡単だった。肩口と首以外は、デイメンの体格にも合うだけのゆるみがあった。脱ぎ捨てた奴隷の服は長椅子の裏に隠す。

鎧のたぐいは、どれも使えそうになかった。兜、錆びついた胸当て、片方だけの肩甲といくつかの腰帯に留め金具といった具合だ。革の腕当てでもあればデイメンの金の手枷を隠すのに役立っただろうに。残念ながら何もない。さらに残念なことに、武器はひとつも見当たらなかった。

これ以上、探す余裕はない。すでに時間が経ちすぎている。デイメンは、屋根の上へと向かった。


王宮の建物は、いささか手強かった。

屋根から地上へ楽に降りられそうな道筋などどこにもない。中庭を、高々とそびえる楼閣が囲んでいて、どうにかその壁をつたい下りるしか外に出る方法はないようだ。

それでもここがイオスの王宮や、その他のアキエロスの城塞でなくて幸いだった。アキエロスの王都イオスは砦であり、峻険な崖の上に建てられ、侵入者を阻む。切り立った白くなめらかな岸壁以外、あらゆる出入り口は見張られている。

このヴェーレの王宮、ごてごてと至るところが飾り付けられた宮殿は、防備などそれこそ飾り程度のものでしかない。城壁からつき出した城塔は、見栄えのためだけに先細にされている。

デイメンが回りこんだつるつるの円蓋は屋根の一部を隠してしまっており、襲撃を受ければ目の届かぬ、致命的な弱点となるだろう。途中で、デイメンは壁から突き出た張り出し狭間《はざま》を手がかりに移動したが、その狭間もただのお飾りでしかなさそうだった。この王宮は住まいとして建てられたもので、戦いや防御のための砦ではないのだ。ヴェーレが戦いのない国というわけではなく、戦って国境いを広げたり奪われたりしているが、この二百年にわたって王都に他国の軍隊が入って来たことはない。シャスティヨンにある古い砦を捨て、ヴェーレの宮廷はこの北の、享楽の巣へと移ってきたのだった。

声を聞くと、デイメンは胸壁にぴたりと身を押しつけた。たった二人だ——相手の声と足音から判断するに。二人だけならデイメンにも機がある。事を静かに運び、二人に騒ぐ隙を与えなければ。鼓動が速まった。聞こえる会話は至って普通の調子で、逃亡者を探しに放たれた追手というよりは、通常の見回りをこなしているだけのようだ。デイメンが体を緊張させて待つうちに、二人の声は遠ざかっていった。

月が出ていた。デイメンの右手にはセライヌ川が見える。おかげで方角がわかった。西だ。街並みは、月光にうっすらと輪郭を照らされた黒い塊に見えた。傾斜した屋根や切妻、バルコニーや雨樋《あまどい》が、影の中で渾然一体と溶け合っている。

デイメンの背後には闇が黒々と広がり、あれは北方の大森林地帯だろう。そして南は……南の、街並みの影のさらに向こうには、木々のまばらな丘陵地帯やヴェーレを支える豊饒の地があり、彼方の国境地帯へと続く。本物の城塞がそびえるラヴェネル、フォーティヌ、マーラス……そして国境を越えた向こうにはデルファ――アキエロスの国がある。デイメンの故国が。故郷が。

彼の国が。

帰るべき地。だがデイメンが去った時のアキエロスと、今のアキエロスはもはや同じではない。父王の治世は終わり、今宵、王の寝所に横たわっているのはカストールだ。ジョカステと共に――ジョカステがまだ産褥《さんじょく》の床についていないのであれば。ジョカステ。その腹は、カストールの子を宿してふくらんでいるのだろう。

デイメンは息を整えた。ここまで、運は彼の味方だった。王宮内からの警報も発せられず、屋根や道に追手が放たれた気配もない。デイメンの逃亡はまだ気付かれていない。そして、壁をつたい降りる覚悟があるなら、屋根から下への道もある。

その、険しい降下に挑み、己の肉体を試すのは心地いいだろう。ヴェーレへ到着した時には体の状態はよく、それからもデイメンはいつでも戦えるよう、長い監禁の間の無為な時間を使って肉体を鍛えてきた。だが、あの鞭打ちからの回復に費やした数週間が痛い。人並み程度の男二人を倒すくらいはいいが、手がかり足がかりにしがみつきながら壁を下りていくのはまた別種の、上腕や背中の筋肉を酷使しつづける、体力の限界への挑戦になる。

デイメンの背――痛めつけられたこの背中は癒えてまだ間もなく、不安が残る。休みなしでどこまで筋力がもつか、見当もつかない。知る方法はひとつだった。

夜闇は、壁をつたい降りるデイメンの姿を隠してくれるだろう。だが街を歩くのにいい時間ではない。夜間外出禁止なのか、それともただ習慣か、アーレスの街路は人影なく静まり返っていた。空《から》の道をこそこそ行く男の姿はひどく目立つだろう。対して、暁の光がさして街全体が活発になる頃合いが、街からの脱出に一番適した時かもしれない。もしくは、それより早く動き出せるか。夜明けの一刻前あたりが、どんな街でも活動の始まる時間だ。

だがまずは、この壁を下りなければ。王宮から出たら街の暗がりに身をひそめればいい。裏路地や、背中がもつようなら家の屋根の上——朝の喧騒がやって来るまでのいい隠れ場所になる筈だ。見回りの兵たちが去り、追手が放たれていないことが、とにかくありがたかった。


追手は放たれた。

執政の近衛たちが馬にまたがり、松明をかかげて宮殿から次々ととび出す。デイメンの足が街路に下り立ち、それにわずかに遅れてのことであった。二十四人の騎馬兵が二つの組に分かれている。住人を叩き起こすには充分だ。蹄が敷石に響きわたり、ランプに灯がともり、窓の鎧戸が至るところで開け放たれていく。罵声があちこちからとんだ。窓から人々の顔がのぞき、眠そうに不平をこぼして、また引っこむ。

逃亡を知らせたのは誰だったのだろう、とデイメンは思う。ニケイスが真相に気付いたのだろうか？　ローレントが薬の脱力状態をのりこえ、自分の飼い犬を取り戻したくなったか？それとも執政の近衛兵たちか？

どうでもいいことだ。追手は放たれたが、騒がしい彼らをかわすのはそう難しくない。さほど経たないうちに、デイメンは屋根の、傾斜する瓦と煙突の間に小さく身をたたんでおさまっていた。

夜空を見る。あと一時間ほど。きっと。

一時間がすぎた。巡警の兵が視界から消え、足音も失せる。別の兵が何本か先の通りにもいるが、それも遠ざかっていく。

うっすらと夜のふちが白みはじめている。空はもう漆黒ではない。

デイメンも、今の隠れ場所にとどまってはいられない。ガーゴイル像のようにここでうずくまってゆっくりとのぼる朝日を待っていれば、活人画よろしくその体勢で照らされてしまうだけだ。あちこちで街も目覚めはじめている。街路へ下りる頃合いだった。

道のほうが、屋根の上よりも暗かった。いくつかの門構えが見てとれる。古い木製の戸口、壊れそうな石の縁飾り。それ以外は行き止まりの裏路地で、ごみの山が溜まっていた。できれば足を踏み入れたくはないものだ。

扉のひとつが開いた。香水と、気の抜けたビールの匂いがふわりと漂う。戸口に女が立っていた。茶色の巻き毛、暗がりでもはっきりわかるほど可愛らしい顔で、豊満な胸は一部はだけられている。

デイメンはまたたいた。彼女の後ろに、男の人影が見えた。さらに後ろに見える赤いほろのかかったランプの落とす温みのある灯、ある種独特の空気と漏れ聞こえる声は、誤解しようもなかった。

娼館だ。窓は鎧戸をしっかり閉ざされてひとすじの光もこぼさず、外からはまるでうかがえない。だが婚姻していない男女間の性行為がヴェーレで禁忌とされている以上、娼館がひっそりと隠れるようにあるのも当然か。

もっとも、その客の男は後ろめたさなど感じている風情はなく、すっかり満足しきったという余裕をたたえてズボンを引き上げていた。男はデイメンの姿を見た瞬間にその手を止め、ただの通行人を見下す目を向けた。だが次の瞬間、完全に静止し、男の目つきが変わった。

そして、この瞬間まで持ちこたえていたデイメンの運が、ついに尽きた。

ゴヴァートが言った。

「ほう、ほう。自分の可愛いのをヤられたからって、今度は俺のものを寝取りにここまでわざわざお越しか？」

遠い蹄の音、その後ろに人々の声を従えている。そして、いつもより早く街を叩き起こしていった怒鳴り声。

「それとも」ゴヴァートがゆっくりと、当然の結論に至った声で言う。「兵たちが探しているのは、お前か？」

デイメンは一発目の拳をかわし、二打目もかわした。ゴヴァートの熊並みの握力を警戒し、距離を保つ。まったく、なんと騒がしい夜だろう。暗殺をくいとめ、城壁をつたい下り、ゴヴァートと戦う。次は何だ？

女が、半ばはだけた見事な胸にたっぷりと息を吸いこんで、悲鳴を上げた。

そこからは、あっという間だった。

三本先の通りで兵の声が上がり、蹄を鳴らして近くの騎馬が悲鳴の元へと押し寄せてくる。デイメンに望みがあるとすれば、彼らがこの狭い路地の入り口を見落とすことだけだ。女もそれに気付いたのだろう、わざわざもう一度悲鳴を放ってから、建物の内へひっこんだ。娼館の扉が音を立てて閉まり、閂を下ろす音がする。

路地は狭く、三頭の馬が並ぶのは難しそうだが、二頭で充分。騎馬とかがり火、兵と弩《いしゆみ》。逆らうのは死に急ぐようなものだ。

デイメンの横に立つゴヴァートは悦に入っている。兵がデイメンに弓を放てば己の命も危ういというところまでは思い至っていないのか。

二頭の馬の向こうで、一人の男が馬を下り、前へ進み出た。今夜、ローレントの居室で兵たちを指揮していた男であった。ゴヴァート以上に満足げだ。デイメンに対する己の主張の正しさが証明されて、いかにも溜飲を下げたという様子であった。

「膝をつけ」

その兵がデイメンに命じる。

デイメンをこの場で殺すつもりだろうか？　ならば戦うしかない。この人数と弩相手では結末は見えているが。歩み出た指揮官の背後、路地の入り口では、兵たちの持つ弩の矢の影が松の樹冠のように尖っている。どんな心づもりであれ、わずかでも理由を見つければたちまちデイメンを殺すだろう。

デイメンは、ゆっくりと、膝をついた。

夜明けだった。この街なかの空気にさえ、暁独特の透明感がみなぎっていく。デイメンは周囲へ目をやった。うす汚れた路地だ。馬たちも居心地が悪そうで、この路地の住人たちよりよほど上等な暮らしに慣れているのだろう。デイメンは、つめていた息を吐き出した。

「貴様を、王家への叛逆の罪で捕らえる」兵が宣言した。「貴様は王太子への暗殺計画に加担した。貴様の命は王家召し上げとなる。これは、元老院の裁定である」

好機をつかみ、運をつかんで、デイメンはここまでたどりついた。恐怖より、あともう少しというところで手の中からむしり取られた自由——鼻先にぶらさがっていたその自由に、鋭く、行き場なく、胸の内が波立つ。何よりこたえるのは、ローレントの言葉が結局正しいと証明してしまったことだった。

「腕を縛れ」

指揮官が命じて、ゴヴァートへ細いロープを一束放った。それから一歩脇へのき、デイメンの首に剣を当て、圏内の射手たちが狙いやすい立ち位置を取る。

「動けば死ぬ」とデイメンに言い放った。明快だ。

ゴヴァートがロープをつかみ取った。抗うつもりなら、戦うのは今しかない。腕を縛られてからでは遅い。だが戦いの訓練をつんだデイメンの頭は、弩のまっすぐな狙いを、そして馬上の十二名の兵を見て、通用しそうな戦略を何ひとつ思いつかなかった。せいぜいひと騒動、わずかな痛手を与える程度だ。うまくいって多少の痛手を。

「叛逆は死罪」

兵が告げた。

その手の剣が、振り上げられる寸前。デイメンがこの汚れた路地で、最後の、捨て鉢の行動に出ようとする寸前——また別の馬蹄の轟きが近づき、二手に分かれた別の組が到着したかとデイメンは発作的な笑いをこらえた。全員押しかけてくるとはにぎやかなことだ。まったく、カストールでさえ、デイメンひとりを追うのにこんな大人数は繰り出すまい。

「待て！」と、声が呼ばわった。

そして、暁光の射す中、到着した騎馬兵が執政の近衛の赤いマントではなく、青と金のマントを翻しているのをデイメンは見た。

「クソガキの飼い犬がお出ましか」

指揮官が軽蔑の口調で言う。

ローレントの近衛兵が三騎、狭い路地をふさぐ兵の壁をこじ開けるように抜けてきた。そのうち二人はデイメンの知る顔だ。先頭に立つ鹿毛の去勢馬にまたがったジョードと、それに続く大柄のオーラントと。

ジョードが宣言した。

「我らのものを返してもらおう」

「この叛逆者をか？」指揮官が言い返す。「貴様らにそんな権限はない。さっさとおとなしく引けば見逃してやるぞ」

「見逃してもらわずともいい」ジョードが返事をした。剣を抜く。「その奴隷をつれてでなければ我らは戻らぬ」

「元老院の決定に逆らう気か？」

指揮官がそう問い返した。地に立つ彼は鞍上の三人に対して絶対的に不利と言えた。狭い路地だ。ジョードの手にはすでに抜き身の剣。その背後で、近衛たちの赤のマントと青のマントはほぼ同数。それでも指揮官にたじろぐ様子はなかった。

言い放つ。

「執政の近衛に刃《やいば》を向けるのは叛逆行為であるぞ」

それに応えるように、平然と見下ろして、オーラントが剣を抜き放った。一瞬にして、その後ろで次々と剣身がきらめく。弩が、両陣でかまえられた。誰もが息をつめる。

ジョードが告げた。

「王子のご意志は元老院よりも上に立つ。お前たちの受けた下命は、一刻前、すでに取り消された。今この奴隷を殺せば、その横にお前の首も並ぶことになるぞ」

「でたらめだ」

指揮官が言い返す。

ジョードが服の内側から何かを取り出し、手から垂らした。それは元老の円章《メダリオン》であった。鎖から下がった円章が前後に揺れ、松明の炎に燦然と輝いた。

広がる沈黙の中、ジョードがたずねた。

「その命、賭けてみるか？」

「お前はよっぽど、昇天するくらいの腰使いなんだろ？」

オーラントはそう言いながら、デイメンを謁見の間へと押しこんだ。広間ではローレントがひとり、執政と元老たちに向き合って立っていた。

この間と同じ光景だ――執政が玉座につき、正装の元老院たちを重々しく左右に従えている。

もっとも、あの時とり囲んでいた廷臣たちの姿はない。ローレントだけが、執政たちと相対している。デイメンはさっと、円章を下げていない元老は誰かと目を走らせた。ヘロデだ。

また、後ろからこづかれる。デイメンの膝が絨毯につく。執政の近衛のマントのような緋色の絨毯に。柘榴《ざくろ》のたわわな木の下で槍に貫かれる野猪《のじし》の模様が織りこまれた、すぐそばに。

顔を上げた。

「甥が、お前のために随分と強引に言いなしてな」

執政が告げた。それから、奇妙にオーラントの言葉をなぞるようなことを言う。

「お前には隠れた魅力があるようだ。もしかしたら、その肉体に甥を惹きつけるものがあるのか？　それともほかに手管を持っているのか？」

ローレントの揺らぎない、冷たい声が割りこんだ。

「私がこの奴隷を寝所へつれこんだと、そう言っておられるのか？　なんと胸が悪くなる話だ。この、カストールの兵卒上がりの、獣《けだもの》も同然の男を？」

ローレントは、ふたたびいつもの隙のない沈着さを取り戻し、服装も公式の場にふさわしく整えていた。もはやデイメンが最後に見たような、気怠げで物憂い目をして壁に頭をもたせかけていた姿はどこにもない。デイメンの逃亡からここまでの数時間で、体から充分に薬が抜けたのだろう。おそらく。とは言え、ローレントがどれほど前からこの場所に立って元老院と渡り合っていたのか、デイメンに知るすべはなかった。

「ただの兵卒だと？　しかしながらお前は、三人の刺客が己の居室に押し入ってこの者に襲いかかったと妙なことを語ったそうだが――」

執政がそう言いながら、ちらりとデイメンを見る。

「お前と同衾《どうきん》していないのであれば、そんな夜更けに、この者はお前の居室で何をしていたのだ？」

すでにひえびえとした周囲の空気が、さらに凍った。

ローレントが言い放つ。

「私は、むさくるしいアキエロスの男となど寝たりはせぬ」

「ローレント。アキエロスの者による襲撃をお前が何らかの理由で隠しているのであれば、我々はそれについて知らねばならぬ。これは真面目な問いなのだぞ」

「私も真面目に答えている。なにゆえ閨《ねや》のことを問われるのかは、理解に苦しむが。次にはどんなことまで聞くおつもりか、うかがってもよろしいかな？」

執政が座した玉座に、彼のまとう大礼服の厚い襞が重くわだかまっている。執政は曲げた指で、髭の生えた顎をなでた。またデイメンを見やり、視線を甥へ戻した。

「若いうちはとかく新たな情熱に目がくらんでしまうものだ。経験が浅いと、しばしばそれを恋と勘違いもする。その奴隷をかばって嘘をつくよう、お前が言いくるめられていることはあり得る。お前の純粋さにつけこんで」

「私の純粋さにつけこんで」

ローレントが、くり返した。

「お前のその奴隷への寵遇は皆が目にしたことだ。隣の席にはべらせ、手ずから食わせてもやった。ここ数日など、いつ見かけてもほぼ常に連れ添っている」

「先日はこの奴隷の扱いが残酷すぎるとそしられた。今日はこの奴隷の腕の中にいたのだろうと言われる。非難するにも、脈絡というものが必要かと。どちらか選ばれよ」

「選ぶ必要などない、甥よ、お前にはさまざまな欠点があるが、気まぐれこそその最たるものだ」

「ああ、たしかに私は気まぐれにも、己の積年の願いも忘れて敵と同衾した上、自分の暗殺まで共謀したのでしたな。次はどんな芸当をするやら、まことに楽しみなことで」

元老たちの様子だけが、この舌戦がどれほど長く続けられてきたのかを示していた。年輩の男たちは寝所から呼び出され、顔に憔悴の色がにじみつつあった。

「さりながら、その奴隷は逃げた」と執政が指摘する。

「またその話の蒸し返しで?」ローレントが応じた。「私は襲われてなどいない。四人の武装した男に襲われて、私がその三人までを殺して生きのびられると本気でお考えか？　その奴隷が逃げたのは、その者の躾が悪く、反抗的だからというだけのこと。扱いにくい奴隷だとあなたにも——あなた方全員に——前にも申し上げたと思うが？　あなたは私を信じず、聞く耳持たなかったが」

「信じるかどうかの話ではない。なにゆえその奴隷をそこまでかばい立てするのだ、お前らしくもない。常ならぬ情けをかけているのではないのか？　もしその奴隷にそそのかされ、異国の勢力に心を寄せるようなことあらば——」

「アキエロスに、心を？」

ローレントが口にしたその言葉の、凍るような嫌悪は、どのような激しい反論よりも雄弁であった。元老たちも一、二人、身じろいだ。

ヘロデ元老が言いにくそうに口をはさむ。

「たしかにそのようなことが王子にあるとは思えませんな。お父上や、お兄上のことがあっては——」

「誰も」ローレントが言い切る。「誰ひとり、私以上にアキエロスを憎む理由を持つ者などおらぬ。カストールが贈ってきたこの奴隷が私を襲ったならば、アキエロスを攻める盤石な理由となる。私にとってこれ以上の望みなどない。その私が、ここにこうして立つ理由はただひとつ——真実のためだ。すでにお話ししたように。これ以上は言葉を重ねるまい。この奴隷に、咎《とが》はありやなしや。ご決断を」

「決める前に」執政が口をはさんだ。「これに答えてみよ。お前のアキエロスへの憎しみがそれほど深いものであるならば、真にそうであるなら、どうしてお前はデルフェアの国境での防衛に加わりもせず、己の義務を拒みつづける？　お前が、自ら称するほどヴェーレに忠実であるならば、剣を持ち、わずかであろうともその誇りをかき集め、国境で責務を果たすことこそ本懐というものではないのか？」

「私は――」

執政が玉座にもたれ、両手のひらで黒っぽい木の肘掛けの曲線をなで下ろし、ローレントの次の言葉を待った。

「この問題とそれがどう関係するのか――」

「たしかに矛盾されてますな」とうなずいたのはオーディン元老だ。

「だが正すのはたやすい」グイオン元老も言った。その背後で、まばらに賛同の呟きが上がった。ヘロデ元老も重々しくうなずく。

ローレントが、元老院の一人ひとりを眺め回した。

この瞬間、この攻防がいかに危うい均衡の上にあるのか、その脆さは誰の目にも明らかだった。元老たちは舌戦に疲れ果て、執政が出すどのような結論にもすすんでとびつきそうな様子だ。たとえどれほど一方的なものであろうとも。

ローレントに残された道は二つしかない。このまま非難や揚げ足取りの不毛な応酬を引きのばし、元老たちの怒りを買うか、国境での任務の承諾と引きかえに己の意見を通すか。

なにより、もう時がかかりすぎ、人の心は流れやすい。今ここでローレントが叔父の提言を拒めば、ただこの場を長引かせたというそれだけで、元老たちはローレントの敵にすら回りかねない。そして今、疑いが向けられているのは、ローレントの国への忠誠心であった。

ローレントが言った。

「まさに仰せのとおりだ、叔父上。私が義務を怠っていたことで心ならずもあなたに疑心を抱かせてしまった。私はデルフェアへ行軍し、国境での自らの義務を果たそう。ヴェーレへの忠誠を疑われたままにはしておけぬ」

執政は、喜びの仕種で両腕を広げた。

「その返事、皆の心にも届いたであろう」

その執政の言葉に元老の五人が口ぐちに賛同し、それがすむと、執政はデイメンにちらりと目を向けた。

「その奴隷は放免ということでよかろう。もはや、お前の忠誠心に曇りなしとわかったゆえ」

「叔父上のお言葉、この身にとって真にありがたく」ローレントが答えた。「そして、元老院のご明断も」

「奴隷を解放せよ」

執政が命じると、デイメンは手首をいましめる縄に誰かの手がかかり、ほどかれるのを感じた。ずっと後ろに立っていたオーラントだ。雑で、乱暴な手つきだった。

「これで、よしと。おいで」

執政がローレントを呼びながら、右手をさしのべた。その小指には金を紅玉で飾った国璽《こくじ》の印章指輪がはめられている。ルビーかガーネットか。

ローレントは前へ進み出ると、執政の前に片膝をついて、優雅に跪いた。

「くちづけを」

執政が命じる。ローレントは従順に頭をかがめ、叔父の印章指輪に唇を当てた。

ローレントの身ごなしは物静かで、慎みをたたえていた。はらりと落ちた金の髪がその表情を隠している。その唇が悠然と、紅玉の中心にふれ、離れた。すぐには立たない。執政が彼をじっと見下ろしていた。

刹那の後、デイメンの見る前で執政の片手がまた上がり、ローレントの金髪をゆっくりと、情愛のこもった慣れた手つきでかき上げた。ローレントはかすかも動かず、頭《こうべ》を垂れ、指輪で飾られた執政の大きな手が髪を押しやって表情をあらわにしていくままでいた。

「ローレント。お前はどうして、いつもそう私に頑ななのだ？　お前とのいさかいなど、私の本意ではないというのに、いつもこうしてお前を戒めるしかなくなる。お前は、目の前にあるものを壊さずにはおられぬようだ。贈り物を手にすればそれを空費し、好機を前にしてはそれを無駄にする。お前がこのように育って、私はとても心痛むよ」

そう言って、執政はつけ加える。
「あのように、愛らしい子供であったお前がな」

第十二章

その、珍しい叔父からの慈愛の仕種で、会合は終わりを告げた。執政と元老たちは謁見の間を去った。ローレントは残り、跪いた体勢から立ち上がって、叔父と元老たちが去る列を見送っていた。オーラントは、デイメンの縄をほどいた後に一礼して姿を消していた。デイメンとローレントは、そこに二人きりだった。

デイメンは何も考えずに立ち上がる。少しして、ローレントから指示か何かが来るまで動くべきではなかったかと思い当たったが、今さら遅い。すでに立っており、言葉が口から出ていた。

「俺を守るために、叔父上に嘘をついたのか」

二人の間を、数歩分のつづれ織りの絨毯が隔てている。デイメンは、そんな非難の響きを持たせるつもりはなかった。いや、それともそうだったのか。ローレントがついと目を細めた。

「またもや俺は、お前のお高い道徳心を害してしまったかな？　もっと友好的な挨拶から始めてもよかろう——外をうろつくなと、言った筈だ」

デイメンは自分の声に、遠く、茫然とした響きを聞いた。

「どうして俺を助けるためにあんなことをしたのか、まるでわからないだけだ。真実を告げたほうが、はるかに自分の利にもなっただろうに」

「はっきり言うが、俺の人格への非難は、今夜はもう腹一杯だ。それともまだお前には足りないか？　相手になるぞ」

「いや——そういう意味ではなく——」

ならばどういう意味だった？　ここでどうふるまうのが最適なのかはわかっている。助命された奴隷として、ありがたがって礼を述べるのだ。だがそんな心持ちからはほど遠かった。あと少しのところだったのだ——ゴヴァートさえいなければ、見つかることはなかった。そもそもローレントさえいなければデイメンの敵となることもなかったゴヴァートが。

ありがとうございます、と言えと？　宮殿に引きずり戻され、部屋の形をした牢獄に鎖でつながれることを喜べと？　また檻の中だ。

それでも、ローレントに救われた命だった。冷血な舌戦においてローレントと叔父はは互いにいい勝負と言えた。聞いていただけでデイメンは疲弊していた。デイメンがつれて来られるまで、ローレントはどれほどの時間、ひとりで戦っていたのか。

〈この状態では、お前を守れない〉

そう、ローレントは言った。あの時デイメンは「守る」という言葉がどんな意味を持つのかろくに考えもしなかったし、ローレントがこうしてデイメンのために立ち上がるなどとは想像すらしていなかった。それも、一歩も引かずに。

「つまり、俺は――助けてもらってありがた――」

ローレントがさえぎった。

「俺たちの間にはこれ以上何もない。礼もいらん。俺が優しくするなど期待するな。これで借りは返した」

そう言いながらも、デイメンに向けたローレントの小さく眉をひそめた表情は、敵意だけのものではなかった。むしろ探るように、じろじろとデイメンを見ていた。

少しして、口を開く。

「お前に借りを作ったままなのは気分が悪いと言ったのは、本気だ」それから。「お前には、俺を助ける筋合いなどなかった。俺がお前を助ける以上にな」

「たしかにそうだ」

「お前は自分の考えをまるで飾らんな」ローレントはまだ眉をひそめていた。「もう少し気の利く男なら、そうするぞ。そういう男ならとどまって、三人の罪悪感や引け目につけこんで利を得ようとするものだ」

「まさか、罪悪感があるとは知らなかったのでな」

デイメンは、ずけずけと言った。

ローレントの唇の片端に、かすかなくぼみができた。デイメンから数歩離れると、彼は玉座の、装飾を施された肘掛けに指先でふれた。それから玉座に、行儀の悪い、くつろいだ姿勢でひょいと腰かける。

「まあ、そう落ちこむな。俺はデルフェアへ向かうから、お互い、もう顔を見ずにすむ」

「どうしてそれほど国境警備の任務を嫌う？」

「俺は憶病者でな。知っているだろ？」

デイメンは考えこむ。

「そうなのか？　あなたが対立から身を引くところすら一度も見ていない。むしろ、逆だ」

唇の端のくぼみがさらに深まる。

「そうだな」

「ならどうして――」

「お前には関わりのないことだ」

ローレントが言った。

また、沈黙。ローレントが玉座に投げ出した体はほとんどぐったりとしていて、彼の視線を浴びながら、デイメンはふと、ローレントはまだ薬から覚めきっていないのかもしれないと疑う。

次にローレントが発した言葉は、随分と砕けた調子だった。

「お前、どこまで行けた？」

「それほど遠くまでは。南の街区のどこかの娼館まで」

「アンケルのことから、そんなに日が経ったか？」

そのまなざしは気怠げな色を帯びていた。デイメンは赤面する。

「歓楽のために行ったわけではない。ほかの目的があったからだ」

「残念だな」ローレントが鷹揚な声音で言った。「機のあるうちに、歓びを得ておけばよかったのだ。これからは、息もできぬほどしっかり閉じこめられると心しろ。二度とこんな迷惑を俺にかけられぬように」

「当然だな」

デイメンはそう、今までとは違う口調で返す。

「だから、俺に感謝するなと言ったろう」とローレントが言った。

そしてデイメンは見慣れた、狭く、飾り立てられすぎた部屋へと戻った。

長く、眠れぬ夜となった。就寝用の薄い敷布もクッションも与えられていたが、胸苦しくて眠れない。部屋を見回すとなおさらその感覚が強まった。左手の壁にはアーチ型の窓が二つ、幅広の低い横木に支えられ、飾り格子がはめられている。窓はローレントの居室の回廊からと同じ庭を臨んでいた。部屋の位置関係からそうと知るだけで、景色を見たわけではないが。鎖が短すぎて景色など見えない。いかにもヴェーレらしい庭園の、小さな滝や整えられた木々を想像はできるが。彼の目はそこまで届かない。

見えるのは、知り尽くしたものばかり。部屋のすみずみまで、天井の丸みも、窓を飾る葉の模様のひとつひとつの形まで。奥の壁も、床に据えられた小揺るぎもしない鉄環も、鎖の擦れ方も、その重さもよく知っている。その鎖が、十二個目のタイルまで行ったところでピンと張って、彼を引き戻すのも知っている。ここにつれて来られた時からずっと変わらない。ただ、尽きぬかのように次々と取りかえられていくクッションと敷布の色が変わるだけだ。

午前中も半ば頃、召使いが朝食を運んでくると、置いて、そそくさと去った。扉が閉まる。ひとりきりで残された。瀟洒《しょうしゃ》な大皿にはチーズ、切り分けられた焼き立てのパン、浅い銀の皿に十粒ほどの桜桃《さくらんぼ》、美しく形作られた焼き菓子。すべての皿が考え抜かれて盛りつけられ、結果、ほかのすべてと同じく、美しく演出されていた。

デイメンはやり場のない憤怒につかまれて、盆を部屋の向こうへ投げつけた。

ほとんど、やったと同時に後悔していた。しばらくして入室した召使いが、緊張に顔を青くして部屋の隅をごそごそと這いながらチーズを拾い上げているのを見ると、デイメンは己が情けなくなった。

そして案の定、ラデルが現れ、その散らかりようを見るといつもの目つきでデイメンを睨んだ。

「好きなだけ食事を投げ散らかすがよい。何も変わらぬ。王子が国境警備につかれている間、お前はこの部屋を出ることとまかりならぬ。王子のご命令だ。ここで体を清め、着替え、ここにとどまるのだ。これまでは晩餐の場や狩りのお供、浴場などにも行かせてやったが、そのような息抜きも終わりだ。お前は鎖につながれたままでいるのだ」

王子が国境警備についている間。

デイメンは短く目をとじた。

「王子はいつ出立を？」

「二日後だ」

「帰城はいつ？」

「何ヵ月か後に」

そう告げながらも、ラデルはその言葉がどれほどデイメンに重くのしかかるのか気付きもしていない様子だった。床に服の小さな塊を投げ落とす。

「着替えよ」

デイメンの表情が動いたのだろう、ラデルはさらに説明した。

「王子は、お前がヴェーレの服を着ているのがご不快だそうだ。そのような非礼は正すべしとおっしゃられた。お前が着ているのはヴェーレの民の服だ」

デイメンは着替えた。床にラデルが投げた服の山に手をのばしたが、山というにもわずかな布の量だった。奴隷の服に逆戻りだ。デイメンが逃亡時にまとった服は、そんな出来事など一切なかったかのように、召使いの手で持ち去られた。

時間が、さいなむように、のろのろとすぎていった。

わずかにのぞき見た自由に、デイメンの心はますます王宮の外の世界に焦がれる。

そして同時に、理不尽な怒りがこみ上げてもいた。逃亡の果てに、自由か死かのどちらかにはたどりつけると、そう思っていたのだ。それなのに。せめて何かは変わる筈だった。ところが——結局、ここに戻されただけだ。

昨夜のあの立て続けの、途方もない出来事の後で、状況にまるで変化なしなどということがどうしてありえる?

この部屋の内側に、幾月もとらわれたままなど——。

デイメンの考えがローレントの方へ向かっていくのも、自然なことだったか。金の髪の下に蜘蛛の頭脳を隠したあの男によって、まるで一匹の蝿のごとく、部屋という瀟洒で美しい網に捕らわれて。昨夜のデイメンは、ローレントや彼を狙う策謀にさしたる注意を払っていなかった。自由になることだけしか頭になかった。ヴェーレ人同士の謀《はかりごと》にじっくり目を向ける余裕もなければ気分でもなかった。

だが今、ひとりで残されたデイメンは、あの奇妙で血なまぐさい襲撃のことくらいしか考えることがない。

そして、朝陽がさらに昇って天頂をめぐる頃には、デイメンは、あの三人の刺客がヴェーレの言葉を話しながらアキエロスの短剣を持っていたことを思い返していた。

〈刺客どもは、この奴隷を襲ったのだ〉

ローレントはそう言った。あの男は理由もなく嘘をつける人間だが、それにしてもどうして襲われたのが自分だということまで否定した？　主謀者を利するだけではないのか？

ローレントが、三人目の刺客の喉を冷徹に切り裂いたことを思い出す。その後、どうにか耐えようとしていたローレントを。抗いに身を固くし、薬のせいで息が速かった。王子を殺すだけなら、もっと楽な手があった筈だ。

三人の刺客。手にしていたのはアキエロスのシクヨンの短剣。アキエロスから贈られた奴隷が、濡れ衣を着せるためにその場に立ち合わされた。薬。陵辱のたくらみ。語らず、虚言でかわすばかりのローレント。嘘。そして殺し──。

デイメンは、理解した。

その刹那、まるで床が傾《かし》いで足の下から消え去っていくように感じた。世界がひとりでにその形を変えたように。

単純にして、明快なことだったのだ。はじめから見抜くべきだった。逃亡への情熱にあれほどせき立てられていなければ気付いただろう。答えは目の前にあった。暗い意思に満ち、考え抜かれた罠が。

この部屋から出るすべのないデイメンは、ただ待って、ひたすら待ちつづけた。また豪華な食事が運ばれてくるまで。物言わぬ召使いにラデルが付き添ってきたことに、デイメンは胸の内で強い感謝を捧げた。

デイメンは言った。

「王子と話したい」

この前同じような申し入れをした時には、ローレントはすぐさま、宮廷の服に整った髪で現われたものだった。今回も、より切迫した状況の中、同じようにすぐ来るだろうと考えていたデイメンは、一刻足らずのうちに扉が開くと、敷布の上で急いで起き上がった。

警固を廊下に残し、ただひとり、部屋の中に歩み入ってきたのは執政であった。

ゆったりと、己の領地を歩く優雅さで足を進める。今日は元老たちも廷臣もつれておらず、何の儀礼もない。圧倒的な存在感と威圧感はそのままだった。執政は堂々たる体躯で、その肩幅にローブが見事に映える。ローレントのように玉座にだらしなくもたれるような男ではない。ローレントが見世物の小馬ならば、この男は戦馬だ。

デイメンは、恭順の礼をした。

「殿下」

「奴隷の礼はよい。立つがいい」と執政が命じる。

ゆっくりと、デイメンは従った。

「お前は、甥の出立にさぞ安堵していることであろうな」

執政が言った。この問いに直に答えるのは利口ではなかった。

「ローレント殿下は、国のために粉骨の働きをされると思っております」

デイメンはそう返事をした。執政はじっと彼を見据えた。

「随分と巧みな答えだな。一兵卒にしては」

デイメンは息を整える。執政の威圧感の前に、部屋の空気が薄い。

「殿下——」

従順に切り出そうとした。執政がさえぎる。

「嘘のない答えを待っているぞ」

デイメンは試みた。

「私は王子が――義務を果たされることは、喜ばしいと、そう思っております。王子たるもの、王となる前に人々を率いるすべを学ぶべきかと」

　執政は、デイメンの言葉に思いをめぐらせている様子だった。

「さて、我が甥においてはどうかな。人々は、王の後継ぎであれば、その血筋によって人を従える力も自然にそなわっていると信じている。それが、資質なき心からかき集めねばならぬものだとは考えぬ。だが所詮、ローレントは王の次子なのだ」

　あなたもそうだ――とはよぎったが、禁断の言葉だった。執政を前にすると、ローレントとの駆け引きすら手ぬるいものに思えた。執政は、ただデイメンの意見を聞きにここにいるわけではない、どう見せかけていようと。彼の地位からして、奴隷の元を訪れること自体が希有で奇異なことに違いなかった。

「昨夜、何が起こったのか話してみよ」

「恐れながら、すでにローレント殿下が話されたものかと」

「そうかな。しかして、夜の混乱の中、甥が思い違いしていることや言い忘れたことがあるやもしれぬ。あれは戦いには慣れておらぬのでな。お前と違って」

　口をつぐみながらも、話してしまいたいというデイメンの衝動は引き波のように強烈だった。

「お前が正直な心を持つことはわかっている」執政がうながした。「何を言おうと、それによって罰しはせぬ」

「私は――」

デイメンが言いかかる。

扉口に動きがあった。デイメンは、ほとんど後ろめたさにぎくりとして、視線を移した。

「叔父上」とローレントが言った。

「ローレント」と執政が答える。

「私の奴隷に何か御用でも？」

「用はない」執政が言った。「ただ少々気になってな」

ローレントは、猫のような慎重さと無関心さの両方をまといながら、近づいてきた。二人の会話をどのくらい洩れ聞いていたのかは、見当もつかない。

「その奴隷は、私の情人などではありませんが」

「お前が寝所で何をしているか知りたいわけではない。知りたいのは、昨夜、お前の部屋で何が起きたのかだ」

「その話は片がついたのでは？」

「半ばはな。だが、この奴隷の話を聞いておらぬ」

「勿論」ローレントが切り返す。「私の言葉より奴隷の言葉に重きを置くつもりなどは、おありにならないでしょうな」

「そう思うか？」執政が応じた。「そんな、驚いたような声すら作りもののお前だ。お前の兄は信頼に値した。お前の言葉は、うす汚れた襤褸《ぼろ》同然だ。だが心を安らかに持つがいい、この奴隷の証言はお前の話と食い違わぬ。今のところはな」

「それ以上の深い企みがあるとでもお考えで？」

ローレントが問い返した。二人のまなざしが正面から嚙み合う。執政が言った。

「国境警備の日々がお前を成長させ、鍛えることを願うのみだ。人々を率いるにふさわしき何かを学びとってくることをな。この上、私からお前に教えられることは、何も見つからぬ」

「あなたはずっと、私に成長する機会を与えつづけてくれている」ローレントが答えた。「あなたに報いる道も、教えてくれた」

執政が何か言うかとデイメンは待ったが、執政は無言のままじっと甥を見ていた。

ローレントが言った。

「明日の出立のお見送りには来ていただけますかな、叔父上？」

「ローレント。勿論だ、わかっているだろう」

執政がうなずいた。

「それで？」

叔父の姿がなくなると、ローレントはデイメンへ問いを投げた。揺るがぬ青いまなざしがデイメンを射ぬく。

「もし木の上の子猫を助けろという話なら、断るぞ」

「願いごとをするつもりはない。ただ話があるだけだ」

「お別れの挨拶か？」

「俺にも昨夜の出来事の意味がわかった」

デイメンが言った。ローレントが問い返す。

「お前に？」

叔父に向けていたのと同じ口調だ。デイメンは息を吸いこんだ。

「わかっていたのだろう。だからあなたは、生き残りの刺客が尋問を受けることがないよう、あの男を殺した」

ローレントは窓辺に歩みよって、枠木に腰をかけた。窓に半身を向けた座り方だ。思いふけるように、片手の指を窓の飾り格子の隙間にくぐらせた。最後の陽光が彼の髪と顔を照らし、まばゆく輝いて、目や鼻がいびつな影になっている。デイメンを凝視していた。

「そうだ」と答えた。

「あの男を殺したのは、証言されたくなかったからだ。あの男が何を言うか、はじめからわかっていた。それを言われては困るからだ」

一瞬の沈黙。

「そうだ」

「俺が思うに、あの男は、カストールに命じられて王子を襲ったと自白する筈だった」

罪をかぶせるためのアキエロスの奴隷、刺客の手にはアキエロスの武器――すべてが巧妙に、アキエロスを示すよう仕組まれていた。さらに念を入れて、あの刺客たちも自分たちがアキエロス王の意を受けてきたと白状することになっていたのだろう。

「カストールにとっても、仲良しの叔父が玉座にいてくれるほうが、アキエロスを憎む甥っ子に即位されるよりはありがたいからな」と、ローレントが言った。

「だが違う、今のカストールにヴェーレと戦争をする余力などない――首長《キロイ》たちをまとめられない今は。もしカストールがあなたを殺すなら、ひそかに行う。あのように、わざわざアキエロスの武器で自分の関与を喧伝《けんでん》するようなことはしない。あの刺客たちを雇ったのは、カストールではない」

「ああ、違う」

ローレントが同意した。

わかっていたが、あらためてローレントにそう認められて、デイメンの身を衝撃が抜けた。午後のぬくもりの中、しんと身の内が凍る。

「ならば……目的は、戦争だ」デイメンは呟いた。「刺客が証言すれば――執政がそれを聞けば、彼には、アキエロスに報復するほか道はない。もし刺客が成功して、あなたが――」

ローレントがアキエロスの奴隷に陵辱され、アキエロスの短剣で殺されていたなら。

「……何者が、二国の間に戦争を起こそうとしている」

「見事なものだろうが」と、ローレントが無関心な口調で言った。「アキエロスを攻めるのに今ほどの好機はない。カストールは首長《キロイ》の権力争いに手こずっている。デイミアノス、かつてマーラスで戦いの潮目《しおめ》を変えたあの男も、死んだ。カストールのような売女《ばいた》の息子が相手となれば、ヴェーレの兵は残らず血気盛んに奮い立つだろう。特にその私生児が、ヴェーレの王子を殺したとくればな。俺の死が計画の一部でさえなければ、俺としても諸手《もろて》を上げて賛同したいほどだ」

ローレントの軽々しい言葉に、見つめるデイメンの胸が苦く焦げる。吐き気を押しこめ、残念がるような甘ったるい口調も無視した。

何を言おうが、ローレントは正しい。今こそ好機だ。奮起したヴェーレの軍が、不和と確執に割れるアキエロスへ攻めこめば――デイメンの故国は沈む。悪いことに、ヴェーレに近い北方の属州――デルファ、シクヨン――は、もともと政情が安定しているとは言えない。アキエロスは、一人の王の元で属州の首長《キロイ》たちが団結していてこそ強大な軍事力を誇るが、結束が崩れればただ地方都市の寄せ集めにすぎず、ヴェーレに抗する力などどの軍にもない。

デイメンの心の目に、未来の光景が映る。南へ行軍するヴェーレの兵の長い列。ひとつずつ陥落していくアキエロスの属州。王都イオスの王宮になだれこむヴェーレの兵、父の玉座の間にこだまするヴェーレ人の声。

デイメンはローレントを見た。

「このたくらみの要《かなめ》は、あなたの死だ。自らの身の安全のためにも、このような陰謀を止めようとは思わないのか？」

「止めてやったろうが」

ローレントが応じる。冴えざえとした青い目でデイメンを眺めていた。

「そうではなく」とデイメンは言い返した。「叔父上とのいがみ合いをいったん棚上げして、腹を割って二人で話し合ったほうがいいのではないかということだ」

空気を通じて、デイメンにもローレントの驚きが伝わってきた。窓の外では陽の光が赤みを帯びはじめていた。

「それは、あまり利口ではないだろうな」

「何故」

「何故なら」とローレントが言った。「俺を殺そうとしたのは、叔父上だからだ」

「だが、もしそれが真実なら──」

デイメンは言いかかった。

しかし、真実なのだ。どうしてか驚きはなく、むしろ心の片隅で育ってきた疑念が、今、さっと光に照らされたかのようだった。二つの玉座が手に入る、と頭を囁きがよぎる。たかが数人の刺客と少々の媚薬で。ニケイスの姿が浮かんだ。大きな青い目で、寝巻き姿のまま廊下に立ち尽くしていたニケイスを。

「デルフェアへ行くのは危険だ」デイメンは言った。「これは死の罠だ」

それを口にした瞬間、ローレントもずっと知っていたのだと悟った。だから国境での任務をかわしつづけていたのだ。くり返し、くり返し、幾度も。

「俺が奴隷の忠告に耳を傾けずとも、悪くは思わないでほしいものだな。特に、その奴隷が脱走に失敗して引きずり戻されたばかりときてはな」

「行ってはならない。命を守るためだけではない。都の外に一歩出たが最後、王冠を失ったも同然だ。王都は叔父上の支配下に置かれる。彼はすでに──」

これまでの執政の行動が思い返されるにつれ、デイメンの目にも、ここに至るまでひとつひとつ、しかも先手を打って巧妙に打たれてきた布石が見えてくる。

「……すでに、あなたのヴァレンヌとマーシェの領地を没収し、収入を断った。金も兵力も取り上げた」

あらためて口に出したことで、またはっきりと認識した。ローレントが自分の奴隷への嫌疑を晴らし、己への襲撃をないことにしようとした理由も、今ならよくわかる。もしヴェーレとアキエロスの間で戦争が起きれば、ローレントの命はデルフェアに向かう場合よりもさらに早く散るだけだ。一方、叔父の手勢とともに国境へ行軍するのも正気の沙汰ではない。

「どうしてこんなことを？　そこまで追いこまれているのか？　逃げ道が何もないほど」

デイメンは問いながらローレントの表情を探った。

「ここで己の忠誠を証明してみせなければ、元老院があなたより叔父上を玉座に歓迎するだろうと思ってか？　それほど自分の評価は地に落ちていると？」

「俺の忍耐もそろそろこのあたりが限界というものだぞ」

「俺を、デルフェアへつれていってくれ」とデイメンは言った。

「断る」

「アキエロスは俺の国だ。ヴェーレの兵に踏みにじらせたいと思うか？　戦争を止めるためなら、俺は持てるすべての力を尽くす。同道させてほしい。あなたにも誰か、信じられる相手が必要だ」

最後の一言を言ったデイメンは半ばたじろぎ、口にするのではなかったと後悔した。信じろと、ローレントは昨夜そう言った。それをデイメンは、無情な言葉を叩き返したのだ。同じ仕打ちを返されるだけだろう。

ローレントはただ、けげんな顔でデイメンを見つめ返した。

「どうして俺にそんなものが必要だと？」

デイメンはローレントをじっと見つめ、ふいに悟った。もしここで「独力で、命を狙われながら軍の指揮を取り、さらに叔父の仕掛けてくる策略や罠に対処できるとでも？」と聞けば、ローレントは即答するだけだ。「できる」と。

「つらつら考えるに」とローレントが言った。「お前のような兵卒は、カストールが玉座から引きずり下ろされる様を見られるなら大喜びするものではないか？　あの男にこんな仕打ちを受けた後ではな。どうしてカストールに敵して――俺に敵して――叔父の側につかぬ？　どうせ叔父から、俺を探れと持ちかけられたろう。気前のよい条件でな」

「ああ、言われた」

晩餐の時の記憶がよぎる。

「あなたと寝て、自分に報告しろと」あけすけに言い、デイメンはつけ加えた。「そうはっきり言葉にしたわけではないが」

「どう返事をした？」

ローレントの反問が、どうしてかデイメンをひどく苛立たせた。

「俺と寝たかどうか、自分が一番よくわかっていることだろう」

目を細めた、危険な沈黙。やがてローレントが口を開く。

「そうだな。お前の、お相手をひっつかんで足を蹴り開くやり方はよく覚えているしな」

「あれは――」

デイメンはぐっと顎に力をこめて、ローレントの挑発的なやりとりに引きずりこまれまいとした。

「俺は役に立つ。あの地域もよく知っている。戦争を止められるなら何でもする」無感情な青い目を、デイメンはまっすぐに見つめた。「一度、あなたを助けただろう。もう一度やらせてくれ。俺を好きなように使ってくれていい、ただ――一緒につれて行ってほしい」

「ほう、心から俺を助けたいと？　アキエロスに近づける、その誘惑は一片たりとも感じていないとでも？」

デイメンの顔に血がのぼった。

「俺をつれていけば、叔父に対抗するための手駒がひとつ増やせる。それを望まないのか？」

「我が愛しの蛮族よ」ローレントが答えた。「俺の望みは、お前がここで朽ち果てることだ」

ギギ、と金属のきしむ音がして、デイメンはやっと自分が鎖を限界まで引いていたことに気付いた。今のがローレントの別れの言葉だ。実に愉しげに。ローレントは、扉へと踵を返した。

「俺をここに残して、叔父の仕掛けた罠にただつっこんでいくつもりなのか？　もうお前の命だけの問題じゃないんだぞ！」

焦りから、言葉が荒くなった。

何の効き目もない。去っていくローレントを止める手だてはない。デイメンは毒づいた。

「そんなに己に自信があるのか？」ローレントの背へ怒鳴る。「自分ひとりで叔父に勝てると、本気で思うなら、どうしてこれまで行動に出なかった！」

ローレントの足が、戸口で止まった。顔を包みこむ金の髪と、すらりとのびた背と肩の輪郭がデイメンの目に焼き付く。だがローレントは振り向こうとはしなかった。足のよどみはほんの一瞬で、また歩き出す。

デイメンは、もう一度、肌にくいこむほど鎖をひっぱる。ただひとり残されて。


ローレントの舎殿内は出立の準備で騒がしく、廊下を人々が行き交い、階下の繊麗な庭園にも慌ただしい足音が満ちた。二日のうちに兵馬の旅の準備を整えるのはたやすいことではない。空気に活気がみなぎっていた。

ここ、デイメンの部屋以外は。ここでは行軍のことも、外部の音でうかがうしかない。

ローレントは、明日出立する。ローレント――あの忌々しくも腹立たしい男は、まさに最悪の道に向かって進んでいこうとしていて、デイメンにはそれを止めるすべが何ひとつないのだった。

執政がどんな策を練っているかは、見当もつかない。甥を陥れるのにどうしてここまで長々と待っていたのかも、正直デイメンにはわからなかった。ローレントにとって幸運にも、執政の心は二つの王国のほうばかりを向いていたのだろうか。その気になれば何年も前にローレントを片付けられた筈だ。はるかに面倒も少ない。少年の死ならば不運な事故だと言い通せても、戴冠を目前にした若者の死となれば疑惑を呼ぶ。少年時代のローレントがいかにしてその運命を逃れてきたのか、デイメンには不思議でならなかった。血族としての良心が執政を押しとどめてきたのか……ローレントが育ち、狡猾で毒々しく、玉座にふさわしくない我が儘な大人になるまでは？　そうならば、いささか執政に同情する。ローレントは、そこにいるだけで人の殺意をかき立てるような男だ。

まさにあの二人は、血を分けた毒蛇の一族。カストールは、国境の向こうにこんなものが棲むことなど想像だにすまい。ヴェーレとの同盟に喜んでとびついて。無力な王――戦いへのそなえも足りず、自国の人心もまとめられず、今やそのアキエロスの亀裂に、隣国の圧力が重くのしかかろうとしている。

執政の企みを、止めねばならなかった。アキエロスはひとつに団結しなければ。そのために、ローレントは生きのびなければならない。だが不可能だ――デイメンはここから一歩も出られず、無力だ。いかにローレントが狡知《こうち》に長《た》けているとしても、その慢心がすべてを帳消しにしている。あの男は、王都を離れて辺地にのこのこと向かう間、叔父の手勢の前に己がまったくの不利であることを認めようとすらしないのだ。

ローレントは本気で、独力で切り抜けられると信じているのか？　生きてこの旅を終えるつもりなら、あらゆる味方が必要だ。だがデイメンは、ローレントの説得に失敗した。今さら気付いたわけではないが、つくづく話の通じない男だ。異国の言葉を通しているからというわけではなく、まるで、別種の動物か何かのように。デイメンはただ、ローレントの気が変わるよう、馬鹿げた望みをかけるしかなかった。

窓の外で、太陽はゆっくりと天頂をすぎ、閉ざされたデイメンの居室の中で、家具の影が半弧の軌跡に沿ってのろのろと動いていく。

そして、明け方、まだ暁までしばらくという頃のことだった。デイメンが目覚めると、室内には召使いと、家令のラデルがいた。この男は夜も眠らないのではないだろうか。

「一体……王子が何か仰せになったのか？」

デイメンはクッションの間に片手をつき、絹を指の間に握り、体を起こそうとした。完全に起き上がる前に召使いの手が馴れ馴れしくふれてくるのを感じ、反射的に肩を揺らして払おうとしたところで、彼らが鎖を外しにかかっているのに気付いた。首枷の鎖が外され、その端は、くぐもった響きを立ててクッションに落ちた。

「そうだ。着替えよ」

ラデルが命じて、ドサッと、前夜のような見下した手つきでひと山の服を床へ落とした。

それを見下ろし、デイメンは鼓動が荒くなるのを感じる。

ヴェーレの平服だった。

まさに、これが返事だ。昨日からずっと重い焦燥にさいなまれてきた心はまだ実感がなく、信じきれない。ゆっくり身を屈め、服に手をのばした。ズボンは修練場で見つけたものに形こそ似ていたが、手ざわりもやわらかで、あの夜デイメンがあわてて着こんだぼろ服など足元に及ばぬほど上等だ。シャツも体にぴったりと合う。靴は、乗馬用のブーツのように見えた。

デイメンはラデルを見やった。

「どうした？　着替えを――」とラデルが言いかかる。

デイメンはズボンの留め具に手をかけ、ラデルがどこか困惑気味に目をそらすのを見て、ふっと唇の端に笑みを溜めた。

ラデルは一度だけ「違う、そのようにではない」と口をはさみ、デイメンの両手を払うと召使いを前に招いて、下らないほど仰々しい結い紐を締め直させた。

「それで――？」

デイメンは結い紐をラデルの満足する形に結ばせながら、問いかける。

「王子は、お前に騎乗の身拵《みごしら》えをさせて、前庭へつれてこいとの仰せだ。残りの装いはそこでするがいい」

「残り？」

皮肉っぽい言い方になった。デイメンは己の姿を見下ろす。アキエロスで虜囚の身にされて以来、これほどまともに服を着たのすら初めてだ。

ラデルは答えず、さっと手を振ってついて来るよう示した。

一瞬後、デイメンは従った。鎖がないことを、奇妙なほど意識する。

残り？　と聞きはした。だが深くは考えないまま、宮殿の中を抜けて厩舎側の前庭へとつれ出される。たとえ考えていたとしてもまずわからなかっただろう。思いもつかぬほど予想外の答えだったのだ――自分の目で見るまでは。その時になっても、ほとんど信じられずにいた。ほとんど笑ってしまいそうになった。

彼らを迎えようと前に進み出た召使いは、両腕いっぱいに革の何かを――留め帯や金具のついた、硬化させた革の装具を、いくつもかかえており、中でも一番大きな革には胸甲の飾りが刻まれていた。

それは革鎧であった。


厩舎そばの前庭は召使いや武具師などで騒々しく混み合い、指示の声がとび交い、馬装の金具の音が響く。その合間に馬が鼻息を吐き、敷石を蹄で打った。

いくつかは、デイメンの見知った顔もあった。厳粛な顔でデイメンの監禁の警固にずっと当たっていた二人の男もいる。デイメンの背中を診た医師もいて、床までつくような例のローブではなく騎乗用の装いをしていた。あの路地で、元老へロデの円章《メダリオン》をかざしてデイメンの命を救ったジョードもいた。見覚えのある顔の召使いが、何かの用を果たそうと果敢に馬の腹の下へもぐりこむ。前庭の向こうにちらりと見えた黒い口髭の男は、狩りの時にいた馬丁頭だ。

　夜明けを待つ空気はひんやりとしているが、すぐに暖まるだろう。季節は春から夏へ移ろうとしていた。行軍にはいい気候だ。南に行けば当然、ここよりも暑い。デイメンは指をゆるめると、意識して背をのばし、自由なのだと、体のすみずみまで染みわたる圧倒的な戦《おのの》きを味わった。

　逃走は、ほぼ頭にない。結局のところ重武装の一団に囲まれての旅であるし、今やはるかに大事な目的がある。目下のところはこれで充分——鎖から解き放たれて外の風の中に立ち、じき昇る陽に肌と革装を温められながら、馬にまたがり、旅立つのだ。

　デイメンに与えられたのは軽い騎乗用の革鎧で、不要なほど飾られているところからして閲兵式用の鎧だろう。召使いはデイメンの問いにうなずいて、シャスティヨンではもっと本格的なものに装備替えができるだろうと答えた。デイメンの鎧の装着は厩舎の扉脇、水汲み場のそばで行われた。

　最後の留め金が締められる。それから、驚いたことに、剣帯が手渡された。もっと驚いたことに、そこに吊るす剣まで渡された。

いい剣だった。鎧もまた、大仰な飾りの下はいい作りだ。デイメンには不慣れな形であるとはいえ。ひどく……異国の感じがした。革鎧の肩に刻まれた星光の意匠にふれる。ローレントの色をまとい、ローレントの紋を身につけている。妙な感じだった。ヴェーレの旗の下で行軍することがあるなど、夢にも思わなかった。

ラデルは何かの用で離れていたが、戻ってくると、デイメンにこと細かに彼の勤めについて指示を与えてきた。

デイメンは半ば聞き流していた。行軍の一員として役に立つよう心せよ、報告は上官にせよ、その者が近衛隊長に伝え、隊長が殿下に奏上する。忠実に仕えよ、ほかの皆と同じように。さらには殿下の近侍としての役目も務めよ、その役割においては殿下にじかに言上せよ。

並べられた義務からすると、デイメンの役割は兵士と従者と閨《ねや》奴隷を混ぜたもののように思えた。王子を守れ、身の回りのお世話をしろ、王子の天幕で眠れ……。

デイメンの注意が、完全にラデルに引き戻された。

「王子と同じ天幕で?」

「ならば、ほかのどこでだ」

デイメンは顔を手で拭った。ローレントがそれを認めただと?

さらに義務の羅列が続いた。王子の天幕で眠れ、王子の伝使を務めよ、王子の御用を果たせ。与えられたこの自由も、ローレントのそばで過ごさねばならない時間の長さで相殺されそうだ。

話を聞く傍ら、デイメンは前庭の動きを観察した。多勢とは言えない。活発な動きに目をごまかされなければ、用意されている装備でまかなえるのは重武装の兵が五十名というところか。軽装でも、せいぜいが七十五名。

顔がわかるのはローレントの近衛ばかりだ。彼らの、少なくともほとんどは、ローレントに忠実だろう。全員とは言えずとも。ここはヴェーレなのだから。デイメンは息を吸いこみ、吐き出して、一人ひとりの顔を眺めながら、この中の誰が執政の甘言に乗り、あるいは強要されて寝返っているのかと疑う。

この国がいかに汚穢《おわい》にまみれていることか、それはデイメンの骨身に染みている。いずれ、必ず裏切りに出会う。問題なのは、それがいつかだ。

この人数の兵を待ち伏せして皆殺しにする作戦を、脳裏で練る。ひそかに行えることではないが、決して難しくはない。むしろ易しい。

「まさか、これだけということはないだろう」

デイメンは、そばの水汲み場に顔を洗いに来たジョードにたずねた。第一の不安——人数が少なすぎる。

「いいや。まずシャスティヨンに向かい、駐屯している執政麾下《きか》の兵と合流する」と言って、ジョードはつけ加えた。「期待はするな。あっちも似たようなもんだ」

「実際の戦場で戦力となるほどではないが、王子の兵を数倍上回るには充分な人数というところか」

デイメンはそう見当をつける。

「ああ」

ジョードがそっけなく言った。

デイメンは水がつたうジョードの顔と、力のこもった肩のかまえを眺めた。王子の近衛隊は果たして自分たちをどんな運命が待っているか、わかっているのだろうか？　最悪の場合、完全な裏切り。よくても、何ヵ月もの遠征で執政麾下の兵たちにこき使われる。ジョードのきつく結んだ口元からして、すでに覚悟はあるようだった。

デイメンは言った。

「この間の夜は、世話になった。礼を言う」

ジョードがじろりと彼を眺めやる。

「俺は命令に従っただけだ。お前を生かしてつれ戻るようお望みになったのは王子だ、今日、お前をここにお望みになったようにな。何をしてるのかご自分でよくわかっていることを願うだけさ——執政の言うように、初めての肉棒の味にのぼせてるんじゃなくてな」

長い沈黙の後、デイメンが言った。

「どう考えているか知らないが、俺は王子と同衾《どうきん》したことはない」

はじめて聞く当てこすりでもない。どうして今さら苛立ったのか、デイメン自身にもよくわからなかった。謁見の間での執政の言葉がこれほどあっという間に兵士の間に流布しているとつきつけられたせいか。いかにもオーラントが言いそうな言葉で。

「とにかく、王子はお前にのぼせてる。お前のところにまっすぐ俺たちを送りこんだもんさ」

「王子が俺の居場所をどうやって知ったのかは、聞かないでおこう」

「お前の後を追わせたのではない」と涼しげな、聞き慣れた声が割りこんだ。「叔父上の近衛どもの後を追わせたのだ。奴らは酔っ払いも死者も耳なき者も起こすほど騒がしいからな」

「殿下」

ジョードが真っ赤な顔で言った。デイメンは向き直る。

「もしお前を追わせるとしたら」ローレントが続けた。「お前が唯一知る外への道をたどった筈だと、そう命じただろうな。北の修練場に面した中庭から出る道を。正しいか？」

「ああ」

デイメンはうなずく。

浅い暁の光がローレントの金の髪をいつもより淡く、やわらかに染めていた。貌《かお》の輪郭にも、まるで中空の羽軸のごときはかない繊細さがあった。彼は厩舎の扉に肩を預けており、しばらくそうしていたようでもあった。ジョードが赤面するのも当然か。王宮のほうから今さっきぶらぶら来たわけではなく、早くから厩舎の中で何かの仕事をしていたのだろう。今日のローレントは騎乗用の軽い革鎧をまとっており、その武骨さが、淡い曙光の投げかける繊細をすべて台無しにしていた。

これ見よがしな、行進用の華美な装いをしていてもよさそうなものだが、思えばローレントはいつも宮廷にあふれる驕奢とは一線を画した恰好をしてきた。それに、目立つために儀礼用の装いなどするまでもない。髪の金の輝きだけで彼だと一目でわかる。

ローレントが歩み出てきた。刺々しい不愉快さもあらわに、デイメンの全身をさっと眺める。革鎧姿のデイメンを見て、心に根を張る嫌な記憶がよみがえったかのように。

「垢抜けすぎたか？」

「まるで」

ローレントが応じた。デイメンも言葉を返しかかったが、その時ゴヴァートの、見覚えのある姿が視界に入った。さっと身がこわばる。

「あの男が、ここで何を……」

「隊の指揮を執《と》る」

「何だと？」

「そうだ。なかなか味わい深い人選だろう？」

ローレントが言った。ジョードが口をはさむ。

「あいつが周りの男に手を出さないよう、色子でもあてがってやったらどうなんです」

「……いや」

ローレントが、一拍置いて否定した。考えこみつつ。

「じゃあ従僕たちに、寝る時に足をしっかり閉じとけと言っとかないと」とジョードが言う。

「アイメリックにもな」

ローレントがそう示唆した。

ジョードが鼻を鳴らす。デイメンはその名を初めて聞いたが、ジョードの視線を追うと、前庭の奥にいる兵士の一人にたどりついた。茶色の髪で、かなり若く、かなり見目がよい。あれがアイメリックか。

「色子の話をすれば、まさしく……」

ローレントが、今までと違う声音で呟いた。

ジョードは一礼して立ち去っていく。ここでの用は済んだのだ。ローレントは、前庭の喧騒の外れに立つ小さな人影に目を留めていた。ニケイス。白く飾り気のないトゥニカをまとい、顔に何の化粧もない彼が、前庭へと出てきていた。両腕と脚はむき出しで、サンダルを履いている。二人のほうへまっすぐ歩いてくると、ニケイスはローレントと向き合い、ただそこに立ち尽くして、見上げていた。髪は無造作にもつれている。眠れない一夜だったのか、目の下にはうっすらと陰があった。

ローレントが口を開く。

「俺の見送りか？」

「違う」

ニケイスが言い返した。

ローレントへ、何かをつきつける。横柄で、忌々しげな手つきであった。

「僕には要らない。あんたを思い出すから」

青く、澄みわたった、対のサファイアが指の間から垂れていた。晩餐会でニケイスの左耳に光っていた耳飾りだ。あの夜の彼が、ローレントとの劇的な賭けで失ったものだった。

ニケイスは、まるでそれが悪臭を放ってでもいるように、耳飾りを思いきり自分から遠ざけている。

ローレントは無言で受け取った。乗馬服の内側に、丁寧にしまいこむ。一瞬の間があってから、彼は手をのばして、ニケイスの顎に拳の背でふれた。

「化粧などないほうがいいな、お前は」

ローレントの言葉は事実だった。色料を拭い去ったニケイスの貌は、心を貫くほどに美しい。その美しさはローレントに近いものだったが、ローレントが成熟しつつある若者の揺るぎない美をたたえているのに対し、ニケイスの美しさは稚《いとけな》い少年特有の中性的なもので、成長とともに失われそうな、はかない、刹那の美だった。

「おだてて僕が喜ぶとでも?」ニケイスが言い返す。「考え違いだ。ほめ言葉なんて慣れてる」

「だろうな」

「僕に申し入れをしたくせに。あんたが言ったことは全部嘘だったんだ。どうせそうだろうと思ってたよ」

　ニケイスが吐き捨てる。

「あんたは、行ってしまうんだからな」

「いずれ帰ってくる」

「本気でそう信じてるのか？」

　デイメンの全身が総毛立つ。ローレントを刺客が襲った夜、廊下に立ち尽くしていたニケイスの姿をまた思い出していた。ニケイスを揺さぶってその内にあるすべての秘密を吐き出させたい衝動に駆られるが、何とか思いとどまる。

「俺は帰ってくる」とローレントが答えた。

「僕を飼うためにか？」ニケイスが言う。「さぞ楽しいだろうね、僕を自分の下僕にしてさ」

　前庭を暁の光が染めていく。世界が色を変えていく。雀が一羽、デイメンのそばの厩舎の柱に舞い降りたが、男が腕いっぱいの馬具をドサッと下ろす音に驚いて飛び立った。

　ローレントが言う。

「お前が不快に感じるようなことをさせるつもりはない」

「僕は、あんたの顔を見るだけで不快だよ」

　ニケイスが言い捨てた。

甥と叔父の間の感傷的な別れの挨拶もなく、ただあくまで公的な儀礼のみだった。

まさに壮観であった。執政は盛装し、旅立ちを前にしたローレントの兵たちは完璧な洗練を見せている。前庭に一糸の乱れなく凛と並んだ彼らの前で、執政は広い壇の上に立ってローレントを迎えた。あたたかで、風ひとつない朝だった。執政は、宝石のついた肩じるしの類いをローレントの肩に留め、それで任命を終えたのだろう、ローレントを立ち上がらせると、おだやかな仕種でローレントの両頬へくちづけた。ローレントが部下たちへと向き直ると、その肩じるしが燦《さん》と陽をはね返した。

遠い戦いの記憶が押し寄せ、デイメンはほとんど眩暈を覚えていた。オーギュステは、あの戦場で、同じ肩じるしをまとっていた……。

ローレントが馬にまたがる。その左右に、一連の星光の紋が青と金に染められた旗が翻った。トランペットが高らかに鳴り、訓練を受けている筈のゴヴァートの馬が足を蹴り立てた。見物に来ているのは宮廷人たちだけでなく、市民たちも門の近くまでつめかけている。野次馬たちの多くが、自分たちの王子を目にすると賛嘆のどよめきを上げた。民衆の間でローレントの人気が高いのは意外ではない。金にきらめく髪と息を呑むような美貌で、彼はいかにも王子然として見えた。輝く王子を敬慕するのはたやすかろう——その王子が蝿の羽をむしっているところを見ずにすむならば。鞍上で軽やかに背をのばし、ローレントは見事に馬と調和している。自分の馬を殺したあの日とは別人のようだ。

デイメンにも剣に劣らぬほど上等な馬が与えられ、隊列が進む中、彼はローレントに近い位置取りを保った。だが王宮の内壁を通りすぎる時になると、こらえきれず鞍上で振り向き、自分の檻であった宮殿を仰いだ。

美しい建物だ。高い扉、円蓋、尖塔、そして生成り色の石壁で連綿とつながり合った複雑な浮き彫り模様。大理石と磨き抜かれた金属の輝きは天へのびる数々の尖塔で、あれが、逃亡を試みた夜にデイメンの姿を見回りの目から隠してくれたのだった。

己の立場を皮肉に思わぬわけではない。彼を靴裏で踏みにじろうと手を尽くしてきた男を守るべく、肩を並べて騎乗しているのだ。ローレントはデイメンを鎖につなぐ男であり、危険で冷血な男だ。叔父と同じように、アキエロスの国をその鉤爪で引き裂きにかかっても何の不思議もない男。だがどうであろうと、まずは執政の謀略をつぶすのが先だ。それがアキエロスとヴェーレの戦争を防ぐ、あるいは先延ばしにする唯一の道であるならば、デイメンはローレントを守るために何だろうとするつもりだった。ローレントにも誓ったように。

だが、宮殿の外壁を抜けながら、もうひとつのことがデイメンの胸の内ではっきりとした。どんな誓いも関係ない。この王宮を去る今、決して、二度と、もうここに戻りはしないと。

デイメンはまなざしを道へ、旅の始まりへと据えた。

南へ。そして、故郷へ。

〈叛獄の王子外伝〉

エラスムスの調練

その朝、目を覚ましたエラスムスは体の下のシーツが粘《ねば》ついているのには気付いたが、はじめは理解できずにいた。夢のもやがゆっくりと引いていき、ぬくもりの記憶だけが残る。眠たげに身じろぎすると、官能の名残りで手足が重かった。やわらかな寝具が肌に心地よい。

フィラエウスが、その上掛けをはがして布についた痕を目にし、デロスに鐘を鳴らしに行かせたのだった。同時に伝使として少年が王宮に送り出され、足裏を大理石の床の上にひらめかせるようにして駆けていった。

エラスムスはあわてて身を起こし、床に下り、跪いて石床に頭を押しつけた。大それた望みのように思いつつ、それでも胸に期待がふくらんでいく。シーツが寝台からはがされ、うやうやしい手でたたまれ、起きた出来事を示す——ついに、長く待ちかねた末——金のリボンがシーツを結んでいくのを、体のすみずみで意識する。

肉体は急かしてはならぬ。老フィラエウスは一度、優しくさとした。自分の顔にあからさまな羨望を見透かされたかと、頬を赤らめたエラスムスへと。それでも毎夜、エラスムスは望まずにはいられなかった——夜が明けてまた一日育つ前に、その時が訪れはしないかと。願いは日々につれ強まり、引き絞られた弓の弦のようにエラスムスの肉体を震わせるほどだった。

デロスが鐘の緒を引くとネレウスの苑に鐘の音が鳴りひびき、エラスムスは鼓動に胸を高鳴らせて立つと、フィラエウスにつれられて浴場へ向かった。不釣り合いに背が引きのばされた心持ちだった。年齢ならばすでに充分だというのに。これまで見習い奴隷の絹着をまとった最年長の者より、エラスムスはさらに三歳も年嵩だ。彼の肉体が資質ありと示すその日を待ち焦がれてきた、その思いの強さとは裏腹に。

浴場では蒸し風呂の準備がされ、空気がしっとりと重くなっていく。エラスムスはまず湯に浸かってから、次に白い大理石に横たわり、たっぷりと湯気を浴びて、しまいには漂う香気に合わせて肌が脈打つような気がしてくるほどだった。エラスムスは、頭上で両手首を重ねた服従の体勢で横たわっていた。この体勢は時おり、夜、自室でひとり練習していたものだ――まるで、修練をくり返すことで実現の時を引き寄せられるかのように。体の下のなめらかな石に、全身が従順になじんでいく。

この日の訪れを、ずっと心に描いていた。はじめのうちは意気揚々と、やがてとまどいがちに、しまいにはすがるように。この勤めの間、動かず完璧に静止している己を思い描き、今日の儀式の最後に、シーツに結ばれている金のリボンが両手首に巻かれる様を思い描いた。両手首に、わずかな息でも開きかねないほど繊細に結び合わされたリボンを巻き、やわらかなクッションを敷いた輿《こし》に乗せられ、身じろぎもせず、王宮での調練のために門から運び出されていくのだ。その時のことも練習してある――手首と足首をきつく合わせて。

浴場を出たエラスムスはすっかり熱に酔い、従順な心持ちで、定められた形に跪く四肢はやわらかで、ごく自然な仕種に感じられた。庭園の主のネレウスがあのシーツを仰々しく広げ、その沁みに皆が賞賛のまなざしを送る。跪《ひざまず》くエラスムスを年下の少年らが群れ囲んでふれ、賛辞の言葉を浴びせ、頬にキスをし、アサガオの花輪を彼の首にかけ、カモミールの花を耳に飾った。

この日が想像の彼方だった時、エラスムスは、こんなにも一瞬ずつが愛しくなるとは思いもしなかった。恥ずかしげに花を贈ってくれたデロス、定められた言葉を唱えながら声を震わせた老フィラエウス。迫る別れが、突如としてすべてを愛しいものにしていた。ここにただ跪いていたくない、そんな思いがエラスムスの胸に膨れ上がる。立ち上がりたい。デロスにきつい別れの抱擁を返したい。もう戻ることはないだろう細長い寝室へ駆けこみたい、質素な寝台と、残していかねばならないわずかな持ち物と、窓枠の花瓶に飾られたモクレンの小枝のところへ。

この鐘がカリアスのために鳴った日のことを思った。あの別れの時、二人がいかにきつく抱きしめあったか。「きみのための鐘もすぐ鳴るとも。必ず」カリアスはそう言った。「絶対だ、エラスムス」。あれから三度目の夏が来ていた。

長すぎた時は、だが少年たちが散り、扉の刺し錠がさっと引き抜かれた今、あまりにも短すぎたように思えた。

そして、その男が歩み入ってきたのだ。

エラスムスは、自分が平伏したことに、額がひんやりとした大理石の床にふれるまで気がつかなかった。扉口に刹那に見ただけの人影に打たれたようだった。黒い髪にふちどられた支配的な顔と、猛禽《もうきん》のような不屈の表情がエラスムスの身の内を打ち鳴らす。その男が放つ力、革帯が締めた固くたくましい二の腕、膝丈のサンダルと革スカートの間の日に焼けた太腿の筋肉。もう一度見たくてたまらなかったが、とても石床に据えた目を上げられなかった。

フィラエウスが、遠い昔の王宮勤めで身につけた優雅さで男を迎えたが、エラスムスの心にはフィラエウスの存在すらほとんど入らず、ただ肌をほてらせていた。二人の会話も耳に入ってこない。フィラエウスに立つよううながされた時も、男が去ってどれほど経っていたかすらわからなかった。

「震えているな」とフィラエウスに言われる。

エラスムスの声は、自分の耳にも細く、茫然と響いた。

「あの方は……王宮におられるご主人様のおひとりでしょうか」

「主人？」フィラエウスの声は冷たいものではなかった。「あの者は、そなたの輿を守るための供奉《ぐぶ》の兵士のひとりだ。そなたの主人にとっては、あの者など大海より出でて空を割る嵐の一滴の雨水にすぎん」

夏は、うだるようだった。

容赦ない青空の下、王宮の大理石の壁も階段も道もじりじりと熱を溜めこみ、夜ともなればまるで火の中から取り出したばかりの煉瓦のごとくその熱を吐き出した。前庭から臨む海の波も、崖に触れては、乾いた岩を恐れて引き下がっていくように見えた。

王宮の見習い奴隷たちは、涼を取ろうと手を尽くした。日陰にとどまり、扇をあおぐ技を磨き、水風呂にさっと入り、外のプールのそばの熱っぽいなめらかな石の上にヒトデのように寝転がり、時に友がその横に肘をついてひんやりとした水をお互いの肌に注いだ。

エラスムスは夏を好んだ。暑さが一段と修練の難しさを増し、よりいっそうの集中を要する点を好んだ。ネレウスの苑よりもこの王宮での調練のほうが困難であるのは、あるべき形に思えた。

彼の首に巻かれた金のリボンにもそれがふさわしい――そのリボンは、王宮奴隷見習いとしての三年の調練が終わったあかつきに得られる金の首枷の象徴。

彼の肩にかすかな重みをもたらしている金の留め針にもそれがふさわしい――その存在を思うだけでエラスムスの鼓動を乱す留め針は、小さな獅子の頭の形に削り出されていた。彼の未来の主の意匠に。

朝の訓練は、ターコンの指導のもとで大理石の小さな訓練室で行われる。部屋じゅう様々な衣服であふれていたが、エラスムスはどれにも指一本ふれられず、夜明けから陽が天頂に昇るまでただひたすら三つの姿勢を叩きこまれた。ターコンの冷徹な指摘に応えようと、エラスムスは必死だった。毎回の所作の最後には「もう一度」と命じられる。しまいには筋肉が疲れきり、暑さで髪が汗に湿り、姿勢を保つ手足が汗でまみれても、ターコンはぴしりと言うのだった。「もう一度」と。

「どうやら、ネレウスの秘蔵の花がついに蕾を開いたようだな」

ターコンは、エラスムスが到着した日にそう言った。彼の指導は計画的で徹底したものだった。彼がエラスムスの主任教育係だ。抑揚なく言った。

「お前の容貌は並外れている。生まれが生まれならそれだけで人の賞賛を集めたであろう。今のお前は王族に仕える調練を受ける身となったが、見目だけで得られる栄誉ではない。それにお前は年嵩だ。私がこれまで教えたどの者よりも年嵩だ。ネレウスは初寝の誉れをいただく奴隷を自らの苑から出したいと望みながら、この二十七年間で望みがあるのはただ一人、残る者は風呂付きや給仕役となった」

そう言われても、エラスムスは、どう応じるべきかもわからなかった。輿の上で暗闇に包まれて運ばれながら、苦しいほどの鼓動ひとつずつの間、動くまいと懸命にこらえてきた。外へ出る、その恐怖に全身がうっすらと汗を吹く。ネレウスの苑の外へ、生まれてこの方そこしか知らぬ安らぎの庭園の外へ出る。輿に覆いがついていて幸いだった、分厚い生地がすべての陽光をさえぎっている。彼の姿を賛美の視線から守るためというその覆いが、果てのない未知の世界とエラスムスとの間の唯一の壁であり、聞き慣れぬくぐもった音やガタガタ鳴る騒音や大声をさえぎっていたが、覆いがさっと開けられた瞬間、光に目がくらんだ。

それが、今では王宮の廊下にも規律にもすっかりなじみ、正午の鐘が鳴ると、エラスムスは疲弊に四肢を震わせて大理石の床に額をつけ、定められた謝辞の言葉を述べてから、午後の教練に向けて部屋をよろめき出た。異国語、作法、儀礼、手揉みの技、詩の暗誦、歌、竪琴《キタラ》——。

前庭へ出たエラスムスの足がおののきに凍りつき、無力に立ち尽くした。

大きく乱れた髪、ぐったりと倒れた体。イフェギンが顔に血を垂らし、低い大理石の階段に横たわっていた。教育係の一人がその頭を支え、二人が心配そうにそばに膝をついている。色染めの絹着がのぞきこむ様は、まるで異国の鳥が餌をついばもうとしているように見えた。

見習い奴隷たちが周囲を取り囲み、半円に群れて見つめている。

「一体何が?」

「イフェギンが階段を落ちた」それから、「アーデンが押したのかな?」

ひどい冗談だった。見習い奴隷は何十人といるが、金の留め針を着けているのは四人のみ、そのうちアーデンとイフェギンの二人が王の留め針を許されていた。

すぐ傍らで、声がした。

「向こうへ行こう、エラスムス」

イフェギンは呼吸をしている。胸が上がり、また沈む。その顎を血がつたい、見習いの絹着の前を汚していた。きっとキタラの教練に向かうところだったのだ。

「エラスムス、行こう」

ぼんやりと、腕に誰かの手がかかるのを感じた。わけもわからず見回すと、カリアスがそこにいた。教育係たちがイフェギンを持ち上げ、建物の中へ運んでいく。王宮内で教育係と王宮医師の手厚い看護を受けるのだろう。

「彼、大丈夫だよね？　きっと……」

「いいや」カリアスが答えた。「傷痕が残る」


カリアスに再会できた時のことは決して忘れないだろう。教育係への平伏の体勢から立ち上がる見習い奴隷——心を締めつけるほどに美しく、涅色《くりいろ》の豊かな巻き毛に大きな青い目。彼の美しさには、いつもどこかふれがたい超然としたものがあり、その瞳は手の届かぬ蒼天のようだった。ネレウスは彼について言ったものだ——一目見れば誰でも我がものとしたくなる、と。

アーデンの口元が曲がった。

「カリアスだ。奴に好きにのぼせるといい。皆そうさ。だがあいつは、お前のほうをふた目と見もしない。自分だけが特別だと思っている」

「エラスムス？」

カリアスが声を上げた。エラスムスが足を止めたと同時に、彼も動きを止め、エラスムスが彼を見つめているのと同じようにじっと見つめ返していたが、次の刹那、カリアスは両腕をエラスムスに投げかけて抱きしめた。きつく抱いて頬を押し当て、それは、キスが禁じられた二人にとって最大限の親愛の表現であった。

アーデンがぽかんと口を開け、二人の様子を見つめていた。

「来たんだな」カリアスが言う。「それも、王子に仕える身として」

エラスムスのまなざしの先で、カリアスも肩に留め針をまとっていたが、それは獅子の頭のないただの黄金の留め針であった。

「僕は、もう一人の王子に仕える」カリアスが言った。「カストール王子に」

二人は常に寄り添い、その様はネレウスの苑にいた時とまるで変わらず、離れていた三年間などなかったかのようであった。兄弟のごとく睦まじい、と教育係たちは笑みを浮かべて言うのだった。王子たちの兄弟の絆をその奴隷たちが体現しているようで、微笑ましいことだと見られていた。

毎夜、そして教練の間を縫うようにして、二人は時を惜しんで言葉を交わし、あらゆることを語りあっているように思えた。カリアスは抑えた生真面目な声で、様々に、幅広い話題を語った。政治、芸術、神話、さらに彼は常に王宮の噂話にもよく通じていた。エラスムスはおずおずと、誰にも話したことのない秘めたる心を語った。調練に敏感に反応して変わっていく己や、相手を喜ばせたいという心根《こころね》のことを。

そして、カリアスの美しさをあらためて意識していた。いかにカリアスが遠い存在に思えるか。

もっとも、カリアスはこの調練においてはエラスムスに三年の長があると言え、二人は同い年であった。見習いの絹をまとう時はそれぞれによって異なり、年齢で一律に定められるものではないのだ——〝肉体こそ自らの熟した時を知る〟と。

カリアスは誰よりも優れていた。見習い奴隷たちの中で、カリアスに妬心を抱く者以外は、皆、彼に憧れていた。それでもどうしてか、カリアスと他の者との間には隔てがあった。彼は傲慢でもないし、年下の少年たちに手を差し伸べようとすることもあって、そんな時少年たちは頬を赤らめ、すっかり困惑するのだ。だがカリアスは、あくまで礼儀としてしか皆と交わらなかった。どうして自分だけが特別なのか、エラスムスは理由もわからぬまま、ただうれしく思っていた。イフェギンの部屋がついに片付けられて彼のキタラが新しい見習いに与えられた時も、カリアスはあっさり言っただけだ。「彼はイフェゲニア、〝最も忠なる者〟にゆかりの名をいただいた。だが足元を誤れば、その名もただ忘れ去られる」

エラスムスは真情をこめて、言った。

「きみは、誤るようなことは決してないよ」

その昼下がり、カリアスは日よけの下にくつろぎ、エラスムスの膝に頭を休めて、両足をやわらかな草の上に投げ出していた。目をとじ、頬の上に睫毛を休めている。彼の邪魔をしたくないエラスムスはほとんど身じろぎもできず、己の鼓動と、太腿にのったカリアスの頭の重さをはっきりと意識しながら、自分の両手をどこに置けばいいのかわからないでいた。ごく自然で無頓着なカリアスの様子が、エラスムスには喜ばしい一方、ひどく気恥ずかしくもあった。

「ずっと、こんなふうにしていられたらいいのに」

そう、そっと呟く。

言ってから、はっと顔を赤らめた。カリアスのなめらかな額にひとふさの巻き毛が落ちている。手をのばしてふれたいのに、そんな勇気はない。かわりに、そんな大胆な言葉が口をついて出ていた。

庭園はじっとりとした夏の暑さと、鳥のさえずりと虫の気怠い羽音に満たされていた。トンボがコショウの木の茎に止まるのを眺める。そのゆっくりとした動きのせいで、余計にカリアスの存在を意識していた。

わずかな間の後、返事があった。

「僕の、初寝の夜のための調練が始まった」

カリアスは目を開けない。一方、エラスムスの鼓動はいきなり、あまりに速く鳴り出していた。

「いつ……？」

「カストールの御方《おんかた》がデルファよりお戻りになった時の祝いとして、僕がお迎え申し上げる」

カストールの名を、すべての奴隷が上の者について話す時のように、うやうやしく言った。御方、と。

カリアスが何故カストールの奴隷として調練されているのか、エラスムスはどうにも呑みこめないでいる。だが、いかなる理由にせよ、王宮奴隷の司《つかさ》が定めたのだ。見習い奴隷の中でもっとも優れた彼を、世継ぎの王子ではなくカストール王子の元にと。

「獅子の留め針を望む気持ちはないの？　きみはこの王宮で並ぶもののない奴隷なのに。お世継ぎの方のお側に仕えるべきは、誰よりもきみなのに」

「デイミアノス様は男の奴隷はおそばに置かぬ」

「あの方も、時には――」

「僕はきみのような髪と肌の色をしておらぬから」

カリアスはそう答え、目を開くと、腕を上げてエラスムスの金の巻き毛に指を絡めた。

エラスムスのその髪や肌の色は、実のところ、デイミアノス王子の好みに添うよう細心の注意のもとで調えられてきたものであった。色を淡く輝きは増すようにと日々髪をカモミールですすがれ、ネレウスの苑にいた幼い頃には淡い金の色だった肌は陽に当てぬようにして、乳のような白い色にした。

「目を引こうと、もっとも安っぽい手を」と、アーデンは不快そうな目でエラスムスの髪を見つめて言ったものだ。「真の資質を持つ奴隷は自らに人の目を集めるようなことはせぬもの」

のちに、カリアスは言った。

「アーデンは金の髪を得られるなら片腕とでも引き替えにするだろうよ。王子の留め針をなにより欲しているからね」

「アーデンには、王子の留め針はいらぬでしょう。王のために学ぶ身なのだから」

「だが王は病に伏せっておいでだ」

カリアスはそう答えた。


デイミアノス王子のお好みは、戦いの詩や歌だ。それらはエラスムス自身が好きな恋の詩よりも覚えるのが難しく、長かった。〈イナクトスの陥落〉はすべて詠ずると四時間の長さになり、〈ヒュプノール〉は六時間あるものだから、あらゆる空き時間はひとり暗誦をくり返すことに費やされた。〝兄弟と分断され、ニソスへの一撃は短すぎ〟、そして〝心をひとつに一歩も引くな、一万と二千の兵《つわもの》たちよ〟、〝慈悲なき勝利が己が剣でラマコスを切り裂けり〟。エラスムスは、長い英雄の系譜や武器の種類、叙事詩に刻みこまれたイサゴラスの偉業を呟きながら眠りに落ちた。

だがその夜ばかりは、エラスムスの心はほかの詩を夢見る。〝長き夜に、我は待つ〟、ラエクトンのアルサケスへの思慕の詩を思いながら、留め針を外して絹の衣を脱ぎ、肌に当たる夜気を感じた。

皆が、カリアスの初寝の夜について話していた。

男の奴隷が留め針をまとうのは、まれなことだ。留め針は王族の家従に加わる身だというあかし。そして、それだけでない意味を持つ。そもそもどの奴隷であっても、王族の目に留まればお側仕えに呼ばれることはあるのだ。だが黄金の留め針は、その奴隷が初寝の夜を王族の閨《ねや》で迎えるという、その約束をも示しているのだった。

留め針をまとう者は最上の部屋を与えられ、もっとも厳格な修練を受け、様々な特権に浴す。栄誉に与《あずか》れずその日を夢見る者たちは、自分にも資質ありと示そうと、昼も夜も努力する。

この男の庭では、とアーデンは輝く茶色の髪をはね上げて言ったものだ。「どうせ不可能に近いことだ」と。女の庭では、王族の留め針を得る者はもっと多い。王、そして二人の息子へと、同じ嗜好が引き継がれていった結果だ。

そしてデイミアノス王子が生まれ落ちた時を最後に、王妃の座は空となり、彼女の側仕えに男奴隷が選ばれることもなくなった。王の長き愛人であるヒュプルメネストラは格から言えばいくらでも奴隷をはべらせていい筈だが、抜け目ない彼女は王以外とは褥《しとね》をともにしないのだと、アーデンは言った。アーデン自身は十九歳で、今年で調練を終える身で、初寝の夜のこともよくわきまえているように話した。

寝台に身を横たえ、エラスムスは体にどこか求めるようなざわめきが残っているのを感じたが、己が手でふれることはできなかった。彼のそこにふれていいのは、特別な許可を得て湯浴みを手伝う者たちだけだ。時に、エラスムスはこの感覚を好んだ。この渇きを。王子に仕える時のために己に何かを禁じている、その感覚が気に入っていた。粛然と、潔癖に。だが時にはただ理を見失いそうなほどの欲望にさいなまれ、己を慎んで戒律を守ろうとする決意も強まる一方、昂ぶりも増し、従順と衝動の間ですっかり心乱れるまで葛藤した。手もふれられず横たわっている彼の元を王子が訪《おとな》う――それはあまりにも恐れ多く、圧倒される想像だった。

まだ何の手ほどきも受けていないエラスムスには、そこから先のことはわからない。勿論、王子の好みは存じ上げている。王子の愛する食べ物も、食卓から何を給仕すればよいのかも。朝の習慣も、髪をどう梳《と》かすのが好まれるのか、どう体を揉むのがお好きかも知っている。

それに……王子に、大勢の奴隷がいることも知っている。王宮の者はそれを誇らしげに言う。王子は、折々に恋人と同衾《どうきん》する健全な欲望をお持ちだと。奴隷とも、貴族とも、お心にかなった者と。よいことなのだ。広い愛情をお持ちなのだし、そして王たる者は、召しかかえる者は多いほどよい。

エラスムスは、王子の目がひとところに留まらぬのを知っている。新しいものに心惹かれるご気性であること、そして王子の目が新たな対象に移ってからも、奴隷はその庇護を受けながら長くお仕えできることも。

そして、王子が男を求める時、奴隷が選ばれることは滅多にないことも知っている。大抵は闘技場から血をたぎらせて戻り、美しい戦士のひとりを選ぶ。イスティマからの剣闘士は闘技場で王子相手に戦って十二分間持ちこたえ、敗れた後、さらに王子の寝所で六時間をすごしたという。この話も、エラスムスは聞かされていた。

王子は、戦士の誰かを指し示すだけでいい。どんな男も、世継ぎの王子の前では奴隷と変わりなくひれ伏す。エラスムスはネレウスの苑へ現れた兵士の姿を覚えていた。あんな男を王子が組み敷くかもしれないと思うだけで圧倒されそうだった。それほどの力というものは、エラスムスの想像をこえている。だが、ふと思う――王子はまさにその力で、エラスムスの身を奪っていくのだろうと。そして彼の全身を深い震えが駆け抜けるのだった。

両脚をそろえた。王子の歓びの元となる、それはどんな感覚なのだろう？　上げた手でふれると己の頬はほてり、覆うものもない体のまま寝台へ横たわっていた。夜気は絹布のごとく、巻き毛がシダの葉の先のように額に広がっている。手をやって額から髪を払ったが、その仕種さえあまりに官能的に思え、水の中のように動きが重かった。両手を頭上に上げ、手首をリボンでくくられて王子の前に体を開く様子を思い描く。

目をとじた。ずしりとした重みを、寝台の沈みを想像し、定かでないあの兵士の影を己の上に思い描き、詩の一節を心に呟く。〝沈みゆく、アルサケス〟。


火祭りの夜、カリアスはイフェゲニアの譚詩《たんし》を謡った。己の主人をとても愛していたために運命を知りつつ主人を待ちつづけたイフェゲニアの物語を聞きながら、エラスムスは涙がこみ上げそうになるのを感じた。吟誦の場を去ると、香木の間でそよ風が囁く夜の庭へとさまよい出ていった。背後で音楽が遠くなっていくのもかまわず、ただいきなり、海が見たくなっていた。

月下の海は昼の姿と異なり、暗く得体がしれないが、それでもエラスムスには己の前の海を、漠として果てのない広がりを感じられた。前庭の石の欄干の向こうを見つめ、乱れた風に顔をさらしていると、海が己の一部になったようだった。波音に耳を傾け、その波が己の体をすすぎ、サンダルの中にあふれ、己の周囲で渦巻く泡の波頭を想像する。

こんなふうに感じたことはなかった――この渇望、酩酊感。そして、背後に近づくカリアスのよく見慣れた姿もはっきりと意識していた。心の中にせり上がる思いを、エラスムスは初めて言葉にする。

「僕は海の向こうへつれていってもらいたい。異国を見てみたい。イスティマやコルトザを見たいし、イフェゲニアが待ちつづけたという場所も見たいし、アルサケスが恋人にその身を与えた大宮殿を見たい」

後先考えず、そう言っていた。熱望が身の内に満ちる。

「知りたいんだ――一体どういうふうなのか――」

「世界で生きるということが」とカリアスが言った。

それはエラスムスが言おうとした言葉ではなかったが、カリアスを見つめて、彼は顔がほてるのを感じた。横へやってきて、石の手すりに身をもたせかけ、海を見つめるカリアスがどこかいつもと違うのも、ひしひしと感じていた。

「どうかした?」

「カストール殿下がデルファから早くお戻りになった。明日が、僕の初寝の夜だ」

エラスムスは、カリアスを見やる。エラスムスには想像もつかぬ外の世界をじっと凝視しているカリアスの、どこか遠い表情を。

「僕は、調練にはげむよ」エラスムスの口から、もつれるような言葉がこぼれていた。「きみに追いつけるよう全力で努める。きみは、ネレウスの苑で、僕らはまた会えると約束してくれた。今度は僕が同じ約束をする番だ。僕はいつか王宮へ上がり、その時きっときみは誉れの奴隷となっていて、毎夜の晩餐に王の御前でキタラを奏し、カストール殿下のお側にいつもいるだろう。きっとあまりにも美しい姿で。ニソスはきみのために歌を作り、王宮の誰もがきみの姿を見ては、カストール殿下をうらやむ」

カリアスは何も言わず、沈黙だけが深まる中、エラスムスは自分の言葉が気恥ずかしくなっていく。その時カリアスが、思いを抑えきれぬような声で囁いた。

「きみを初めての相手にしたかった」

その言葉を、エラスムスは自分の体の内にはぜる炎のように感じた。まるで狭い自室で一糸まとわず寝台へ横たわり、己の切望を天に捧げている時のように。唇が開いたが、声はなかった。

カリアスが言った。

「できたら……僕の首に、腕を回してくれないか?」

エラスムスの心臓が痛いほどに鳴る。うなずいてから、顔を隠してしまいたくなった。自分の無謀さに眩暈がした。カリアスの首に両腕を回し、首筋のなめらかな肌を感じる。目をとじ、ただその感触に満たされた。詩のかけらが心をよぎっていく。

列柱の廊で抱き合い
あの方と頬を重ね
千年《ちとせ》に一度のごとき幸福

カリアスの額に、自分の額を合わせた。

「エラスムス……」

カリアスが揺れる声で呼ぶ。

「大丈夫。戒律にはそむいてない、だって、僕らがしてはならないのは――」

腰にふれるカリアスの指を感じる。距離は保ったまま。だがまるで、それで円が完璧なものになったかのようだった——エラスムスの両腕がカリアスの首を抱き、カリアスの指が彼の腰にふれて。二人の体の間の空気は、熱く、くぐもって感じられた。肉体のうち三箇所は、自分の手でふれてはならない禁忌だとされる。その理由を思い知る――今、そのすべてがうずき出していた。

エラスムスが目を開けられないままに、抱擁はきつくなり、二人の頬と頬が押し当てられ、頬ずりし、やみくもに刺激に溺れ、そして一瞬、このまま――。

「駄目だ！」

絞り出すように叫び、押し離れたのはカリアスのほうだった。息を荒げ、二歩離れたところに半ば身を丸めるように立つ。そよ風が梢をそよがせ、遠い下から海のうねりが響く中、葉群れがざわざわと前に後ろに揺れていた。

カリアスの初寝の夜の儀を控えて、その朝、エラスムスは杏を食べた。半分に割られた小さな果実。丁度、ピリッと酸《す》いところをすぎて最高の甘さに熟したところ。杏、アーモンドと蜂蜜が詰められたイチジク、舌の上でほろりと崩れる塩気の強いチーズ。皆に祝いの食事がふるまわれた。初寝の儀の祝宴は、エラスムスがネレウスの苑で体験したすべてをかすませてしまうほどのものであった。奴隷という生き方の最高峰。そして宴の中心にはカリアス。顔に化粧を施し、金の首枷を着けて。エラスムスは遠くからその姿を見つめ、カリアスにした約束を、より固く、胸の内に誓っていた。カリアスは典礼の中での己の役割を完璧にこなした。一度たりともエラスムスに目を向けず。

ターコンが言った。

「王の奴隷となるにふさわしい者だろうに。どうしてアドラストスが彼をカストール殿下へと定めたのか、今もまだわからぬ」

お前の友はまさに誉れだ、と翌朝、エラスムスは周囲の者に囁かれた。そして数週間の後にはさらに「彼は今やカストール殿下の家中の宝石だ。毎夜、晩餐の席でキタラを奏で、イアネッサにすっかり取って代わった。陛下自ら彼を望まれただろう、もしご病身であられなければ」と。

アーデンに揺り起こされた。

「一体、何か……?」

エラスムスは眠たげに目をこすった。アーデンが細い寝台の横に膝をついていた。

「カリアスが来ている。カストール殿下の御用で。お前を呼んでいる」

夢でも見ているような心地で、とにかくエラスムスは急ぐ手で絹着をまとい、肩をなんとか留め針で留めた。

「早く」アーデンが急かす。「待たせてる」

エラスムスはアーデンを追って庭園へと下りると、前庭の向こうの木々を抜ける小道へ入った。深夜をもう回り、庭園は静まり返って、海のやわらかな囁きまでもが聞こえてくる。裸足で道の感触をたどった。月光の下、急峻な崖の向こうの海原を見つめて立つ、ほっそりとしたなつかしい姿が見えた。

アーデンが去っていったことにも、エラスムスはほとんど気付かなかった。カリアスの頬には化粧が刷かれ、青く大きな目をいっそう引き立たせている。その装いを見ると、カリアスは宮廷での宴の場か、カストール王子のそばのお仕えの姿のままやって来たようだった。

カリアスは、見たこともないほど美しく見えた。二人の頭上には月、星々の光がゆっくりと海へふっていく。

「会えてとてもうれしいよ、会いに来てくれて」

エラスムスは、喜びを覚えながらもふいに気恥ずかしくなって、そう言った。

「雑仕の皆に、いつもきみがどうしているのか聞かせてもらっている。それに、いつか会えた時のために、これはカリアスに話そうと、いろいろ話を溜めているんだよ」

「うれしいのか？」カリアスが言った。「僕に会えて……」

その声はどこか奇妙に響いた。

「きみがいないと淋しい」エラスムスが答えた。「ずっと話していないし――あの夜から……」

波音が聞こえる。「きみが――」

「王子の皿からおこぼれをいただこうとしてた時？」

「カリアス？」

エラスムスは問い返す。

カリアスが不安定な笑い声を立てた。

「もう一度聞かせてくれ、僕らはまた会えると。お前は世継ぎの王子に仕え、僕はその兄上に仕えると。そんな日が来ると、さあ、言ってくれ」

「どういうことなのかわからないよ」

「なら教えてやろう」

カリアスはそう言うなり、エラスムスにくちづけた。

驚愕、唇にふれるカリアスの塗られた唇、強く押しつけられた歯、口の中に入ってくるカリアスの舌。体はその一瞬に屈しながらも、エラスムスの頭の中では叫びが入り乱れ、心が張り裂けんばかりだった。

ぼうっとして、彼はよろめき、まとったトゥニカが肩から落ちぬよう、きつく握りしめた。カリアスは二歩の距離を置いて立ち、その手にはエラスムスの肩から引きちぎった黄金の留め針が握られていた。

やっと自分たちがしたことの重大さがエラスムスに染みとおる。唇がじんとうずき、足元の地が割れて呑みこまれていく気がした。カリアスを凝視する。

「お前はもう王子にお仕えすることはできない。お前は、穢れたのだから」カリアスの言葉は鋭く、ざらついていた。「穢れたよ。何時間洗ってもいいが、それは落ちはしないからな」

「一体どういうことだ？」

ターコンの声がした。突如としてアーデンがターコンをつれて現れており、その問いにカリアスが答えた。

「彼が僕にキスしてきたんだ」

「真《まこと》にか？」

ターコンが荒々しくエラスムスの腕をつかむ、その指がくいこんだ。

どういうことなのかわからない、エラスムスは先刻、そう言った。そして今も理解できない。

アーデンの声が聞こえてきてさえ。

「真です、カリアスのほうではエラスムスを押し離そうとしていたのに」

「カリアス……」

エラスムスは喘いだが、ターコンに顔を月光のほうへ上げさせられると、その唇にはカリアスの赤い紅の色がべったりと移っていた。

カリアスが言った。

「ずっと僕のことを忘れられなかったと言われた。王子ではなく、僕と共になりたいと。そんなことは間違っていると、僕は言ったんだ。なのに彼は、かまいやしないと言った」

「カリアス――」エラスムスが呼んだ。

ターコンに体を揺すられた。

「どうしてこんな馬鹿なことを？　カリアスの地位を損なおうとしてか？　だが損なわれたのはそなただ。これまで与えられたものすべて、大勢の尽力、その身に注ぎこまれた時間と心遣いをなにもかも打ち捨てたのだぞ。そなたが王宮の壁の内で仕えることはもう決してない」

エラスムスの目がなすすべなくさまよい、カリアスの冷ややかで超然としたまなざしと出会った。

「海の向こうへ行きたいと言っていただろう？」と、カリアスが言った。

三日間、部屋に押しこめられ、教育係が出入りしては彼の運命について語っていった。それから、想像だにしていなかったことが起きた。

立会人もなく。儀式もなく。エラスムスの首に黄金の首枷が着けられ、まだ得ていない、得る資格すらない筈の奴隷の絹着をまとわされたのだ。

見習いから、一人前の奴隷となった。二年の見習い期間を残して。そして、どこか遠くへやられようとしていた。

王宮の、よく知らぬ場所にある大理石の部屋へつれ出されてやっと、エラスムスの体が震え出した。室内は音が奇妙に反響して、まるで水を溜めた巨大な洞窟の内のようだ。見回そうとしたが、歪みガラスの向こうの人影が灯火のように揺らいで見えるだけだった。

まだあのくちづけが、あの荒々しさが残って、自分の唇が熱を帯びたままに思えた。

だが段々と、この部屋の人々が、なにかもっと大掛かりな目的のために立ち働いているのだと気がつく。ほかの見習い奴隷たちも同じ部屋につれてこられていた。ナルシスとアスタコスの顔は知っている。ナルシスは齢《よわい》十九ほどで、単純ではあるが心根《こころね》がまっすぐだ。王族の留め針を授かることはないだろうが、素晴らしい給仕役になるだろうし、いつの日か教育係として忍耐強く少年たちを導くかもしれない。

なんとも異様な雰囲気で、部屋の外のそこかしこで激しい物音が立っている。話し声が高まっては消える。自由民、主人たち、これまでエラスムスが目通りすら許されなかった男たちの声。

ナルシスが囁いた。

「朝からずっとこうなんだ。何が起きているのか誰にもわからない。噂だと——王宮の中に兵が入ったとか。アスタコスは、兵たちがアドラストスに話しかけ、デイミアノス殿下付きの奴隷全員の名を聞いていったのを見たと言っている。獅子の留め針を身につけた者は、皆つれ去られた。きみもつれていかれたと思っていたよ、僕らと一緒に来るのではなく」

「でも、ここは一体……？　どうして僕らが——何のためにここへ？」

「聞いてないのか？　僕らは海の向こうへ送られるのだよ。我々のうちから十二名、そして女の見習いからも十二名」

「イスティマへ？」

「いや、海岸沿いに、ヴェーレへと」

一瞬、外の音が増したように思えた。遠く、エラスムスには正体のわからぬ金属の音が高く鳴る。また一度。答えを求めてナルシスを見たが、ナルシスの顔にも困惑があった。

その時エラスムスが思ったのは、愚かにも、カリアスならどういうことか知っているだろうから彼に聞けばいい、ということだった。その時、悲鳴が始まった。

謝辞

この物語は、月曜の夜の電話のどこかで、ケイト・ラムジーが「この話はあなたが考えてるより大掛かりなものになると思うよ」と言ってくれたおかげで、シリーズとして生まれた。ありがとう、ケイト、いつでも私を支え、最高の友達でいてくれて。あの狭い東京のアパートの一室で、古くてたよりない電話のベルが鳴る音は、きっと、ずっと忘れない。

カースティ・インネス＝ウィル、素晴らしい友人で編集者の彼女にもたいへんな世話になった。山ほどの書き直しを読み、話をいいものにしようと根気よくつき合ってくれた。どれほど助けられたか、言葉ではとても言い表せない。

私の大好きな作家アナ・コーワンは、この話についてのブレインストーミングと含蓄ある分析でも大きな力になってくれた。本当にありがとう、アナ。あなたなしでは、この話が今の姿になることはなかった。

最高の感謝を、私のライティンググループの皆へ――Isilya, Kaneko, Tevere. 皆のアイデア、感想、ヒント、そして支えに。こんな素敵な書き手の友達がいてくれて本当によかった。

最後に、『Captive Prince』がオンラインの時から関わってくれていた全員に、ありがとう。その思いやりと、愛に。この話を本にするチャンスをくれて。

叛獄の王子 1
叛獄の王子

初版発行　2016年 4 月25日
第 3 刷　2021年12月10日

著者　C・S・パキャット［C.S.Pacat］

訳者　冬斗亜紀

発行　株式会社新書館
〒113-0024 東京都文京区西片2-19-18
電話：03-3811-2631
［営業］
〒174-0043 東京都板橋区坂下1-22-14
電話：03-5970-3840
FAX：03-5970-3847
https://www.shinshokan.com/comic

印刷・製本　株式会社光邦

Printed in Japan　ISBN 978-4-403-56026-2